D1717403

Наслаждение

Нора Робертс

ОСТРОВ ВЕДЬМ

РОМАН

МОСКВА
ЭКСМО
2003

УДК 820(73)
ББК 84(7США)
Р 58

Nora ROBERTS

DANCE UPON THE AIR

Перевод с английского *Е. Каца*

Серийное оформление художника *С. Курбатова*

Серия основана в 1996 году

Робертс Н.
Р 58   Остров ведьм: Роман/Пер. с англ. Е. А. Каца. — М.: Изд-во Эксмо, 2004. — 320 с. (Наслаждение).

ISBN 5-699-05015-9

Скрываясь от мужа-садиста, Нелл приезжает на небольшой островок «Три Сестры», но и здесь не чувствует себя в безопасности. Влюбившись в местного шерифа Зака Тодда, она понимает, что у ее любви нет будущего — ведь она скрывается под чужим именем, инсценировав собственную смерть. Но постепенно магия острова и отношения местных жителей помогают ей обрести уверенность, а местная колдунья, красавица Майя помогает Нелл открыть в себе особый дар, который в минуту смертельной опасности помогает ей защитить свой дом, свою любовь... и свою жизнь.

УДК 820(73)
ББК 84(7США)

ISBN 5-699-05015-9

Прекрасны пляски, звуки скрипок,
Любовь и Жизнь с Мечтой;
Любить, плясать, под звуки лютни,
Толпою молодой;
Но страшно — быстрою ногою —
Плясать над пустотой!

Оскар Уайльд.
«Баллада Рэдингской тюрьмы»[1]

ПРОЛОГ

Сейлем, Массачусетс
22 июня 1692

Они встретились тайно, за час до восхода луны, там, где гуще всего тень, под высокими деревьями, посреди дремучего леса. Самый длинный день года вскоре должен был смениться самой короткой ночью.

Но ни жертвоприношений, ни ритуала благодарения за свет и тепло на этом празднике Света не ожидалось. Летнее солнцестояние пришлось на время воинствующего невежества и смерти.

Трое встретившихся были напуганы.

— Есть ли у нас все необходимое? — Та, которую называли Воздух, натянула капюшон так, что при свете умиравшего дня не было видно ни единой светлой пряди волос.

— Того, что у нас есть, хватит. — Та, чье имя было Земля, положила на траву свой сверток. Ей хотелось плакать из-за того, что уже случилось, и того, что должно было случиться, но плакать было нельзя. Земля наклонила голову, и ее густые русые волосы упали на грудь.

— Неужели другого пути нет? — Воздух положила ру-

---

[1] Перевод К. Бальмонта.

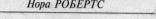

ку на плечо Земли, и обе посмотрели на свою третью подругу.

Та стояла, прямая и стройная. В ее глазах была скорбь, но за скорбью скрывалась решимость. Та, которую называли Огонь, дерзко откинула капюшон. По плечам хлынули рыжие кудри.

— Мы поступаем так именно потому, что другого пути нет. Они будут охотиться за нами как за воровками и разбойницами и убивать, как уже убили бедную невинную женщину.

— Бриджет Бишоп не была ведьмой, — горестно сказала Земля.

— Нет, и она сказала это на суде. Она поклялась. Но ее все равно повесили. Убили на основании лживых показаний нескольких девчонок и бреда сумасшедших фанатиков, которые чувствуют запах серы в каждом дуновении ветра.

— Но были и другие. — Воздух сложила руки, как будто собиралась молиться. Или молить. — Не все поддерживают решение суда и эту ужасную казнь.

— Таких слишком мало, — пробормотала Земля. — И уже слишком поздно.

— Это не кончится одной смертью. Я была свидетельницей казни. — Огонь закрыла глаза и снова увидела приближавшийся ужас. — Защита не спасет нас от травли. Они найдут нас и уничтожат.

— Мы ничего плохого не сделали. — Воздух бессильно уронила руки. — Никому не причинили вреда.

— А кому причинила вред Бриджет Бишоп? — возразила Огонь. — Кому из жителей Сейлема причинили вред женщины, которых обвинили в колдовстве и до суда бросили в темницу? Сара Осборн умерла в бостонской тюрьме. За какое преступление?

Она ощутила лютый гнев, но беспощадно подавила его. Даже сейчас Огонь не хотела, чтобы ее силу запятнали злоба и ненависть.

— Эти пуритане жаждут крови, — продолжила она. —

Эти «пионеры»... Они убьют многих, прежде чем восторжествует здравый смысл.

— Если бы мы могли помочь...

— Сестра, мы не можем их остановить.

— Нет, — кивнула Огонь Земле. — Мы можем только одно: выжить сами. Поэтому мы покинем это место, дом, который построили, жизнь, которую могли вести здесь. И создадим новую.

Она бережно взяла в ладони лицо Воздуха.

— Не горюй о несбыточном, но радуйся тому, что может быть. Мы — Трое, и этим людям нас не победить.

— Мы будем одиноки.

— Мы будем вместе.

С последним лучом солнца они начертили три концентрические окружности. Огонь охватил землю, и ветер поднял ввысь языки пламени.

Внутри магического круга они создали второй, взявшись за руки.

Воздух, смирившаяся с судьбой, подняла лицо к небу.

— День сменяется ночью, и мы берем его свет. Мы верны Пути и стоим за правое дело. В первом круге заключена Правда.

— Этот час — последний, который мы проводим здесь, — громко подхватила Земля. — Настоящее, будущее, прошлое... Нас не найдут. Во втором круге заключена Сила.

— Наше искусство никому не причиняло вреда, но охота за нами уже началась. Они хотят нашей крови. Мы создадим новую землю, далеко отсюда. — Огонь подняла вверх их сомкнутые руки. — Далеко от смерти, далеко от страха. В третьем круге заключена Власть превыше всякой земной власти.

Налетел вихрь, земля дрогнула. Магический огонь пронзил ночь. Три голоса звучали все громче.

— Отринь эту землю от юдоли ненависти. Вознеси ее над страхом, над смертью и скорбью. Создай скалу, создай дерево, создай холм и ручей. Подними нас с этой землей на лунном луче самой короткой ночи в году и навеки унеси от этих берегов. Мы создадим остров посреди моря. Да будет так.

По лесу разнесся грохот. Налетел ураган, языки пламени взметнулись до небес. Пока люди, привыкшие уничтожать то, что они не способны понять, спали в своих постелях, к небу поднялся остров и сам собой двинулся в сторону моря.

А потом мирно и безмятежно опустился на тихие волны. Это было в самую короткую ночь в году.

ГЛАВА 1

Остров Трех Сестер
Июнь 2001

Когда впереди возник небольшой клочок суши, издалека похожий на зеленый курган, она все смотрела прямо перед собой. Остров постепенно раскрывал свои секреты. Конечно, маяк. Разве можно представить себе остров у берегов Новой Англии без мощной башни, устремленной в небо? Башня была ослепительно белая и высилась на скалистом утесе. «Так и должно быть», — думала Нелл.

Каменный дом у маяка в ярких лучах летнего солнца казался туманно-серым. У дома была высокая крыша и окружавшая верхний этаж галерея, которую здесь называют «тропинкой вдовы».

Она уже видела это. «Маяк Сестер» и дом, который твердо и решительно стоит рядом. Именно эта картина, висевшая в магазинчике на материке, заставила ее устремиться к парому.

Нелл следовала первому впечатлению уже шесть месяцев. С того дня, когда тщательно составленный план принес ей свободу.

Первые два месяца были для нее настоящим кошмаром. Но постепенно смертельный ужас сменился тревогой и еще одним ощущением, напоминавшим голод. Она боялась утратить то, что обрела.

Нужно было умереть, чтобы начать новую жизнь.

Она устала спасаться бегством, скрываться и прятаться в многолюдных городах. Ей был нужен дом. Разве не этого она хотела всю свою жизнь? Дома, корней, семьи, друзей. Людей, которые не станут ее строго судить.

Может быть, она найдет все это здесь, на чудесном островке, окруженном морем. Нельзя было представить себе что-нибудь более далекое от Лос-Анджелеса. Разве что где-нибудь в Австралии или Японии...

Даже если на острове не найдется работы, она все равно сможет позволить себе пробыть там несколько дней. Отдохнуть от непрерывного бегства. Она будет гулять по поселку, лежать на каменистом пляже, взбираться на скалы и бродить по густому лесу.

Она научилась радоваться каждому прожитому дню. И никогда этого не забудет.

Нелл стояла у перил парома, подставив волосы ветру, и любовалась тесовыми домиками, разбросанными на склоне холма над пристанью. Ее волосы снова стали белокурыми, какими были от природы. Пустившись в бегство, она остриглась «под мальчика», охотно расставшись со своими длинными кудрями, а потом выкрасила волосы в темно-русый цвет. В последние месяцы она регулярно перекрашивалась, становясь по очереди то ярко-рыжей, то жгучей брюнеткой, то шатенкой. Но ее волосы по-прежнему оставались короткими и прямыми.

То, что в конце концов Нелл отказалась от своей вынужденно измененной внешности, было красноречивее любых слов. Похоже, она вновь обретала себя.

Ивену нравились ее длинные кудри. Иногда он вцеплялся в них и волок Нелл по полу к лестнице.

Нет, она больше никогда не станет отращивать волосы.

Нелл вздрогнула, быстро оглянулась и обвела взглядом людей и машины. Во рту пересохло, горло сжалось. Она искала высокого, стройного мужчину с золотыми волосами и серыми глазами, твердыми как стекло.

Конечно, его там не было. Он был в пяти тысячах километров отсюда. Для него она была мертва. Разве Ивен не твердил сотни раз, что ее освободит от него только смерть?

Элен Ремингтон умерла ради того, чтобы Нелл Ченнинг могла жить.

Нелл разозлилась на себя за то, что вспомнила прошлое, и попыталась успокоиться. Она несколько раз глубоко вдохнула. Соленый воздух, вода. Свобода.

Когда плечи расслабились, на губах Нелл появилась легкая улыбка. У поручней стояла маленькая женщина. Ветер развевал ее короткие светлые волосы, окружавшие нежное лицо. Уголки ненакрашенных губ слегка приподнялись, на порозовевших щеках появились крохотные ямочки.

Она сознательно не пользовалась косметикой. Нелл скрывалась, за ней все еще охотились, и она старалась держаться как можно незаметнее.

Когда-то она считалась красавицей, а потому была обязана ухаживать за собой. Одевалась так, как ей говорили, носила роскошные сексуальные наряды, выбранные мужчиной, который клялся любить ее до гроба. Она знала, что такое шелка и бриллиантовые колье. Элен Ремингтон были знакомы все прелести богатой жизни.

Она заплатила за это тремя годами страха и унижения.

Сейчас на ней были простая хлопчатобумажная блузка и выцветшие джинсы. На ногах — дешевые, но удобные белые тапочки. Единственное украшение — старый медальон, принадлежавший ее матери.

Некоторые вещи были ей слишком дороги. Она не могла от них отказаться.

Когда паром стал медленно причаливать, Нелл пошла к своей машине. Она прибыла на остров Трех Сестер с маленькой сумочкой, ржавым подержанным «Бьюиком» и капиталом, составлявшим двести восемь долларов.

И никогда в жизни она не была такой счастливой.

Нелл припарковала машину неподалеку от пристани и пошла пешком. Ничто здесь не напоминало роскошь и пышность Беверли-Хиллз. Но нельзя было представить что-то более близкое ее душе, чем эта деревушка с открытки. Здешние дома и магазины, выцветшие от соли и солнца, казались уютными и в то же время немного чопорными. Извилистые, мощенные булыжником улицы, на которых не было ни соринки, взбирались на склон холма или круто спускались к пристани.

Палисадники были такими ухоженными, как будто сорняки считались здесь вне закона. За заборами из штакетника лаяли собаки. Дети катались на велосипедах вишнево-красного или ярко-голубого цвета.

Пристань тоже была произведением искусства. Лодки, сети, мужчины с обветренными лицами, обутые в высокие резиновые сапоги. Нелл чувствовала запах рыбы и пота.

Она поднялась на вершину холма и оглянулась. Отсюда были хорошо видны экскурсионные суда, бороздившие бухту, и крошечная полоска песка, где люди загорали, лежа на полотенцах, или занимались серфингом. Маленький красный теплоход с белой надписью «Экскурсионное бюро «Три Сестры» быстро заполнялся туристами с неизменными фотоаппаратами.

Остров кормят рыба и туристы, поняла Нелл. Но не хлебом единым... Этот небольшой кусок суши противостоял морю, штормам и времени, выживал и процветал благодаря чему-то другому. «Смелости», — подумала она.

Ей понадобилось слишком много времени, чтобы обрести смелость.

Холм пересекала улица, называвшаяся Хай-стрит. Вдоль нее стояли магазины, рестораны и местные офисы. Нелл решила, что первым делом зайдет в один из ресторанов. Может быть, ей удастся найти место официантки или помощницы повара. По крайней мере, до конца летнего сезона. Если она найдет работу, то сможет снять комнату.

А значит, сможет остаться здесь.

Через несколько месяцев люди привыкнут к ней. Будут махать руками вслед и окликать по имени. Она слишком устала от собственной анонимности. Ей было не с кем перемолвиться словом. Никому не было до нее дела.

Она остановилась и стала рассматривать гостиницу. В отличие от большинства местных домов, трехэтажная гостиница была каменной. Балконы с затейливыми чугунными решетками и острая крыша придавали ей романтический вид. И название было подходящим. «Мэджик-Инн». «Волшебная гостиница» — то, что надо.

Можно было биться об заклад, что работа здесь найдется. Она могла бы устроиться коридорной или официанткой в ресторане. А работа была Нелл необходима.

Но она не могла заставить себя войти и хотя бы поинтересоваться, не требуются ли здесь рабочие руки. Нужно было время. Совсем немного времени, чтобы прийти в себя.

«Ты слишком ветрена, Элен, — сказал бы Ивен Ремингтон. — Слишком ветрена и глупа, чтобы позаботиться о себе. Слава богу, что у тебя есть я».

Услышав в голове звук ненавистного голоса, подрывавшего ее уверенность в себе, Нелл круто повернулась и пошла в другую сторону.

Черт побери, она поступит на работу, когда будет готова к этому. А пока что погуляет, поиграет в туристку и присмотрится. Пройдет всю Хай-стрит, потом вернется к машине и объедет весь остров. Ей не придется останавливаться у местного экскурсионного бюро, чтобы купить карту.

Повинуясь интуиции, Нелл надела на плечи рюкзачок и перешла улицу. Она неторопливо брела мимо магазинов местных промыслов и сувенирных лавочек, задерживалась у витрин и бездумно наслаждалась видом красивых вещиц, стоявших на полках. В один прекрасный день она вновь обзаведется собственным домом и обставит его по своему вкусу. В этом доме будет ярко, шумно и весело.

При виде кафе-мороженого она улыбнулась. Тут стояли круглые стеклянные столики и белые металлические стулья. За одним из столиков сидела семья из четырех человек. Люди смеялись и черпали ложечками ярко раскрашенный крем. За стойкой стоял мальчик в белой шапочке и переднике. С ним кокетничала девочка в обрезанных джинсах, не знавшая, какое мороженое выбрать.

Нелл мысленно запомнила эту картину и пошла дальше.

Она остановилась у книжного магазина и вздохнула. В ее доме тоже будет много книг, но не тех редких инкунабул, к которым никто никогда не прикасается. У нее будут старые потертые книги или новые издания в ярких бумажных обложках, полные занимательных историй. Впрочем, это она могла себе позволить и сейчас. Если придется уезжать, один роман в бумажной обложке не слишком обременит ее.

Она оторвалась от витрины, подняла глаза и увидела написанные на стекле готические буквы «Кафе «Бук».

Нелл вошла внутрь, ощутила аромат цветов и специй и услышала звуки арфы и флейты. Волшебная здесь не только гостиница, поняла Нелл, едва переступив порог.

На темно-синих полках теснились книги всех цветов и размеров. Тонкие лучи света, проникавшие сквозь потолок, напоминали о звездах. Кассовый аппарат стоял на старинной дубовой конторке с резными крылатыми феями и полумесяцами.

На высокой табуретке сидела женщина с темными, коротко остриженными волосами и лениво листала книгу. Она подняла взгляд и поправила очки в серебряной оправе.

— Доброе утро. Чем могу служить?

— Если не возражаете, я хотела бы осмотреться.

— На здоровье. Если захотите, чтобы я помогла вам найти что-нибудь, позовете меня.

Продавщица вернулась к своей книге, а Нелл стала разглядывать помещение. У кирпичного камина стояли два больших кресла. Стол украшала старинная лампа с цоколем в виде воздевшей руки женщины, облаченной в длинную мантию. На полках стояли статуэтки из цветного стекла, лежали хрустальные яйца и драконы. Нелл шла по проходу, с одной стороны которого тянулись стеллажи с книгами, с другой — на полках расположились ряды свеч.

В задней части комнаты обнаружилась резная лестница, ведущая на второй этаж. Нелл поднялась и увидела новые книги, новые безделушки и, наконец, само кафе.

У широкого окна стояло полдюжины столов из полированного дерева. Напротив находилась стеклянная витрина и стойка с внушительным набором пирожных и сандвичей, а также кастрюля с супом. Цены были высокими, но не чрезмерными. Она подумала, что могла бы съесть тарелку супа и выпить кофе.

Нелл подошла к стойке и услышала голоса, доносившиеся из открытой двери.

— Джейн, это абсурдно и совершенно безответственно.

— Нет. Для Тима это единственная возможность выбраться отсюда. И мы ею воспользуемся.

— Прослушивание пьесы, которую может взять, а может и отвергнуть какой-нибудь крошечный театрик, это не такая уж завидная возможность. Ни у кого из вас не будет работы. Вы не...

— Майя, мы уезжаем. Я говорила тебе, что работаю сегодня до полудня. А уже полдень.

— Ты предупредила меня меньше, чем за двадцать четыре часа. Это нечестно.

В низком, красивом голосе женщины звучала досада. Нелл невольно сделала несколько шагов к двери.

— Черт побери, как я смогу держать кафе, если некому будет готовить?

— Ты думаешь только о себе, правда? И даже не хочешь пожелать нам счастливого пути.

— Джейн, я желаю, чтобы случилось чудо. Потому что без этого вам не обойтись... Нет, подожди. Не убегай впопыхах.

Нелл услышала за дверью какое-то движение и отошла в сторону. Но не могла же она заткнуть себе уши.

— Счастья тебе, Джейн. Будь осторожна. О, черт побери... Благословляю тебя, Джейн.

— О'кей. — Кто-то громко высморкался. — Мне очень жаль. Честное слово. Жаль, что я оставляю тебя в беде. Но Тиму это необходимо, а я должна быть с Тимом. Так что... Я буду скучать по тебе, Майя. Я напишу.

Когда плачущая женщина вышла из комнаты и побежала по лестнице, Нелл успела укрыться за книжными полками.

— И все же это нечестно.

Нелл подняла глаза и застыла на месте от восхищения.

Женщина, стоявшая на пороге, была похожа на видение. Более подходящего слова подобрать было нельзя. Цвет ее пышных волос напоминал осеннюю листву. Рыжие и золотые кудри падали на синее платье; обнаженные руки украшали серебряные браслеты. На безукоризненном лице выделялись огромные дымчато-серые глаза, в которых сверкал гнев. Раскосые скулы, полные губы, накрашенные алой помадой. Кожа как... Нелл слышала, что кожу называют алебастровой, но видела такую впервые.

Высокая, стройная, гибкая... В общем, само совершенство.

Нелл обвела взглядом столики, за которыми сидели люди. Неужели они не испытывают священного трепета? Но казалось, никто не замечал ни эту женщину, ни гнев, бурливший в ней, как вода в котле.

Нелл сделала шаг вперед, и серые глаза тут же пригвоздили ее к месту.

— Добрый день. Чем могу служить?

— Я была... я думала... Я бы с удовольствием съела тарелку супа и выпила капуччино. Пожалуйста.

Досада, вспыхнувшая в глазах Майи, едва не заставила Нелл вновь отступить за полки.

— Налить суп я могу. Сегодня у нас раковый. Но справиться с эспрессо мне уже не по силам.

Нелл посмотрела на прекрасную кофеварку из меди и латуни и почувствовала холодок в животе.

— Я сама могу сварить себе кофе.

— Вы знаете, как работает эта штука?

— Вообще-то да.

Майя задумалась, потом махнула рукой, и Нелл ринулась за стойку.

— Если хотите, я сварю и вам.

— Почему бы и нет? — «Храбрый заяц», — подумала Майя, глядя, как Нелл управляется с машиной. — Что привело вас ко мне? Пеший туризм?

— Нет. — Нелл вспыхнула, вспомнив про свой рюкзак. — Нет, просто охота к перемене мест. Я ищу работу и жилье.

— Угу...

— Прошу прощения. Я знаю, это невежливо, но я случайно... подслушала вашу беседу. Если я правильно поняла, то вы попали в неприятное положение. А я профессиональный повар.

Майя внимательно следила за процессом приготовления кофе.

— Серьезно? — спросила она.

— Причем очень хороший. — Нелл протянула Майе кофе с пенкой. — Я занималась устройством выездных обедов, работала в кондитерской и была официанткой. Умею готовить еду и накрывать на стол.

— Сколько вам лет?

— Двадцать восемь.

— В тюрьме сидели?

Нелл чуть не расхохоталась. В ее глазах заплясали смешливые искорки.

— Нет. Я очень честная, исполнительная и люблю придумывать новые блюда.

«Не болтай! Не болтай лишнего!» — приказала она себе. Но остановиться было выше ее сил.

— Мне нужна работа, потому что я с удовольствием пожила бы на этом острове. Мне здесь нравится, потому что я люблю книги и... Ну, мне пришлось по душе чувство, которое я испытала, как только переступила порог вашего магазина.

Заинтригованная Майя склонила голову набок.

— И что же вы почувствовали?

— Множество возможностей.

«Отличный ответ», — подумала Майя.

— Вы верите в такие вещи? — тут Майя резко повернулась. — Простите, что?

К стойке подошла пара.

— Можно два мокко и два эклера? — спросили вошедшие.

— Конечно. Минутку. — Майя повернулась к Нелл. — Я беру вас. Передник за дверью. Детали обсудим позже. — Она пригубила капуччино. — Отличный кофе, — добавила Майя. — Да... Как вас зовут?

— Нелл. Нелл Ченнинг.

— Добро пожаловать на Три Сестры, Нелл Ченнинг.

* * *

Майя Девлин управляла кафе «Бук» так же, как управляла собственной жизнью. С врожденным вкусом, интуицией и испытывая от этого удовольствие. Она была деловой женщиной, и получение прибыли доставляло ей удовлетворение. Однако условия ставила она сама.

Майя не обращала внимания на то, что казалось ей скучным, но обеими руками хваталась за то, что вызывало ее любопытство.

В данный момент ее любопытство вызывала Нелл Ченнинг.

Если бы Нелл преувеличила свои способности, Майя выгнала бы ее так же быстро, как и приняла на работу. Причем без всяких угрызений совести. Если бы она была в настроении, то могла бы подыскать девушке какое-нибудь другое место. Но только в том случае, если бы это не требовало много времени и не мешало ее бизнесу.

Майя решилась на этот шаг, потому что почувствовала некий внутренний толчок, увидев ее большие голубые глаза.

Невинная жертва. Таково было первое впечатление Майи, а своему первому впечатлению она доверяла безоговорочно. «Похоже, многое умеет делать, — подумала Майя. — Хотя не слишком уверена в себе».

Как только Нелл надела фартук, она сразу же начала наводить порядок в кафе.

Майя наблюдала за ней весь день, замечая все: как она принимает заказы, общается с покупателями, выбивает чеки и легко справляется с таинственной кофеваркой эспрессо.

Ее следует слегка принарядить, решила Майя. На острове одевались непринужденно, но старые потертые джинсы, на вкус Майи, выглядели чересчур затрапезно.

Что ж, пока все шло неплохо. Довольная хозяйка вернулась на кухню. На Майю произвело сильное впечатление, что плита и кастрюли сияли чистотой. Джейн не отличалась опрятностью. Слава богу, что большую часть выпечки бывшая повариха готовила у себя дома.

— Нелл...

Застигнутая врасплох, Нелл вздрогнула, отпрянула от плиты, которую она сосредоточенно оттирала, покраснела и уставилась на Майю и молодую женщину, стоявшую рядом с хозяйкой.

— Я не хотела пугать тебя. Это Пег. Она работает за стойкой от двух до семи.

— Ох... Привет.

— Привет. Черт побери, не могу поверить, что Джейн и Тим действительно уезжают. Нью-Йорк! — с завистью сказала Пег. Она была маленькая, бойкая, с гривой кудрявых волос, выкрашенных в белый цвет. — Ужасно жаль. Джейн пекла потрясающие булочки с черникой.

— Увы, ни Джейн, ни булочек с черникой больше нет. Мне нужно поговорить с Нелл. А ты пока пригляди за кафе.

— Нет проблем. Нелл, еще увидимся.

— Давайте пройдем в мой кабинет и обговорим детали. Летом у нас открыто с десяти до семи. Зимой работы меньше, поэтому мы закрываемся в пять. Пег предпочитает вторую смену. Она любит вечеринки, так что «жаворонком» эту девушку не назовешь. Вы будете приходить на работу к десяти.

— Это меня устраивает.

Нелл шла за Майей наверх. Надо же, она совсем забыла, что в здании три этажа. Несколько месяцев назад это не ускользнуло бы от ее внимания. Она бы заранее проверила все входы и выходы.

«Спокойствие спокойствием, а бдительность бдительностью, — напомнила себе Нелл. — Нужно быть готовой в любую минуту снова пуститься в бегство».

Они миновали просторный склад, уставленный книжными полками и коробками, и вскоре уже входили в кабинет Майи.

Старинный письменный стол вишневого дерева очень подходит ей, подумала Нелл. Майю должны были окружать дорогие и красивые вещи. Здесь были цветы и вьющиеся растения; в вазах лежали кусочки хрусталя и полированные камни. Стильная мебель, компьютер последней модели, факс, секретеры, полки с издательскими каталогами... Майя показала ей на кресло, а сама села за письменный стол.

— Вы провели в кафе несколько часов и видели блюда, которые мы предлагаем. Каждый день особый сандвич, суп и небольшой набор обычных сандвичей. Два-три вида холодных закусок. Выпечка — печенье, булочки, бисквиты. Раньше меню составлял сам повар. Это вам подходит?

— Да, мэм.

— Слушай, я всего на год старше тебя. Зови меня Майя. Пока мы не убедимся, что все нормально, согласовывай со мной меню на следующий день. — Она вынула из ящика небольшой блокнот и протянула его Нелл. —

Попробуй набросать, что бы ты могла приготовить завтра.

От страха у Нелл задрожали руки. Она сделала глубокий вдох, дождалась, пока не прояснилось в голове, и взяла ручку.

— Думаю, в это время года супы должны быть легкими. Консоме с травами. Салат «Тортеллини», белая фасоль и креветки. Я бы сделала сандвичи с цыпленком, однако мне нужно знать, какие овощи у вас есть. Могу испечь фруктовый пирог, но это опять же зависит от набора фруктов. Эклеры пользуются хорошим спросом, так что можно повторить. Шестислойный торт с кремом и шоколадом. Булочки с черникой — не проблема. Могу испечь булочки с грецкими орехами. Или с фундуком. Шоколадные чипсы — выбор безошибочный. Макадамия. А в качестве третьего вида я бы предложила шоколадное печенье с орехами. Трехслойное. Пальчики оближешь.

— Что из этого ты сможешь приготовить здесь?

— Все. Но если выпечка и булочки понадобятся к десяти, мне придется начать в шесть.

— А если у тебя будет собственная кухня?

— Замечательно. — Думать об этом было очень приятно. — Тогда я смогла бы приготовить кое-что вечером. На утро будет меньше работы.

— Гм-м... Нелл Ченнинг, сколько у тебя денег?

— Достаточно.

— Не ершись, — добродушно посоветовала Майя. — Я могу дать тебе аванс в сто долларов. А что касается жалованья, то для начала семь долларов в час. Днем тебе придется покупать продукты для кафе. Оплата по перечислению. Счета будешь представлять мне каждый день.

Когда Нелл открыла рот, Майя только подняла тонкий палец с коралловым ногтем.

— Подожди. В часы пик будешь стоять на раздаче и убирать столы, а во время затишья обслуживать покупателей книг. У тебя будут два получасовых перерыва, выходной в воскресенье и пятнадцатипроцентная скидка на покупки. Сюда не входят еда и напитки. Если не окажешься обжорой, питание для тебя будет бесплатным. Ты меня слушаешь?

— Да, но я...

— Вот и хорошо. Я бываю здесь каждый день. Если возникнут проблемы, с которыми не сможешь справиться сама, обратишься ко мне. Если меня не будет, спросишь Лулу. Она сидит за кассой на первом этаже и знает все. Я вижу, ты девушка сообразительная. Если чего-то не знаешь, спрашивай, не стесняйся. А сейчас тебе нужно найти жилье.

— Да. — Казалось, Нелл подхватил и понес по жизни неожиданно налетевший вихрь. — Я надеюсь, что...

— Пойдем со мной. — Майя вынула из ящика связку ключей, поднялась из-за стола и пошла вниз, цокая высоченными шпильками.

Когда они спустились на первый этаж, Майя пошла к черному ходу.

— Лулу! — крикнула она по пути. — Я вернусь через десять минут.

Нелл, чувствовавшая себя последней дурой, покорно тащилась за Майей. Они очутились в маленьком саду с дорожками, выложенными плиткой. Майя рассеянно переступила через гревшуюся на солнышке огромную черную кошку, заставив животное открыть один сверкающий золотой глаз.

— Это Исида. Она тебя не тронет.

— Какая красивая! Сад — это тоже ваша работа?

— Да. Какой дом без цветов? Да, я не спросила, есть ли у тебя средство передвижения.

— Машина есть. Однако средством передвижения ее можно назвать с трудом.

— Вот и отлично. Ездить здесь особенно некуда, но каждый день таскать сумки с продуктами было бы обременительно.

Они уже вышли из сада и за стоянкой машин свернули налево. Майя слегка умерила шаг, и они пошли по чистенькому переулку на задах.

— Мисс... прошу прощения, я не знаю вашей фамилии.

— Девлин. Но я уже сказала, зови меня Майей.

— Майя, спасибо за то, что дали мне работу. Обещаю, вы не пожалеете. Но... можно спросить, куда мы идем?

— Тебе нужно жилье. — Майя свернула за угол, остановилась и, указав на противоположную сторону переулка, спросила: — Как, подойдет?

Там стоял маленький желтый, как солнечный зайчик, домик. Неподалеку раскинулась уютная рощица. Ставни и узкое крыльцо были выкрашены белой краской. Здесь тоже вовсю цвели цветы, ярко горевшие в лучах летнего солнца.

От улицы коттедж отделяла ухоженная лужайка, на которой росли тенистые деревья.

— Это ваш дом? — спросила Нелл.

— Да. В данный момент. — Майя, звеня ключами, пошла по мощеной тропинке. — Я купила его весной.

«Не смогла устоять, — подумала Майя. — Вложила деньги». Она была деловой женщиной до мозга костей, но до сих пор не ударила палец о палец, чтобы сдать жилье внаем. Ждала неизвестно чего. А теперь стало понятно, что ждал сам дом.

Она открыла дверь и сделала шаг в сторону.

— Перст судьбы... — задумчиво произнесла она.

— Простите, что? — недоумевая, спросила Нелл.

— Ничего. Добро пожаловать. — Майя кивком пригласила ее войти.

Мебели в гостиной было немного. Старый диван, на котором требовалось сменить обивку, пухлое кресло и несколько столиков.

— Спальни по бокам. Правда, та, что слева, больше подходит для кабинета. Ванная маленькая, но симпатичная, а кухня недавно переоборудована по последнему слову техники. Она прямо перед тобой. За палисадником я ухаживала, однако не слишком усердно. Центрального отопления здесь нет. Вместо него камин. В январе ты поймешь, что это большое преимущество.

— Тут чудесно. — Не в силах справиться с собой, Нелл подошла к двери хозяйской спальни и посмотрела на красивую кровать с белым чугунным изголовьем. — Настоящий сказочный домик. Наверное, вы живете здесь с удовольствием.

— Здесь живу не я, а ты.

Нелл медленно обернулась. Майя стояла посреди комнаты и держала в сложенных ладонях ключи. Свет, проникавший через два окна, делал ее волосы похожими на пламя.

— Не понимаю...

— У меня есть другой дом. Я живу на скалах. Там мне больше нравится. Теперь это твой кров. Разве ты сама не чувствуешь?

Нелл знала только одно: она была счастлива. И ощущала странное возбуждение. Стоило Нелл переступить порог, как ею овладело безотчетное желание лечь и вытянуться. Словно кошке на солнцепеке.

— Я могу остаться здесь?

— Жизнь у тебя была трудная, — пробормотала Майя. — То-то ты радуешься всему на свете... Ты будешь платить за квартиру, но ровно столько, сколько стоит ее содержание. Эта сумма будет вычитаться из твоего жалованья. Располагайся. Позже мы подпишем все нужные документы. Это может подождать до утра. Все, что нужно для завтрашнего меню, найдешь в супермаркете. Я предупрежу их о твоем приходе и о том, что ты можешь распоряжаться счетом моего кафе. Если понадобятся какие-нибудь горшки и сковородки, купишь сама. Итоги подведем в конце месяца. Я рассчитываю увидеть тебя и произведения твоего искусства ровно в девять тридцать.

Она сделала шаг вперед и положила ключи в онемевшую ладонь Нелл.

— Вопросы есть?

— Не знаю, как благодарить вас.

— Не трать даром слезы, сестренка, — небрежно ответила Майя. — Они слишком драгоценны. Имей в виду, все это тебе придется отработать.

— Не могу дождаться. — Нелл протянула хозяйке руку. — Спасибо, Майя.

Когда две ладони сблизились, между ними проскочила голубая искра и тут же исчезла. Нелл инстинктивно отдернула руку и нервно рассмеялась.

— В воздухе полно статического электричества. Или чего-то в этом роде.

— Скорее чего-то в этом роде. Ну что ж, Нелл, добро пожаловать домой. — Майя повернулась и пошла к двери.

— Майя... — Нелл с трудом проглотила комок в горле. — Я сказала, что домик сказочный. А вы — моя фея-крестная.

Майя ослепительно улыбнулась. Ее негромкий смех был густым, как мед.

— Скоро ты поймешь, что я вовсе не фея. Всего лишь практичная ведьма. Не забывай представлять мне счета, — добавила она и тихо закрыла за собой дверь.

ГЛАВА 2

Нелл не пожалела времени и по дороге в супермаркет как следует изучила поселок. Месяцами она твердила себе, что свободна. Да, она была свободна. Но только теперь, шагая по красивым извилистым улочкам с ухоженными домиками, дыша морским воздухом и прислушиваясь к голосам местных жителей, говоривших с резким новоанглийским акцентом, она действительно почувствовала себя свободной.

Здесь ее еще никто не знал, но это дело поправимое. Они узнают Нелл Ченнинг, умелую повариху, которая живет в маленьком коттедже посреди рощи. Здесь у нее появятся друзья, своя жизнь и будущее. Здесь прошлое до нее не доберется.

В честь такого события она купила набор колокольчиков, который увидела в витрине магазина. Колокольчики, которыми здесь украшали коньки крыш, звенели при каждом порыве ветра. Это была первая вещь, приобретенная ею для собственного удовольствия за целый год.

Первую ночь на острове она засыпала, радуясь своему счастью и прислушиваясь к звону колокольчиков, которые колыхал морской бриз.

Нелл поднялась до рассвета: ей не терпелось приступить к делу. Пока кипел суп, она раскатывала тесто. Она потратила на кухонную утварь все свои деньги, включая большую часть аванса и изрядную долю жалованья за следующий месяц. Это не имело значения. У нее будет все самое лучшее, и готовить она будет все самое лучшее. Благодетельница Майя Девлин никогда не пожалеет, что взяла ее на работу.

Теперь на кухне было все, что ей требовалось. Впрочем, нет. Когда будет время, она забежит в местный питомник и купит рассаду трав. Их можно будет выращивать в ящике на балконе. Теперь вокруг царил любимый ею веселый беспорядок. Нет, в ее доме ни за что не будет стильных и дорогих вещей, лощеных и унылых. Никакого белого мрамора, никакого хрусталя или узких и высоких ваз с ужасно экзотическими цветами, лишенными прелести и запаха. Никаких...

Она осеклась. Пора перестать вспоминать о том, чего у нее не будет, и подумать о том, что будет. Прошлое ее пугает, пока она не закроет дверь и не задвинет засов.

Когда взошло солнце, заставив вспыхнуть окна, выходившие на восток, Нелл поставила в духовку первый поднос с пирожками. Она вспомнила румяную продавщицу супермаркета. Доркас Бармингем. Самое подходящее имя для янки. Радушная и очень любопытная. Еще несколько дней назад чужое любопытство заставило бы Нелл замкнуться и уйти в себя. Но теперь она сумела поддержать беседу, непринужденно ответив на одни вопросы и избежав ответа на другие.

Пирожки с вареньем остывали на плите, а в духовку отправился противень с булочками. Когда на кухне стало светло, Нелл запела. Новый день следовало встречать песней.

Лулу сложила руки на тощей груди. Майя знала, что так она напускает на себя грозный вид. При росте сто пятьдесят три сантиметра и весе сорок килограммов, с лицом грустного эльфа сделать это было не так уж легко.

— Ты ничего о ней не знаешь.

— Я знаю, что она одинока, ищет работу и оказалась в нужное время в нужном месте.

— Она здесь чужая. Тебе не следовало брать на работу, давать взаймы и поселять в своем доме человека, о прошлом которого ничего не известно. Майя, у нее нет никаких рекомендаций. Никаких. А вдруг она психопатка или прячется от закона?

— Похоже, ты опять начиталась детективов?

Лулу нахмурилась; иными словами, на ее кротком лице появилась болезненная улыбка.

— На свете достаточно много плохих людей.

— Разумеется. — Майя включила принтер и стала распечатывать заказы товаров по почте. — Без них мир был бы неполон. Лу, она действительно бежит от чего-то, но не от закона. Сюда ее привела судьба. И направила ко мне.

— Иногда судьба может вонзить человеку нож в спину.

— Я это прекрасно знаю.

Майя, оборвав разговор, вышла из кабинета. Она хотела сказать, чтобы Лулу не лезла не в свое дело, но сдержалась. В конце концов, именно Лулу вырастила ее.

— Тебе хорошо известно, что я могу постоять за себя, — сказала Майя, не оборачиваясь. Она обращалась к Лулу, упрямо следовавшей за ней.

— Подбирая неизвестных нищих, ты ставишь себя под удар.

— Она не нищая. Ее, безусловно, разыскивают, но в ней что-то есть. — Майя неторопливо спустилась по лестнице и начала подписывать заказы. — Когда она успокоится, я присмотрюсь к ней повнимательнее.

— По крайней мере, потребуй у нее хотя бы одну рекомендацию.

Услышав, что задняя дверь скрипнула, открываясь, Майя подняла бровь.

— У меня уже есть одна рекомендация. Она шустрая. Не приставай к ней, Лулу, — велела Майя, протянув помощнице распечатки. — Она к этому еще не готова... Ну, Нелл, доброе утро.

— Доброе утро! — весело прощебетала Нелл, державшая в обеих руках завернутые подносы. — Я припарковалась у черного хода. Правильно?

— Конечно. Тебе помочь?

— Нет, спасибо. Я сама принесу все из машины.

— Лулу, это Нелл. Думаю, вы найдете общий язык.

— Рада познакомиться с вами, Лулу. Мы поговорим, как только я приведу себя в порядок.

— Что ж, ступай, займись делом. — Когда Нелл поднялась по лестнице, Майя повернулась к Лулу. — Просто страшилище?

Лулу выпятила подбородок.

— Внешность бывает обманчивой.

Через несколько секунд Нелл опрометью скатилась вниз. На ней была гладкая белая майка, заправленная в потертые джинсы. Единственным украшением молодой женщины был маленький золотой медальон.

— Я поставила кофейник. В следующий раз принесу чашки, но не знаю, какой кофе вы любите.

— Мне черный, с сахаром, а Лулу — с молоком. Спасибо.

— Гм-м... Вы не могли бы подняться в кафе? Мне хочется показать вам, что получилось. — Нелл вспыхнула и попятилась к двери. — Только подождите немножко, ладно?

— Лезет вон из кожи, чтобы сделать нам приятное, — промолвила Майя, подписывая заявки. — Рвется работать. Да, определенно психопатка. Вызывай копов.

— Ох, замолчи... — с досадой произнесла Лулу.

Через двадцать минут возбужденная и запыхавшаяся Нелл спустилась снова.

— Теперь можно. Если не понравится, у меня еще будет время все переделать. Лулу, может быть, вы тоже посмотрите? Майя, сказала, что вы здесь все знаете. Тогда скажете мне, если что-нибудь не так.

— Кафе — это не по моей части, — проворчала Лулу, оторвавшись от заказов. Однако через секунду она, пожав плечами, пошла следом за Майей и Нелл.

В витрине аккуратно стояли аппетитно выглядевшие кондитерские изделия. Рядом с пышными булочками красовались ячменные лепешки, украшенные ягодками черной смородины. Гордо высился торт с шоколадной глазурью, прослоенный взбитыми сливками. На двух белоснежных листах бумаги лежали пирожные размером с ладонь взрослого мужчины. Кухню заполнял аромат разогревавшегося супа.

На аспидной доске были красиво написаны от руки названия сегодняшних блюд. Стекло сверкало, в воздухе вкусно пахло кофе, на стойке красовалась голубая ваза, наполненная леденцами с корицей.

Майя смерила взглядом витрину, как генерал, инспектирующий войска. Нелл стояла рядом, изо всех сил стараясь держаться достойно.

— Я не стала выставлять салаты и суп. Решила сделать это после одиннадцати, чтобы ничто не отвлекало людей от выпечки. Пирожки с вареньем и шоколадные пирожные с орехами остались на подносах. Я не поставила их на витрину, чтобы не перегружать. По-моему, шоколадные пирожные больше подходят для ленча и полдника. Пусть люди пока попробуют торт. Если придется по вкусу, у них будет время вернуться и купить еще кусочек. Но если вам не нравится, я все...

Тут Майя подняла палец, и она осеклась.

— Дай-ка мне попробовать пирожок с вареньем.

— Ох, конечно... Сейчас достану. — Нелл пулей понеслась на кухню и принесла пирожок в бумажном пакетике.

Майя молча разломила его на две части и подала одну Лулу. Откусив кусочек, она мимолетно улыбнулась.

— А вот и еще одна рекомендация... — негромко пробормотала Майя и повернулась к Нелл. — Если ты будешь так нервничать, посетители подумают, что тут дело нечисто. Они ничего не закажут и лишат себя огромного удовольствия. Нелл, у тебя просто дар.

— Вам нравится? — Нелл вздохнула с облегчением. — Сегодня утром я попробовала все приготовленное, и теперь меня слегка тошнит. — Она прижала руку к животу. — Я хотела, чтобы все было вкусно.

— Так и вышло. А теперь немного отдохни. Как только остров облетит весть, что у нас на кухне появился гений, от посетителей отбою не будет.

Нелл не знала, успела ли новость облететь весь остров, но к половине одиннадцатого пришлось заварить еще один кофейник и заново заполнить подносы. Бесконечные трели кассового аппарата казались ей небесной музыкой. А когда одна из посетительниц заявила, что она в жизни не пробовала ничего вкуснее, и попросила положить ей в пакет полдюжины булочек, Нелл едва не пустилась в пляс.

— Спасибо. Приходите еще. — Она широко улыбнулась и повернулась к следующему покупателю.

Такой она и запомнилась Заку. Хорошенькая блондинка в белом переднике, с веселыми ямочками на щеках. Первое впечатление оказалось приятным, и Закарайя Тодд ответил ей столь же сияющей улыбкой.

— Про булочки я уже слышал, а про улыбку — еще нет.

— Улыбка — бесплатно, а вот булочки стоят денег.

— Мне одну с черникой. И большую чашку черного кофе. Меня зовут Зак. Зак Тодд.

— Нелл Ченнинг.

Она взяла из стопки чистую чашку. Ей не было нужды коситься на мужчину. Зрительной памятью бог ее не обидел. Когда она наполняла чашку, лицо Зака стояло у нее перед глазами.

Загорелое, с тонкими морщинками у уголков ярко-зеленых глаз. Решительный подбородок с интригующим косым шрамом. Русые волосы, длинноватые и успевшие выцвести на июньском солнце. Узкое лицо с прямым длинным носом, улыбчивый рот и чуть скошенный передний зуб.

Лицо честного человека. Веселое, дружелюбное. Нелл поставила чашку на стойку, потянулась за булочкой с черникой и посмотрела на Зака.

У него были широкие плечи и мускулистые руки. Выцветшая, застиранная рубашка с закатанными рукавами. Чашку сжимала ладонь, большая и сильная. Нелл привыкла доверять таким рукам. Больно бить могли лишь изящные руки с маникюром.

— Всего одну? — спросила она, кладя булочку в пакет.

— Пока достаточно... Я слышал, вы приехали на остров только вчера.

— Но зато в самое время. — Пока она пробивала чек, Зак открыл пакет и принюхался. Нелл это понравилось.

— Ну, если вкус не хуже запаха, тогда действительно в самое время. Откуда вы?

— Из Бостона.

Он склонил голову набок.

— Что-то не похоже... Акцент, — объяснил Зак, когда она уставилась на него.

— А... — Недрогнувшей рукой Нелл взяла у него деньги и отсчитала сдачу. — Вообще-то я родом из маленького городка на Среднем Западе, неподалеку от Колумбуса, но много ездила по стране. — Той же недрогнувшей рукой она отдала ему сдачу и чек. — Наверное, поэтому никто не признает меня за свою.

— Наверное.

— Привет, шериф!

Зак оглянулся и кивнул:

— Доброе утро, миссис Мейси.

— Вы уже поговорили с Питом Старом насчет его собаки?

— Только иду.

— Его пес катается в дохлой рыбе так, словно это розы. Это бы еще куда ни шло, но он все время носится там, где у меня висит белье. Я люблю собак, но не до такой степени.

— Да, мэм.

— Питу следует держать его на поводке.

— Я поговорю с ним... Миссис Мейси, вы просто обязаны купить себе такую же булочку.

— Вообще-то я пришла за книгой... — Посмотрев на витрину, миссис Мейси выпятила губы. — Выглядит аппетитно. Вы здесь новенькая, верно?

— Да, — хрипло ответила Нелл. У нее комок стал в горле. — Меня зовут Нелл. Хотите что-нибудь?

— Пожалуй, я присяду, выпью чашку чая и съем пирожок с вареньем. Сладкие пирожки — моя слабость. Только эти новомодные чаи я не люблю. Предпочитаю «пеко» со вкусом апельсина... Обязательно скажите Питу, чтобы он держал свою собаку подальше от моего белья, — добавила женщина, повернувшись к Заку. — Иначе он сам будет его стирать.

— Да, мэм. — Зак снова улыбнулся Нелл. Интересно, почему она так побледнела, когда Глэдис Мейси назвала его шерифом? — Рад был познакомиться, Нелл.

Та коротко кивнула в ответ. Руки Нелл были заняты, но Тодд успел заметить, что они дрожат.

«С какой стати симпатичной молодой женщине так бояться полиции? — думал он, спускаясь по лестнице. — Впрочем, некоторые люди боятся копов просто инстинктивно».

Оказавшись на первом этаже, он увидел Майю Девлин, расставлявшую книги на полках, и решил слегка расспросить хозяйку. Вреда от этого не будет.

— Похоже, день сегодня не из легких.

— Угу, — не поворачиваясь, буркнула Майя. — Думаю, дальше будет еще труднее. Туристский сезон только начинается, а у меня в кафе припасено секретное оружие.

— Уже познакомился. Ты сдала ей желтый коттедж?

— Да.

— Ты проверила ее послужной список и рекомендации?

— Слушай, Зак! — Тут Майя повернулась. Каблуки делали ее выше, и их глаза были почти на одном уровне. Она слегка потрепала Тодда по щеке. — Мы с тобой старые друзья, так что я имею полное право послать тебя ко всем чертям. Я не хочу, чтобы ты приходил в кафе и допрашивал моих служащих.

— О'кей. Раз так, я поволоку ее в полицейский участок и хорошенько отделаю резиновой дубинкой.

Майя фыркнула, потянулась и чмокнула его в щеку.

— Ты у нас известный грубиян... Можешь не беспокоиться. Нелл не доставит тебе хлопот.

— Когда она узнала, что я шериф, то вся пошла пятнами.

— Милый, ты должен был привыкнуть, что девушки при виде тебя так и падают.

— Кроме тебя, — парировал он.

— Много ты знаешь... А теперь уходи и не мешай мне заниматься делом.

— Ухожу. Иду выполнять свой проклятый долг и жучить Пита Стара за его вонючего пса.

— Шериф Тодд, вы настоящий храбрец. — Майя захлопала ресницами. — Что бы мы, островитяне, делали без вас и вашей неустрашимой сестры?

— Ха-ха! Рипли приплывает сегодня в полдень на пароме. Иначе я бы поручил это собачье дело ей.

— Значит, неделя уже кончилась? — Майя скорчила гримасу и вернулась к полкам. — Ну что ж, хорошенького понемножку.

— Я больше не собираюсь встревать между вами. Лучше займусь псом Пита.

Майя засмеялась. Но как только Зак ушел, она посмотрела на лестницу, подумала о Нелл и почесала в затылке.

Когда позже она поднялась в кафе, Нелл уже выставила на витрину салаты и суп; приближалось время ленча. Майя заметила, что салаты выглядели свежими и аппетитными, а запах супа мог свести с ума любого, кто входил в магазин.

— Как дела?

— Нормально. Сейчас поток немного схлынул. — Нелл тяжело вздохнула и вытерла руки о передник. — А утро выдалось хлопотное. Первое место заняли булочки, но пирожки с вареньем уступили им совсем немного.

— Тебе положен законный перерыв, — сказала ей Майя. — Я позабочусь о посетителях, но только в том случае, если мне не придется пользоваться кофеваркой. Обращаться с этим чудовищем я не умею.

Она прошла на кухню, села на табурет и скрестила стройные ноги.

— Когда кончится смена, зайди ко мне в кабинет. Нужно будет подписать договор о найме.

— О'кей. Я думала над завтрашним меню...

— Это мы тоже обсудим. А пока налей себе чашку кофе и отдохни.

— Я и так достаточно возбуждена. — Однако Нелл открыла холодильник и вынула оттуда бутылочку минеральной. — Предпочитаю воду.

— Как устроилась?

— Замечательно. Спала как младенец и проснулась в чудесном настроении. Если открыть окна, слышен шум прибоя. Он действует лучше всякой колыбельной. Вы видели сегодняшний рассвет? Потрясающе!

— Поверю на слово. Я стараюсь избегать этого зрелища. Рассвет напоминает, что пора вставать и приниматься за дела. — К удивлению Нелл, Майя протянула руку, забрала у нее бутылку и сделала глоток. — Я слышала, ты познакомилась с Заком Тоддом.

— Да, да... — Нелл тут же схватила тряпку и начала тереть плиту. — Шериф Тодд... Он зашел, купил чашку кофе и булочку с черникой.

— Тодды жили на острове веками, а Закарайя — один из лучших представителей этой семьи. Он добрый, — решительно сказала Майя. — Очень честный, порядочный, внимательный, заботливый. И при этом не зануда.

— Он ваш... — Слово «бойфренд» не вязалось с такой женщиной, как Майя. — Вы любите друг друга?

— В романтическом смысле этого слова? Нет. — Майя вернула бутылку Нелл. — Он слишком хорош для меня. Хотя лет в пятнадцать-шестнадцать я была слегка влюблена в него. Мужчина он видный. Должно быть, ты это заметила.

— Мужчины меня не интересуют.

— Вижу. Значит, ты убегаешь от мужчины? — Подождав немного и поняв, что Нелл не ответит, Майя добавила: — Ну, если... нет, когда захочешь рассказать, ты всегда найдешь во мне внимательного и сочувствующего слушателя.

— Майя, спасибо за все, что вы для меня сделали, но мне нужно работать.

— Что ж, верно. — Зазвонил колокольчик, извещая, что кто-то подошел к стойке. — Нет, у тебя перерыв, — напомнила Майя, не дав Нелл убежать с кухни. — Я сама немного подежурю за стойкой. Не грусти, сестренка. Ты в ответе только перед самой собой.

Как ни странно, эти слова успокоили Нелл. Она села,

прислушиваясь к негромкому голосу Майи, разговаривавшей с посетителями. Из магазина доносилась нежная мелодия флейты. *Можно было закрыть глаза и представить себе следующий день. Следующий год. Спокойный, уютный. Счастливый и плодотворный.*

Для грусти и страха причин нет. Она может не бояться шерифа. Закарайя Тодд не станет приставать к ней и копаться в ее прошлом. А если и станет, то ничего не найдет. Она все сделала осторожно и тщательно.

Нет, бежать дальше она не будет. Бегство и так было слишком долгим. Она останется.

Нелл допила воду и вышла с кухни, заставив Майю обернуться. В этот момент часы на площади медленно и торжественно пробили полдень.

Пол под ее ногами дрогнул, комнату залил сияющий свет. В голове у Нелл зазвучала музыка, напоминавшая аккорд тысячи арф, играющих в унисон. Ветер... Нелл могла поклясться, что ее лица и волос коснулся горячий ветер. Она ощутила запах воска и свежей земли.

Мир дрогнул, завращался, но тут же остановился как ни в чем не бывало. Нелл тряхнула головой, пытаясь прийти в себя, и поняла, что смотрит в глубокие серые глаза Майи.

— Что это было? Землетрясение? — В ту же секунду Нелл поняла, что никто из посетителей кафе и магазина ничего не заметил. Люди входили и выходили, сидели, разговаривали, пили. — Я подумала... почувствовала...

— Да, знаю. — Хотя Майя говорила негромко, но в ее тоне было что-то странное. То, чего Нелл до сих пор не замечала. — Что ж, это все объясняет.

— Что объясняет? — Сбитая с толку, Нелл схватила Майю за руку и почувствовала, что по ее собственной руке заструилась неведомая сила.

— Мы поговорим об этом. Позже. Пришел полуденный паром. — «Рипли вернулась», — подумала Майя. «Теперь на острове все трое...» — Сейчас начнется работа. Готовься разливать суп, Нелл, — мягко сказала она и ушла.

Мало что могло застать Майю врасплох, но беспокоило ее не это. Чувство, испытанное ею в момент прикосновения Нелл, оказалось удивительно сильным. Майе следовало быть готовой к случившемуся. Она лучше всех знала, верила и понимала, какой поворот судьбы произошел много лет назад и что могло произойти сейчас.

Однако вера в судьбу вовсе не означала, что следовало стоять и смотреть на происходящее и ждать у моря погоды. Нужно было действовать, но сначала требовалось хорошенько подумать и разложить все по полочкам.

Майя закрылась в кабинете и стала расхаживать из угла в угол. Здесь она редко занималась магией. Кабинет был местом сугубо земным и деловым. Впрочем, из каждого правила существуют исключения, напомнила она себе.

Эта мысль заставила ее взять с полки хрустальный шар и положить его на стол. Шар рядом с двумя телефонами и компьютером смотрелся забавно. Впрочем, магия всегда уважала технический прогресс. Это прогресс не всегда уважал магию.

Майя обняла шар ладонями и сосредоточилась.

— Покажи мне то, что я должна видеть. На этом острове собрались три сестры, и мы разделим свою судьбу. Мгла, расступись, пошли мне видение. Да будет так.

Шар замерцал, закружился, и в его глубине Майя увидела себя, Нелл и Рипли в роще. Посреди рощи был огненный круг. Деревья были объяты пламенем осенней листвы. С неба лился свет полной луны.

В деревьях возникла тень и превратилась в мужчину. Красивого мужчину с горящими глазами.

Круг распался. Когда Нелл бросилась бежать, мужчина нанес ей удар сплеча, и она разбилась как стекло, разлетевшись на куски. На небе сверкнула молния, грянул гром. Майя увидела в шаре стремительный поток воды. Роща и остров, на котором они жили, канули в море.

Майя отступила и подбоченилась.

— Вечно одно и то же, — с отвращением пробормотала она. — Приходит мужчина и все уничтожает. Но мы еще посмотрим. — Она поставила шар обратно на полку. — Еще посмотрим...

Когда Нелл постучала в дверь, Майя уже покончила с канцелярией.

— Ровно в назначенный час, — сказала она, отвернувшись от компьютера. — Похоже, это вошло у тебя в привычку. Мне нужно, чтобы ты заполнила эти анкеты. — Она показала на аккуратную стопку бумаг, лежавшую на столе. — Я распечатала их еще вчера. Как справилась с толпой любителей ленча?

— Нормально. — Нелл села. Она привыкла заполнять анкеты, и ладони у нее больше не потели. Имя, дата рождения, номер социальной страховки. К этим данным нельзя было придраться. Она обо всем позаботилась заранее. — Я сдала смену Пег. Вот меню на завтра.

— Угу... — Майя взяла сложенный листок, который Нелл достала из кармана, и прочитала его, пока девушка заполняла анкеты. — Неплохо. Куда смелее, чем у Джейн.

— Не слишком смело?

— В самый раз... Что ты собираешься делать вечером? — Майя мельком заглянула в первую анкету. — Значит, просто Нелл Ченнинг? Второго имени у тебя нет?

— Прогуляюсь по берегу, — ответила она на первый вопрос, как бы не заметив второго, — покопаюсь в палисаднике. Может быть, пройдусь по роще, в которой стоит коттедж.

— Сейчас берега ручья покрыты дикой аквилегией, а в тени растут аризема и папоротник. Именно в таких зарослях любят прятаться феи.

— Разве я похожа на человека, который станет пугать робких фей?

Майя усмехнулась:

— Мы еще мало знаем друг друга. Вся жизнь Трех Сестер связана с легендами, а в лесах полно тайн. Ты знаешь историю Трех Сестер?

— Нет.

— Как-нибудь расскажу. Когда придет время для волшебства. А пока что гуляй и дыши свежим воздухом.

— Майя, что случилось в полдень?

— А как по-твоему, что это было?

— Сначала мне показалось, что началось землетрясение, но вскоре я поняла, что ошиблась. Изменилось освещение. И воздух тоже. Как будто... произошел взрыв. — Это звучало глупо, но Нелл решила сказать все как есть. — Вы тоже это почувствовали. Но остальные ничего не заметили. Не заметили ничего необычного.

— Большинство людей ждет только обычных вещей и поэтому ничего не замечает.

— Если это загадка, то ответа на нее я не знаю. — Нелл нетерпеливо встала. — Для вас это не было сюрпризом. Вы испытали не удивление, а легкую досаду.

Заинтригованная Майя откинулась на спинку кресла и подняла бровь.

— Ты хорошо разбираешься в людях.

— Нужда заставила.

— Ты довела это искусство до совершенства, — кивнула Майя. — Знаешь, что случилось? Это можно назвать соединением. Что происходит, когда три положительных заряда одновременно встречаются в одном месте?

Нелл покачала головой.

— Понятия не имею.

— И я тоже. Но давай раскинем мозгами. Это похоже на узнавание, верно? Я узнала тебя.

У Нелл будто остановилось сердце и тут же сорвалось в бешеный ритм.

— Не понимаю, о чем вы...

— Я говорю не о том, кто ты или кем была прежде, — успокоила ее Майя. — Я говорю о твоей сущности. Нелл, поверь, я не собираюсь лезть в твои личные дела. Меня интересует не столько твой вчерашний день, сколько завтрашний.

Нелл открыла рот... и тут же закрыла его. Она едва не рассказала Майе все. Все, от чего бежала, чего боялась. Но тем самым она снова вручила бы свою судьбу в чужие руки. Эту ошибку нельзя повторять.

— Завтра я сварю летний овощной суп и сделаю сандвичи с цыпленком, цуккини и рикотта. Придется повозиться.

— Неплохо для начала. Ну что ж, желаю тебе хорошо провести остаток дня. — Когда Нелл пошла к двери, Майя негромко сказала ей вслед: — Пока ты боишься, он будет побеждать.

— Плевать мне на победу, — ответила Нелл, быстро вышла и закрыла за собой дверь.

ГЛАВА 3

Нелл нашла ручей и дикую аквилегию — капельки солнца на зеленом фоне. Она сидела на мягкой траве, слушала журчание воды, пение птиц и ощущала мир и покой.

Это был ее остров. Нелл была уверена в этом как никогда в жизни. Она принадлежала этому месту, и никакому другому.

Даже в детстве у нее не было такого чувства. «Родители тут ни при чем», — подумала она, погладив висевший на шее золотой медальон. Но из-за отца они постоянно переезжали с места на место, поэтому военные городки, в которых жила семья, мелькали как в калейдоскопе. Память Нелл не сохранила ничего.

У ее матери был дар делать уютным каждое их жилище, куда бы их ни занесло. И все же когда ты просыпаешься и день за днем видишь в окне спальни одно и то же, это совсем другое дело.

Именно поэтому Нелл никогда не покидала тоска по оседлости.

Именно поэтому она сделала роковую ошибку, решив, что жизнь с Ивеном позволит унять эту тоску. Ей следовало знать, что обрести спокойствие можно только собственными силами.

Возможно, именно это она сейчас и делала. Здесь ее дом.

Наверное, Майя говорила о том же. «Это похоже на узнавание». Они обе принадлежали острову. В каком-то смысле были его частью. Все очень просто.

Майя была женщиной с сильно развитой интуицией и обладала поразительным даром. Она видела людей насквозь. Оставалось надеяться, что она сдержит слово и не станет лезть в личные дела Нелл. Если кто-то начнет копаться в ее прошлом, придется уехать. Она не сможет остаться, несмотря на свое родство с этим местом.

Нет. Этого не случится.

Нелл встала, раскинула руки и медленно закружилась на месте. Она не позволит этому случиться, она научится доверять Майе, будет работать у нее, жить в маленьком желтом коттедже и каждое утро просыпаться с радостным чувством свободы.

«А в свое время мы с Майей по-настоящему подружимся, — подумала она, идя к дому. — О такой сильной и умной подруге можно только мечтать».

Интересно, что значит быть такой женщиной, как Майя Девлин? Поразительно красивой, поразительно уверенной в себе? Женщиной, которая ни в чем не сомневается, никогда не задает себе вопросов, не пытается переделать себя, не боится того, что любой ее поступок будет недостаточно хорош?

Замечательно...

Но если красота дается от рождения, то уверенности в себе можно научиться. А разве маленькие победы не доставляют человеку большое удовлетворение? Каждая такая победа совершенствует твое оружие.

«Довольно бездельничать, довольно копаться в себе, — подумала Нелл и ускорила шаг. — Нужно съездить в питомник и потратить там остатки аванса».

Если это не порадует ее, то, значит, ее ничего больше не порадует.

Ей открыли кредит. «Список моих долгов Майе увеличился», — думала Нелл на обратном пути. Она работала у Майи Девлин, поэтому все относились к Нелл по-доброму. Ей отпускали товар под честное слово; для этого было достаточно ее подписи на квитанции.

«Так происходит только в маленьких городках», — думала она. Нелл старалась не злоупотреблять этим и купила всего полдюжины плоских корзин, несколько глиняных горшков, землю и дурацкую каменную химеру, которая должна была охранять посадки.

Сгорая от нетерпения, Нелл припарковалась перед коттеджем, выпрыгнула из машины, открыла заднюю дверь и погрузилась в свои душистые маленькие джунгли.

— Вот веселье-то будет! Клянусь, я сумею позаботиться о всех вас.

Нелл потянулась за первой корзиной.

«Вот это да», — подумал Зак, остановившись напротив. Маленький, крепенький, очень женственный зад в выцветших джинсах. Какой мужчина не залюбовался бы подобным зрелищем? Только жалкий извращенец...

Зак вышел из патрульной машины, прислонился к двери и стал смотреть, как Нелл вынимает ящик с розовыми и белыми петуниями.

— Чудесная картина.

Нелл вздрогнула и чуть не выронила ящик. Это не укрылось от внимания Зака. Кроме того, он заметил тревогу в глазах молодой женщины, но, не подав виду, лениво выпрямился и перешел улицу.

— Разрешите помочь.

— Все в порядке. Я справлюсь.

— Не сомневаюсь. И все же... — Зак нагнулся и достал еще два ящика. — Куда нести?

— Пока что на задний двор. Я еще не решила, куда их поставить. Но, честное слово...

— Замечательный запах. Что это?

— Душистые травы. Розмарин, базилик, эстрагон и так далее...

«Пусть несет, — решила Нелл. — Так легче всего от него избавиться».

Она пошла на задний двор.

— Я устрою грядку с травами у входа на кухню. Если появится свободное время, постараюсь добавить какие-нибудь овощи.

— Моя мать всегда говорила: «Если сажаешь цветы — значит, пускаешь корни».

— Я собираюсь сделать и то и другое... Поставьте на крыльцо. Спасибо, шериф.

— Еще пара осталась на переднем сиденье.

— Я могу...

— Я схожу за ними. Про землю не забыли?

— Нет. Пакеты в багажнике.

Зак непринужденно улыбнулся и протянул ладонь:

— Мне понадобятся ключи.

— Ох... Да. — Смутившись, Нелл порылась в кармане. — Спасибо.

Когда Зак ушел, она стиснула руки. Все в порядке. Он просто хочет помочь. Не каждый мужчина таит в себе угрозу. Тем более коп. Нужно быть умнее.

Зак вернулся нагруженный, как верблюд. При виде огромной сумки с землей, висевшей на его плече, и зажатых в руках корзин с розовой геранью и белыми нарциссами Нелл невольно засмеялась.

— Слишком много всего. — Она взяла у Зака цветы. — Я хотела купить только травы, но не успела оглянуться, как... Не сумела вовремя остановиться.

— Обычно так и бывает. Сейчас я принесу горшки и инструменты.

— Шериф... — Когда-то она считала вполне естественным платить добром за добро. Эту естественность было необходимо восстановить. — Утром я сделала лимонад. Не выпьете стаканчик?

— С удовольствием.

Нелл напомнила себе, что нужно вести себя непринужденно. Она наполнила лимонадом два стакана и добавила в них несколько кубиков льда. Когда она вышла с кухни, Зак уже вернулся. При виде этого крупного мускулистого мужчины, стоявшего посреди белых и розовых цветов, что-то предательски дрогнуло у нее внутри.

Проснулось желание... Поняв это, Нелл напомнила себе, что больше не хочет испытывать ничего подобного.

— Спасибо за то, что поработали у меня грузчиком.

— Пожалуйста. — Он взял стакан и одним глотком выпил половину. Нелл вздохнула. Увы, желание никуда не исчезало, а только усиливалось.

Зак восторженно произнес:

— Вот это вещь! Не помню, когда я в последний раз пил свежий лимонад. Вы просто находка. Честное слово.

— Мне нравится возиться на кухне. — Нелл наклонилась и взяла лопату, такую упоительно новенькую, только что из магазина.

— А рукавицы не купили.

— Забыла.

«Ждет не дождется, когда я допью лимонад и уберусь восвояси, но слишком вежлива, чтобы сказать это вслух», — спокойно подумал Зак. Он сел на маленькое заднее крыльцо и устроился поудобнее.

— Ничего, если я немножко посижу? День был трудный. Я не буду вам мешать? Так приятно смотреть на женщину, работающую в саду...

«Я бы тоже с удовольствием посидела на крыльце, — подумала Нелл. — Погрелась на солнышке и подумала, что мне делать с цветами и травами».

Она начала высаживать растения в горшки, напомнив

себе, что, если результаты ей не понравятся, все можно будет переделать.

— Гм-м... Вы поговорили с владельцем собаки?

— С Питом? — Зак сделал глоток лимонада. — Думаю, мы достигли взаимопонимания, и теперь на нашем маленьком острове вновь воцарится мир.

В его голосе звучали юмор и ленивое удовлетворение. Нелл оценила и то и другое.

— Наверное, интересно быть шерифом в месте, где знаешь каждого.

— Есть свои преимущества.

«У нее маленькие руки, — подумал Зак, следя за ее работой. — Быстрые, ловкие пальцы». Нелл наклонила голову и потупилась. «Стеснительная, — подумал он. — И, похоже, немного отвыкшая от общения с людьми».

— Приходится быть кем-то вроде третейского судьи, а летом утихомиривать слишком буйных приезжих. Больше всего это похоже на работу пастуха, присматривающего за стадом в три тысячи голов. Но мы с Рипли справляемся.

— Рипли?

— Это моя сестра. Еще один местный коп. Тодды были здесь копами в течение пяти поколений... Красиво у вас получается, — сказал Зак, глядя на ее работу.

— Вы находите? — Нелл смешала всего понемногу и добавила в горшок барвинок. Она боялась, что получится плохо, но смесь смотрелась ярко и задорно. Она подняла довольное лицо. — Это мой первый опыт.

— Если так, то у вас врожденный дар. Впрочем, не мешало бы надеть шляпу. Такая кожа, как у вас, быстро обгорает.

— Ох... — Она потерла нос тыльной стороной ладони. — Наверное, вы правы.

— Бьюсь об заклад, что в Бостоне у вас своего палисадника не было.

— Нет. — Она наполнила землей ящик. — Я прожила там всего ничего. Не мой город.

— Я знаю, что вы имеете в виду. Я тоже какое-то время прожил на материке и ни разу не почувствовал себя дома. Ваши родители остались на Среднем Западе?

— Мои родители умерли.

— Мне очень жаль.

— И мне тоже. — В новый горшок она посадила герань. — Шериф, это беседа или допрос?

— Беседа, — как ни в чем не бывало ответил он и подумал: «Осторожная женщина». Опыт подсказывал Заку, что для такой осторожности нужны веские причины. — С какой стати мне вас допрашивать?

— Полиция меня не разыскивает. Под арестом я не была. Приключений не ищу, — с некоторым вызовом сказала Нелл.

— Этого вполне достаточно. — Зак протянул Нелл цветок, стоявший поодаль. — Мисс Ченнинг, остров у нас маленький. Народ очень дружелюбный, но любопытный.

— Догадываюсь. — «Не стоит отпугивать его», — напомнила себе Нелл. — Понимаете, я много путешествовала по стране. Я устала и приехала сюда, надеясь найти работу и место, где можно пожить спокойно.

— Похоже, вы нашли и то и другое. — Он поднялся. — Спасибо за лимонад.

— Пожалуйста.

— Хорошо у вас получается. Да, у вас определенно есть дар. До свидания, мисс Ченнинг.

— До свидания, шериф.

Идя обратно к машине, Зак подытожил то, что ему удалось узнать. Сирота, боится копов, не любит, когда ей задают вопросы. Женщина с простыми вкусами и взвинченными нервами. Да, еще по каким-то причинам, которых он не мог понять, не слишком приветливая.

По пути он осмотрел ее машину и обратил внимание на новенький массачусетский номер. Не мешает проверить. Просто для очистки совести.

Чутье подсказывало ему, что Нелл Ченнинг не ищет приключений именно потому, что ей довелось немало пережить.

Нелл принесла молодой паре у окна пирожки с яблоками и кофе с молоком, потом убрала на соседнем столике. Три женщины неторопливо рылись в книгах. Нелл рассчитывала, что вскоре они поднимутся в кафе.

Собрав кружки, она мимоходом выглянула в окно. С материка прибывал полуденный паром. Сопровождавшие его чайки кружили и пикировали в воду. Море, сегодня тихое и зеленое, покачивало буи. По гладкой поверхности плавно скользила небольшая яхта с надутыми парусами.

Когда-то она тоже плавала под парусом. Но то было в другом море и в другой жизни. Одно из немногих удовольствий, выпадавших на ее долю. Чувство полета, покачивание на волне... Не правда ли, странно, что море всегда звало ее? В конце концов, Тихий океан погубил ее.

А сейчас Атлантика возвращала ее к жизни.

Улыбнувшись этой мысли, Нелл повернулась и столкнулась с Заком.

— Прошу прощения. Я вас не запачкала? Я ужасно неуклюжая. Не смотрела, куда...

— Ничего страшного не случилось. — Зак продел пальцы в ручки двух кружек и забрал их, стараясь больше не прикасаться к Нелл. — Я вас понимаю. Красивая яхта.

— Да. — Нелл обошла его и быстро вернулась за стойку. Она ненавидела, когда кто-то стоял у нее за спиной. — Но мне платят не за то, чтобы я любовалась яхтами. Принести вам что-нибудь?

— Передохните, Нелл.

— Что?

— Передохните, — негромко повторил он, ставя кружки на стойку. — Придите в себя.

— Я в полном порядке. — Раздосадованная Нелл рывком схватила кружки, и они зазвенели. — Просто не ожидала, что кто-то стоит позади меня.

Зак улыбнулся:

— Ну что ж, пирожок с яблоками и большую кружку кофе. Как ваши посадки, завершены?

— Почти. — Разговаривать Нелл не хотелось, поэтому она занялась приготовлением кофе. Она не желала дружески беседовать со здешним копом, который не сводил с нее пристальных зеленых глаз.

— Может быть, это пригодится, когда вы начнете ухаживать за цветами. — Он положил на стойку большую сумку.

— Что это?

— Садовый инвентарь.

Он отсчитал нужную сумму за кофе и пирожок и положил деньги рядом с сумкой.

Нелл вытерла руки о белый передник и нахмурилась, но любопытство заставило ее открыть сумку. Увидев смешную соломенную шляпу с загнутыми полями, она чуть не расхохоталась. На макушке шляпы колыхались уродливые искусственные цветы.

— В жизни не видела более дурацкой шляпы!

— Были и хуже, — заверил он. — Но зато у вас не обгорит нос.

— Это очень любезно с вашей стороны, но не стоило...

— Здесь это называется «помочь по-соседски». — Тут запищал сотовый телефон, прикрепленный к его поясу. — Ну вот... Опять работа.

Зак пошел к выходу. Когда он скрылся из виду, Нелл схватила шляпу и шмыгнула на кухню, чтобы полюбоваться своим отражением в крышке плиты.

Рипли Тодд налила себе еще одну чашку кофе. Утро стояло тихое, и ей это нравилось.

Но в воздухе что-то чувствовалось. Она не хотела этого замечать, однако факт оставался фактом. Рипли попыталась убедить себя в том, что это воздействие недели, проведенной в Бостоне.

Нельзя сказать, что ей там не понравилось. Семинар по повышению квалификации пошел на пользу — этого нельзя отрицать. Рипли любила полицейскую работу, вплоть до мелочей. Но шум и хаос утомляли ее, даже если она проводила в городе совсем немного времени.

Зак бы сказал, что она просто не любит больших скоплений людей. Это было совершенно верно.

Рипли увидела брата, шедшего по улице. Ему понадобится еще добрых десять минут, чтобы одолеть половину квартала. Люди не давали Заку прохода; каждому хотелось обменяться словом с молодым шерифом.

«Больше того, людям нравится быть с ним рядом», — думала Рипли. У него было что-то... Рипли не хотелось пользоваться словом «аура». Оно было слишком в стиле Майи. Атмосфера, решила она. Зак умел создавать вокруг себя атмосферу, которая действовала на людей благотворно. Люди знали: стоит поделиться с ним своими трудностями, и Зак даст им дельный совет или постарается помочь как-то иначе.

Зак — человек общительный, дружелюбный, терпеливый и неизменно справедливый. Зато про Рипли этого сказать было нельзя.

Может быть, именно поэтому они составляли удачную пару. Злой коп — добрый коп...

Пока Зак шел по тротуару, она открыла дверь, впустив летний воздух и звуки улицы: ему это нравилось. Когда Тодд наконец добрался до участка, его ждала чашка свежезаваренного кофе.

— В девять утра у Фрэнка и Элис Пэрдью родилась девочка. Вес — три шестьсот. Назвали Белиндой. Робби Янгер свалился с дерева и сломал руку. Двоюродный брат Мисси Хейчин, который живет в Бангоре, купил себе новенький «Шевроле»-седан.

С этими словами Зак взял протянутую ему чашку, сел за письменный стол, положил на него ноги и улыбнулся.

Укрепленный на потолке вентилятор опять заскрипел. Это старье давно пора было сменить.

— А что нового у тебя?

— Превышение скорости на северном прибрежном шоссе, — ответила Рипли. — Не знаю, куда они так неслись. Я объяснила им, что скалы и маяк стоят на своих местах уже несколько веков и никуда не денутся. — Она вынула из ящика факс. — А это для тебя. Нелл Ченнинг. Новая повариха из кафе Майи, верно?

— Угу...

Он пробежал глазами по тексту. Так. Права, выданные в Огайо, были действительны и регулярно обновлялись каждые два года. Машина была зарегистрирована на ее имя. Насчет новенького номера он не ошибся. Нелл получила его всего неделю назад. До того номер у нее был техасский.

Странно...

Рипли примостилась на краешке их общего письменного стола и сделала глоток из чашки Зака. Он так и не прикоснулся к кофе.

— Что заставило тебя послать запрос?

— Любопытство. Она необычная женщина.

— В чем именно?

Зак хотел ответить, но покачал головой.

— Сходи на ленч в кафе и взгляни на нее сама. Интересно, что ты скажешь.

— Может быть, и схожу. — Рипли нахмурилась и посмотрела на открытую дверь. — Похоже, шторм приближается.

— Милая, море ровное как стекло.

— Но что-то приближается, — повторила она себе под нос и схватила бейсбольную шапочку. — Пойду пройдусь. Может быть, загляну в кафе и посмотрю, кто это к нам приехал.

— Валяй. А я днем обойду берег. Посмотрю что да как.

— Удачной прогулки. — Рипли надела темные очки и быстро вышла.

Она любила свой поселок и царивший в нем порядок. По мнению Рипли, у всего было на свете свое место, которое следовало соблюдать. Конечно, у моря и погоды имелись свои капризы, но это было вполне естественно и укладывалось в существующий порядок вещей.

Июнь означал наплыв туристов и дачников, переход от тепла к жаре, костры на берегу и дым множества грилей.

К этому следовало прибавить шумные вечеринки, пьянство и мелкие беспорядки, потерявшихся детей и неизбежные ссоры между любовниками. Но туристы, праздновавшие наступление отпуска, пившие, слонявшиеся туда-сюда и ссорившиеся по пустякам, привозили на остров деньги, которые помогали местным жителям продержаться на плаву всю зиму.

Ради того, чтобы остров Трех Сестер процветал, она охотно согласилась бы не только на присутствие чужаков, но и на куда более худшие вещи.

Эти девять квадратных миль скал, песка и земли были ей дороже всего остального мира.

Разомлевшие от жары люди вперевалку шли с пляжа. Рипли никогда не могла понять, что за радость коптиться на солнце, как какой-нибудь лосось. Через час она просто взбесилась бы от скуки и безделья.

Зачем лежать, если можно стоять?

Нельзя сказать, что она не получала удовольствия от пляжа. Каждое утро зимой и летом она устраивала пробежки вдоль полосы прибоя. Если позволяла погода, то пробежка заканчивалась заплывом. Если же нет, Рипли заходила в гостиничный крытый бассейн.

Но при прочих равных предпочитала море.

Результатом таких физических нагрузок было крепкое и стройное тело, чаще всего облаченное в брюки цвета хаки и майки. Кожа Рипли была такой же загорелой, как у брата, а глаза — такими же ярко-зелеными. Прямые темно-русые волосы прикрывала бейсбольная шапочка.

Ее черты представляли собой странную смесь — крупноватый рот, маленький носик и выгнутые темные брови. В детстве она считала себя дурнушкой, но с годами привыкла к своей внешности и перестала обращать на нее внимание.

Она вошла в кафе «Бук», помахала рукой Лулу и направилась к лестнице. Если повезет, она посмотрит на эту Нелл Ченнинг и не столкнется с Майей.

Не дойдя до кафе три ступеньки, она поняла, что на везение рассчитывать не приходится.

За стойкой стояла Майя — как всегда, элегантная, в широком цветастом платье. Ее волосы были свободно забраны назад, эффектно обрамляя лицо. По сравнению с ней женщина, хлопотавшая рядом, казалась несколько чопорной.

Рипли сочла, что сравнение в пользу Нелл.

Итак, Рипли сунула большие пальцы в задние карманы брюк и вперевалку направилась к стойке.

— Помощник шерифа Тодд. — Майя наклонила голову и посмотрела на Рипли исподлобья. — Какими судьбами?

Рипли изучала Нелл, не обращая на Майю никакого внимания.

— Я бы съела суп и сандвич.

— Нелл, это Рипли, несчастная сестра Зака. Если она пришла на ленч, это значит, что мир перевернулся.

— Майя, поцелуй меня в задницу... Рада познакомиться с вами, Нелл. И стаканчик лимонада.

— Понятно. — Нелл посмотрела на Рипли, а потом на Майю. — Я сейчас, — пробормотала она и быстро шмыгнула на кухню готовить сандвич.

— Я слышала, что ты подобрала эту девушку, едва она сошла с парома, — продолжила Рипли.

— Более или менее. — Майя зачерпнула половником суп. — Рипли, не приставай к ней.

— С какой стати я буду к ней приставать?

— Потому что ты — это ты. — Майя поставила суп на

стойку. — Послушай, когда ты вчера сходила с парома, не заметила ничего странного?

— Нет, — слишком быстро ответила Рипли.

— Лгунья, — негромко сказала Майя, видя, что Нелл возвращается с сандвичем.

— Помощник шерифа Тодд, вам накрыть столик?

— Да, спасибо. — Рипли вынула из кармана деньги. — Майя, пробей мне чек.

Она расплатилась и села в кресло. Тем временем Нелл поставила заказ на стол.

— Выглядит замечательно.

— Надеюсь, вам понравится.

— Не сомневаюсь. Где вы учились готовить?

— В разных местах. Может быть, хотите еще что-нибудь?

Рипли подняла палец, прося Нелл подождать, взяла ложку и отведала суп.

— Нет. Это и в самом деле замечательно. А что, выпечка — тоже ваших рук дело?

— Да.

— Большая работа.

— За это мне и платят.

— Верно. Не позволяйте Майе эксплуатировать себя. Она любит командовать.

— Совсем наоборот, — ледяным тоном ответила Нелл. — Она очень щедрая и очень добрая. Приятного аппетита.

Преданная, решила Рипли, приступив к ленчу. Это плюс. И вежливая, хотя немножко замороженная. Как будто отвыкла общаться с людьми.

«Нервничает. Испугалась невинной шуточной пикировки. Впрочем, некоторые не выносят даже самых ничтожных размолвок», — пожав плечами, подумала Рипли.

Как бы там ни было, но Нелл Ченнинг показалась ей совершенно безобидной. И чертовски хорошей поварихой.

От вкусной еды у Рипли улучшилось настроение, и на

обратном пути она снова подошла к стойке. Сделать это было легко, потому что Майя куда-то испарилась.

— Ну что ж, вы своего добились.

Нелл похолодела. Она придала лицу бесстрастное выражение и постаралась справиться с дрожью в руках.

— Простите, не поняла.

— Теперь я буду постоянно приходить сюда, хотя много лет избегала этого. Ленч был великолепный.

— А... Что ж, очень рада.

— Наверное, вам бросилось в глаза, что мы с Майей не слишком ладим.

— Это не мое дело.

— Если живешь на острове, тебя касается все. Но не волнуйтесь, большую часть времени нам с Майей удается избегать друг друга. Так что метаться между нами вам не придется... Я хочу взять с собой пару шоколадных пирожных.

— Может быть, возьмете три.

— Ладно, пусть будет три. Я отдам одно Заку и стану в его глазах героиней.

Нелл слегка успокоилась, положила в пакет три пирожных и пробила чек. Но когда Рипли протянула ей деньги, руки молодых женщин соприкоснулись и Нелл пронзил ток такой силы, что она ахнула.

Недовольная Рипли смерила ее долгим взглядом, схватила пакет и шагнула к лестнице.

— Помощник шерифа... — окликнула ее крепко стиснувшая руку Нелл. — Вы забыли сдачу.

— Оставьте ее себе, — бросила Рипли и затопала по лестнице. Внизу стояла Майя. Ее руки были скрещены на груди, голова вскинута. Рипли что-то коротко рыкнула и ушла.

Шторм начался. Он грянул, хотя небо было ясным, а море спокойным. Его неистовство проникло в сны беспомощной Нелл и швырнуло ее в прошлое.

Огромный белый дом стоял посреди изумрудного газона. Внутри все было твердым и холодным. Преобладали светлые цвета — серый, песчаный и бежевый.

Но розы, которые он всегда покупал ей, были цвета крови.

Дом был пуст и, казалось, кого-то ждал.

Во сне Нелл сопротивлялась. Нет, она больше не войдет туда. Ни за что.

Однако дверь открылась. Высокая белая дверь, за которой начинался просторный вестибюль. Белый мрамор, белое дерево, леденящий душу блеск хрусталя и хрома.

Нелл как будто со стороны видела, как она сама входит в дом. Длинные светлые волосы падают на нарядное белое платье с блестками, горящими ледяным блеском. Ее губы красны как розы.

Затем входит он. Как всегда, идя след в след. Его рука слегка касается ее ягодиц. Когда Нелл давала себе волю, она все еще чувствовала это прикосновение.

Он высокий и стройный. Черный вечерний костюм и золотые волосы, напоминающие шлем, делают его похожим на принца. Она полюбила его за романтическую внешность и поверила его обещаниям вечного счастья. Разве он не взял ее к себе во дворец, в сказочный белый дворец и не дал ей все, о чем может мечтать женщина?

Сколько раз он напоминал ей об этом?

Нелл помнила, что случилось потом. Помнила сверкающее белое платье, помнила усталость и облегчение, охватившие ее, когда вечер благополучно кончился. Она ничем не огорчила его, ничем не расстроила.

Но это ей только казалось.

Пока она не повернулась и не увидела выражение его лица.

Он дожидался, пока они останутся одни. А потом происходила метаморфоза. На это он был мастер.

Нелл помнила и страх, который охватил ее, когда она попыталась понять, в чем провинилась.

«Элен, ты довольна?»

«Да, вечеринка была хорошая. Только очень долго. Налить тебе стаканчик бренди на ночь?»

«Тебе понравилась музыка?»

«Очень».

Музыка? Может быть, она что-то не то сказала про музыку? В этих вещах она полный профан... Нелл едва не вздрогнула, когда он, протянув руку, стал играть ее волосами.

«Я с удовольствием танцевала в саду, под открытым небом. Это было чудесно».

Нелл сделала шаг назад, чтобы повернуться к лестнице, но его холеные пальцы сжались в кулак, стиснули ее волосы и удержали на месте.

«Да, я заметил, с каким удовольствием ты танцевала. Особенно с Митчеллом Роулингсом. Как ты флиртовала с ним. Кокетничала. Позорила меня перед друзьями и клиентами».

«Ивен, я не флиртовала. Я только...»

Пощечина сбила ее с ног, от острой боли потемнело в глазах. Когда Нелл съежилась в комок, он потащил ее по мраморному полу за волосы.

Сколько раз он поднимал на нее руку!

Она плакала, отрицала свою вину, а он обвинял. Потом это ему надоедало, и он позволял Нелл уползти куда-нибудь в угол и дать волю рыданиям.

Но на этот раз, в этом сне, она уползла в лес, где воздух был нежным, а земля теплой.

И уснула на берегу ручья, тихо журчавшего среди гладких камней.

А потом проснулась от пушечного удара грома и располосовавшей небо молнии. Проснулась от ужаса. Она бежала через лес, и ее белое платье сияло, как маяк. Кровь стучала у нее в висках. За ней гнались. Деревья позади трещали, подернутая туманом земля хватала ее за ноги.

Но она продолжала бежать. Дыхание со свистом вырывалось из легких. Ее крикам вторили порывы ветра.

Наконец страх полностью овладел ею, не оставив места ничему иному.

Ветер хлестал ее по лицу и полосовал платье.

Нелл взбиралась на скалу, скользя по камням, как ящерица. Тьму прорезал луч маяка, похожий на серебряный клинок, а внизу грозно шумело море.

Она кричала и поднималась все выше и выше, но не оглядывалась. Не могла заставить себя оглянуться и увидеть, кто ее преследует.

Предпочтя полет борьбе, она прыгнула в пропасть и устремилась навстречу волнам. Порыв ветра заставил ее закружиться в воздухе, и перед глазами Нелл замелькали скалы, луч маяка и деревья.

ГЛАВА 4

В свой первый выходной Нелл переставила мебель, потом полила цветы, приняла душ и испекла буханку ржаного хлеба.

В девятом часу утра она наконец села завтракать.

Ивен ненавидел ее привычку рано вставать и говорил, что именно поэтому она клюет носом во время вечеринок. Но здесь, в маленьком коттедже у моря, упрекать в этом ее было некому. Нелл распахнула окна настежь. Весь день принадлежал ей.

Еще дожевывая хлеб и сунув горбушку в карман шорт, она отправилась на долгую прогулку вдоль берега.

Яхты, успевшие отчалить от пристани, подпрыгивали и скользили по воде. Дремотно-синее море было покрыто барашками; волны выносили на песок кружевную пену. В воздухе вились белогрудые чайки, полет которых напоминал изящный танец. Их протяжные хриплые крики вторили неумолчному рокоту прибоя, заменявшему музыку.

Нелл закружилась на месте, исполнив маленький танец собственного сочинения. Потом вынула из кармана горбушку, разломила ее на кусочки и стала бросать их в воздух, следя за тем, как кружат и снижаются чайки.

«Я одна, — подумала она, подняв лицо к небу. — Но не одинока. Похоже, одиночество мне больше не грозит».

Услышав колокольный звон, Нелл обернулась к поселку и залюбовалась красивым белым шпилем. Потом взглянула на свои шорты с обтрепанными краями и тапочки. Наряд для церковной службы был неподходящий. Но она могла и сама вознести небесам благодарственную молитву.

Продолжая прислушиваться к звону, она села у кромки прибоя. Вот они, мир и радость. Теперь она никогда ничего не возьмет даром. Следует помнить, что за все нужно платить. Изо дня в день. Даже если это всего лишь хлеб для чаек. Она станет ухаживать за своими растениями, будет доброй и никому не откажет в помощи.

Надо заслужить то, что она получила, и беречь это.

Теперь можно радоваться простым вещам и никто не одернет ее.

Нелл встала и начала собирать ракушки. Сначала она совала их в карманы. Когда карманы наполнились, она сняла тапочки и набила их ракушками. Так она добралась до дальнего конца пляжа, где из песка торчали скалы, и повернула к морю. Здесь лежали гладкие камни величиной с ладонь. Нелл взяла один голыш, затем другой и задумалась, не стоит ли обложить ими маленькую грядку с душистыми травами.

Уловив краем глаза какое-то движение слева, она стиснула камень и быстро обернулась. По зигзагообразной деревянной лестнице спускался Зак. Сердце ее колотилось как бешеное.

— Доброе утро.

— Доброе... — Она вдруг обернулась. Поглядела на поселок и огорчилась, поняв, что она ушла далеко.

— Самый подходящий день для хорошей прогулки по берегу, — продолжил Зак, опершись о перила и рассматривая ее. — Я вижу, вы уже успели это сделать.

Он следил за Нелл еще тогда, когда она танцевала с чайками. Господи, ну почему ее радость моментально сменяется настороженностью? Просто позор...

— Я и не знала, что забралась так далеко.

— Островок маленький, и особенно далеко тут не уйдешь. Сегодня будет жарко, — непринужденно сказал он. — К полудню пляж будет забит битком. Приятно немного побыть в одиночестве, пока тут не станет тесно от тел и полотенец.

— Да, но...

— Пойдемте наверх.

— Что?

— Наверх. В дом. Я дам вам сумку для ракушек и камней.

— Ох, нет... Спасибо, не нужно.

— Нелл, кого вы боитесь? Копов, мужчин или только меня?

— Никого.

— Тогда докажите. — Он остался на месте, но протянул руку.

Она подняла глаза. Взгляд у Зака был добрый. Умный и терпеливый. Нелл вздохнула, медленно шагнула вперед и протянула ему руку.

— И что вы будете делать с этими ракушками?

— Ничего. — Сердце Нелл гулко билось, но она послушно поднималась по лестнице. — Вернее, ничего особенного. Просто разложу и буду на них смотреть, и все.

Рука Зака была легкой, но сильной. На ней не было ни колец, ни часов.

«Этот человек не любит ничего, что бросается в глаза», — подумала Нелл.

Они шли босиком. Его джинсы были порваны на колене, концы обтрепаны. Загорелая кожа и выцветшие на солнце волосы делали его похожим на завсегдатая пляжа, а не на шерифа. Это слегка уменьшило ее тревогу.

Добравшись до верхней площадки, они свернули и прошли немного в сторону. Внизу, у дальнего конца скал, виднелась солнечная бухточка с хлипким причалом, у которого лениво покачивалась небольшая красная яхта.

— Просто картинка... — негромко сказала Нелл.

— Вы когда-нибудь плавали под парусом?

— Да. Немного, — быстро добавила она. — Это ваша яхта?

— Моя.

Из воды показалась гладкая темная голова. Нелл во все глаза уставилась на огромную черную собаку, которая выпрыгнула на берег и начала отчаянно отряхиваться.

— И она тоже, — уронил Зак. — В смысле, моя. Как вы относитесь к собакам? Скажите честно. Если боитесь, я придержу ее.

— Нет, я люблю собак.

Собака несколькими мощными скачками одолела склон, прыгнула на Зака, бешено завиляла хвостом, подняв тучу брызг, и лизнула его в лицо. Потом дважды коротко гавкнула, напрягла мышцы и сделала бы то же самое с Нелл, если бы Зак не прикрыл молодую женщину собой.

— Это Люси. Она дружелюбная, но невоспитанная. Люси, лежать!

Люси легла и вытянулась всем телом. Но потом радость и любовь возобладали, и она снова прыгнула на Зака.

— Ей два года, — объяснил Тодд, оттолкнув собаку и заставив ее сесть. — Черный лабрадор. Говорят, что с возрастом они становятся послушнее.

— Красавица... — Нелл погладила Люси по голове. От первого же прикосновения собака шлепнулась на землю и перевернулась брюхом вверх.

— Где твоя гордость? — начал Зак, но осекся, увидев, что Нелл опустилась на четвереньки и чешет брюхо Люси обеими руками, к бурному восторгу последней.

— Зачем такой красавице гордость, правда, Люси? Ты всего лишь большая, красивая собака, верно? Я всегда... Ой!

Люси, ошалев от счастья, вскочила и опрокинула Нелл навзничь. Зак бросился на помощь, но сделал это недостаточно быстро. Собака успела прыгнуть на Нелл и лизнуть ее в лицо.

— О боже, Люси, как ты себя ведешь? Прошу прощения. — Зак оттолкнул собаку и помог Нелл встать. — Вы целы? Она ничего вам не сделала?

— Нет. Все в полном порядке. — У Нелл перехватило дыхание, но, похоже, Люси тут была ни при чем. Собака сидела, опустив голову и колотя песок хвостом. Зак был огорчен и раздосадован, но не сердился.

— Вы не ударились головой, нет? Эта чертова собака весит почти столько же, сколько и вы. Вы оцарапали локоть, — взволнованно добавил он и только тут заметил, что Нелл хихикает. — Что здесь смешного?

— Ничего. Просто ужасно забавно, как Люси притворяется, что ей стыдно. Похоже, она очень вас боится.

— Да. Я порю ее дважды в неделю, за дело и без дела. — Он легко провел ладонями по предплечьям Нелл. — Вы уверены, что все в порядке?

— Да. — Только тут до Нелл дошло, что они стоят очень близко, чуть ли не в обнимку. Что руки Тодда касаются ее рук и ее кожа горит. — Да, — повторила она и сделала шаг назад. — Я цела и невредима.

— Вы крепче, чем кажетесь, — заметил Зак. — Пойдемте в дом, — сказал он. — К тебе это не относится, — добавил Зак, обращаясь к собаке. — Ты наказана, дрянь такая...

Он поднял с земли тапочки Нелл и шагнул к широкому крыльцу. Нелл, которую разбирало любопытство, не сумела придумать предлог для отказа и прошла в открытую Заком дверь. Они оказались на большой, светлой, неубранной кухне.

— У горничной десятидневный отпуск, — непринужденно соврал Зак, поставил тапочки Нелл, набитые ракушками, на пол и пошел к холодильнику. — К сожалению, лимонада собственного изготовления предложить не могу, но зато есть чай со льдом.

— Спасибо, этого достаточно. Замечательная у вас кухня.

— Мы пользуемся ею главным образом для того, чтобы разогревать блюда, купленные на вынос.

— Это просто позор.

Тут были целые акры полок, облицованных пластиком под гранит, и красивые горки со стеклянными дверцами. У окна с видом на море и бухту стояла большая двойная мойка.

«Уйма места для готовки и хранения продуктов, — подумала она. — Если проявить немного воображения и навести здесь порядок, можно...»

Стоп... Мы? Он сказал «мы»? Может быть, он женат? До сих пор такая возможность не приходила Нелл в голову. Конечно, это не имело никакого значения, но...

Он же ухаживал за ней. Она, конечно, подзабыла, как это делается, да и вообще никогда не была специалистом в области флирта, но ошибиться было невозможно.

— О чем это вы раздумываете? — Зак протянул ей стакан. — Может, поделитесь?

— Нет. То есть... я думала, что здесь очень красиво.

— При матери тут было куда лучше. А сейчас здесь живем только мы с Рипли и не уделяем кухне должного внимания.

— Ах, Рипли... Понятно.

— Значит, вы полагаете, что я либо женат, либо живу здесь не с сестрой. Очень тронут.

— Это меня не касается.

— Да, да, конечно. Я бы провел вас в дом, но боюсь, что там еще больший кавардак, чем на кухне. А вы любите порядок. Пойдемте сюда. — Он снова взял Нелл за руку, и они вышли из дома.

— Куда? Мне пора возвращаться.

— Сегодня воскресенье, и у нас обоих выходной день.

Я хочу вам кое-что показать. Вам понравится, — продолжил он и повел Нелл на галерею.

Галерея огибала дом и сворачивала к заросшему палисаднику, где росли два узловатых дерева. Выцветшая лестница вела вверх, к большому балкону, смотревшему в сторону моря.

Зак, все еще держа Нелл за руку, повел ее наверх.

Здесь было столько солнца и воздуха, что Нелл невольно подумала, как хорошо было бы лечь на деревянный шезлонг и забыть обо всем на свете...

Стоявший у перил телескоп соседствовал с каменной вазой, ждавшей, когда в нее что-нибудь посадят.

— Вы правы. — Нелл подошла к перилам, оперлась о них и сделала глубокий вдох. — Мне здесь действительно нравится.

— Галерея смотрит на запад. В ясный день отсюда виден материк.

— А куда смотрит ваш телескоп?

Зак не сводил взгляда с ее ног.

— Туда, куда мне хочется.

Нелл быстро обернулась. Похоже, Заку хотелось смотреть на нее. Он и смотрел, особенно не скрываясь.

— Я могла бы просидеть здесь целый день, — сказала Нелл, разглядывая поселок. — Следить за приезжающими и уезжающими.

— Сегодня утром я видел, как вы кормили чаек. — Зак оперся о перила и сделал глоток чая со льдом. — Знаете, я проснулся с мыслью, что нужно заглянуть сегодня в желтый коттедж и еще раз посмотреть на Нелл Ченнинг. Для этого нужна какая-то причина, и ее следовало придумать. Потом я вышел на галерею выпить кофе и тут увидел вас. Так что причина мне не понадобилась.

— Шериф...

— У меня сегодня выходной, — напомнил он. Зак поднял руку, чтобы прикоснуться к ее волосам, но, увидев, что Нелл попятилась, сунул руку в карман. — А раз так, почему бы нам не провести пару часов на воде? Мы могли бы поплавать под парусом.

— Не могу. Мне нужно...

— Искать предлог не обязательно. Сделаем это как-нибудь в другой раз.

— Да. — Холодок под ложечкой тут же исчез. — В другой раз. Мне действительно пора. Спасибо за чай и великолепный вид.

— Нелл... — Он снова взял ее руку и не отпустил, даже ощутив, что у Нелл дрогнули пальцы. — Заставлять женщину немного нервничать — это одно, а пугать ее — совсем другое. Я не хочу путать эти вещи. Когда вы узнаете меня лучше, то поверите, что я не сделаю вам ничего дурного, — добавил он.

— В данный момент я пытаюсь узнать самое себя.

— И правильно делаете. Сейчас я дам вам сумку.

Он взял за правило заходить в кафе каждое утро. Чашка кофе, булочка, несколько слов... Тодду казалось, что Нелл постепенно привыкает к нему. Когда они в следующий раз окажутся наедине, ей вряд ли захочется убежать.

Зак был уверен, что Нелл не единственная, кто заметил его новую привычку. Ехидные замечания, косые взгляды и смешки его не волновали. У жизни на острове был свой ритм, и, когда в нем что-то изменялось, это ощущали все.

Он пил по-настоящему великолепный кофе, приготовленный Нелл, стоя на галерее, и слушал Карла Мейси, который крыл последними словами жуликов, таскавших у него раков.

— На этой неделе ловушки трижды оставались пустыми. А эти типы даже не удосужились закрыть их. Я подозреваю, что это дело рук студентов, снявших дом Боинга. Ну, попадись они мне! — Карл плюнул. — Если поймаю, так всыплю, что своих не узнают. Богачи проклятые!..

— Слушай, Карл, это же приезжие и вдобавок совсем пацаны. Может, мне поговорить с ними?

— Какой смысл говорить с типами, которые лишают тебя средств к существованию?

— Наверное, это не приходит им в голову.

— Так пусть подумают об этом, черт побери! — Обветренное лицо Карла стало мрачным. — Я ходил к Майе Девлин и просил ее напустить на них чары.

Зак поморщился:

— Послушай, Карл...

— По-твоему, мне лучше выстрелить солью в их тощие белые задницы? Клянусь, до этого может дойти.

— Позволь лучше мне уладить это дело.

— Ты слушаешь меня или нет? — Карл нахмурился и покачал головой. — Я имею полное право защищать свои угодья. Да, знаешь, я зашел в книжный магазин и посмотрел на эту новенькую с материка. — На морщинистом курносом лице Мейси появилась хитрая усмешка. — Теперь я понимаю, почему ты туда зачастил. Эти большие голубые глаза могут сбить с праведного пути любого.

— Карл, поговорим лучше о деле. Оставь свой дробовик в покое. Я обо всем позабочусь.

Зак зашел на участок и взял список дачников. До дома Боинга ничего не стоило дойти пешком, но для солидности он поехал туда в патрульной машине.

Дом, сдававшийся на лето, стоял в квартале от пляжа. На галерее была натянута нейлоновая веревка, с которой свисали разномастные полотенца и плавки. Там же стоял стол для пикника, заваленный пустыми банками из-под пива и остатками вчерашней трапезы.

«Им даже не хватило ума уничтожить улики», — покачав головой, подумал Зак. Рачьи панцири валялись на столе, как гигантские насекомые. Тодд вынул из кармана значок и приколол его к рубашке. Пусть полюбуются.

Он долго стучал, пока дверь не открылась. За нею

стоял растрепанный юноша лет двадцати, прищурившийся от солнца. Золотистый загар и спортивные трусы в яркую полоску.

— Угу, — сказал он.

— Шериф Тодд. Полиция острова. Можно войти?

— З...чем? Ск...времени?

«Интересно, сколько он вчера выпил», — подумал Зак, перевел сказанное на нормальный язык и ответил:

— Хочу поговорить. А времени сейчас половина одиннадцатого. Твои друзья здесь?

— Где? Проблема? О боже... — Парень проглотил слюну, поморщился, шатаясь, прошел через гостиную, миновал барную стойку, подошел к раковине, вывернул кран до отказа и сунул голову под струю.

— Что, погуляли? — спросил Зак, когда юноша поднял мокрую голову.

— Да уж... — Тот схватил бумажное полотенце и вытер лицо. — Мы что, очень шумели?

— Нет, никто не жаловался. Сынок, как тебя зовут?

— Джош. Джош Таннер.

— Слушай, Джош, буди своих приятелей. Это не займет много времени.

— Ага, сейчас. Я мигом.

Зак прислушался. Раздалось несколько проклятий, потом что-то стукнуло и из туалета донесся звук спущенной воды.

Три молодых человека, которых привел Джош, были одеты ничуть не лучше. Они немного постояли в дверях, потом один из них плюхнулся на стул и насмешливо фыркнул:

— В чем дело?

«Притворяется», — решил Зак.

— Ты кто?

— Стив Хикмен.

Бостонский акцент, определил Тодд. Из высших слоев общества. Может быть, даже из клана Кеннеди.

— О'кей, Стив. Дело вот в чем. Браконьерство у нас карается штрафом в тысячу долларов. Знаете, почему? Потому что кое-кто опустошает чужие ловушки ради того, чтобы сварить себе парочку раков, и начисто забывает, что некоторые зарабатывают этим себе на жизнь. То, что является для вас вечерним развлечением, на самом деле настоящий грабеж.

Услышав эти слова, ребята неловко заерзали. Юноша, открывший дверь, виновато вспыхнул и потупился.

— То, что лежит у вас на веранде, стоит на рынке около сорока долларов. Разыщете на пристани человека по имени Карл Мейси, отдадите ему деньги, и покончим с этим.

— Я не понимаю, о чем вы говорите. Разве этот Мейси ставит на раках свое клеймо? — Стив снова фыркнул и почесал живот. — Вы не сможете доказать, что это мы обчистили его ловушки.

— Пожалуй. — Зак обвел взглядом их пристыженные лица. — Чтобы снять этот дом в разгар сезона, нужно заплатить тысячу двести долларов за неделю. Еще двести пятьдесят стоит аренда лодки. Плюс развлечения, еда, пиво... Красиво живете, ребята.

— Тем самым мы поддерживаем экономику острова, — тонко улыбнувшись, ответил Стив. — Поэтому глупо беспокоить нас из-за пары каких-то дурацких раков и голословного обвинения.

— Может быть. Но еще глупее при ваших доходах жалеть по десятке на брата ради того, чтобы замять дело. Подумайте об этом. Остров у нас маленький, — сказал Зак, шагнув к двери. — Стоит только сказать слово...

— Это что, угроза? Угрозы гражданам могут закончиться судебным иском.

Зак оглянулся и покачал головой.

— Держу пари, что ты будущий юрист. Я угадал?

Тодд вышел и сел в машину. Ну что ж, за ним дело не станет. Эти ребята еще пожалеют.

Рипли шла по Хай-стрит и встретила Зака у дверей «Мэджик-Инн».

— В пиццерии зависла кредитная карточка этого любителя раков. Что-то там испортилось, — начала она. — В результате малому пришлось порыться в карманах и заплатить за ленч наличными.

— Серьезно?

— Серьезнее не бывает. Кроме того, они хотели взять напрокат видеомагнитофон, но все видики оказались на руках.

— Черт знает что.

— И я слышала, что все водные лыжи либо забронированы, либо неисправны.

— Просто стыд и позор.

— В довершение всех несчастий у этих типов вышел из строя кондиционер.

— А день сегодня жаркий. К ночи станет душно. Боюсь, уснуть им будет трудновато.

— Ты настоящий сукин сын, Закарайя. — Рипли встала на цыпочки, обняла брата и чмокнула его в губы. — Именно за это я тебя и люблю.

— И собираюсь стать еще большим сукиным сыном. Этот Хикмен — крепкий орешек. Сладить с остальными не составит труда, но его придется убеждать. — Зак обнял Рипли за плечи. — Ты идешь в кафе на ленч?

— Да. А что?

— Я подумал, что ты можешь оказать мне небольшую услугу. Раз уж ты любишь меня, и все прочее...

Рипли мотнула конским хвостом, повернулась к брату и посмотрела на него снизу вверх.

— Если хочешь, чтобы я уговорила Нелл прийти к тебе на свидание, то на меня не рассчитывай.

— Спасибо, свидание я могу назначить сам.

— Пока что результат нулевой.

— Но я еще не сошел с дорожки, — возразил Зак. — Надеюсь, ты скажешь Майе, что мы сами справились с этими похитителями раков, так что пусть она... ничего не предпринимает.

— Что значит «ничего не предпринимает»? А что она может предпринять? — Рипли разозлилась. — Черт бы все побрал!

— Не кипятись. Просто Карл сказал, что разговаривал с ней. Я бы не хотел, чтобы этим делом занялась наша местная ведьма.

Он крепче обнял Рипли за плечи, пытаясь ее успокоить.

— Я бы поговорил с ней сам, но через несколько минут сюда явятся похитители раков. Мне нужно постоять здесь с властным и самодовольным видом.

— Ладно, поговорю.

— Только не забывай о вежливости. И помни, что Карл сам пришел к ней.

— Да, да, да! — Рипли стряхнула его руку и ушла.

Ведьмы и чары. «Чушь, идиотская болтовня, — думала она, быстро шагая по тротуару. — Такой человек, как Карл Мейси, должен был бы это знать, а не повторять дурацкие сплетни».

Туристам позволялось верить в то, что Три Сестры — место колдовское: именно эти слухи привлекали сюда толпы людей с материка. Но когда то же повторяли местные жители, Рипли просто выходила из себя.

Майя как раз поощряла эти разговоры. Тешила собственное тщеславие. Так считала Рипли.

Она вошла в кафе «Бук» и мрачно покосилась на Лулу, которая пробивала кому-то чек.

— Где она?

— Наверху. Сегодня много посетителей.

— Узнаю нашу трудолюбивую пчелку, — пробормотала Рипли и стала подниматься по ступенькам.

Она увидела Майю в отделе книг по кулинарии. Та обслуживала посетителя. Рипли заскрежетала зубами, Майя захлопала ресницами. Кипя от негодования, Рипли прошла в кафе, дождалась своей очереди и заказала кофе.

— А как же ленч? — Запыхавшаяся Нелл наполнила ее чашку из только что вскипевшего кофейника.

— Нет аппетита.

— Очень жаль, — пропела Майя, стоявшая за спиной Рипли. — Салат с крабами сегодня удался как никогда.

Рипли молча подняла большой палец, зашла за стойку и промаршировала на кухню. Когда Майя вошла следом, Рипли подбоченилась.

— Мы с Заком решили проблему. Так что держись подальше от этого дела.

Голос Майи был густым и сладким, как взбитые сливки.

— Я и не собиралась конкурировать с местными властями.

— Прошу прощения... — Нелл задержалась на пороге и откашлялась. — Сандвичи. Мне нужно...

— Проходи, — махнула рукой Майя. — Мы со знаменитым помощником шерифа почти закончили.

— Избавь меня от своих колкостей.

— Не могу. Я приберегала их специально для тебя.

— Я не хочу, чтобы ты вмешивалась в это дело. Скажи Карлу, что ты ничего не делала.

— Слишком поздно. — Майя обворожительно улыбнулась. — Все уже сделано. Чары очень простые. С ними справился бы даже такой неуч, как ты.

— Сними их.

— Ни за что. Да и какое тебе до этого дело? Ты же не веришь в Силу.

— Не верю, но непременно начнутся сплетни. Если с этими мальчишками что-нибудь случится...

— Не оскорбляй меня. — Ирония в голосе Майи моментально исчезла. — Ты прекрасно знаешь, что я не причиню им вреда. И никому другому тоже. Ты также знаешь, что вся суть именно в этом. Поэтому ты и боишься. Боишься, что, если твой дар обнаружится еще раз, ты не сможешь с ним совладать.

— Ничего я не боюсь. Не толкай меня на этот путь. —

Она показала пальцем на Нелл, с головой ушедшую в приготовление сандвичей. — И ее тоже. У тебя нет на это права.

— Рипли, я не придумываю правила игры. Просто следую им. Другого пути нет ни для кого, и для тебя тоже.

— Говорить с тобой — только даром тратить время! — Рипли пулей вылетела с кухни.

Майя вздохнула. Это был единственный признак владевшей ею досады.

— Беседовать с Рипли трудно. Не обращай внимания, Нелл.

— Это не имеет ко мне никакого отношения, — заученно произнесла Нелл.

— Я чувствую твою тревогу. Люди часто спорят, и иногда очень горячо, но до кулаков доходит не всегда. Успокойся. — Она подошла к Нелл и начала массировать ей плечи. — Напряжение мышц плохо влияет на пищеварение.

Ее руки были такими теплыми, что Нелл тут же растаяла.

— Вы обе нравитесь мне. И я переживаю из-за того, что вы не любите друг друга.

— Я не могу сказать, что не люблю Рипли. Да, она вызывает у меня досаду и раздражение, но совсем по другой причине. Ты будешь пытаться понять, о чем мы говорили, но ни за что не спросишь. Ведь так, сестренка?

— Да. Я не люблю задавать вопросы.

— А вот я обожаю. Нам с тобой просто необходимо поговорить. — Майя отошла в сторону, ожидая, когда Нелл закончит возню с сандвичами. — Сегодняшний вечер у меня занят. Значит, завтра. Приглашаю тебя выпить. В пять часов вечера в «Мэджик-Инн» в баре. Он называется «Шабаш». Если хочешь, можешь оставить вопросы дома, — небрежно сказала Майя, шагнув к выходу. — Но ответы я прихвачу с собой в любом случае.

ГЛАВА 5

Все произошло именно так, как ждал Зак. Хикмен счел, что обязан сохранить лицо. Гордыня заела. Трое других быстро сдались, и Зак был уверен, что Карл получит свои деньги на следующее утро. Но Хикмен решил доказать, что он умнее и смелее какого-то задрипанного местного шерифа.

Зак с причала следил за тем, как взятая напрокат лодка направляется к ловушкам для раков. «Малый уже нарушил закон, — подумал Тодд, грызя семечки. — Плывет после наступления темноты, не зажигая сигнальных огней. Это ему дорого обойдется».

Но штраф за нарушение правил судоходства — мелочь по сравнению с тысячей долларов, которую придется выложить папаше этого студента.

Зак ожидал, что во время ареста парень окажет сопротивление. В таком случае им обоим придется провести ночь в полицейском участке. Причем один из них будет сидеть за решеткой.

Что ж, это будет хорошим уроком зарвавшемуся богатенькому студенту. Увидев, что парень уже вытягивает ловушку, шериф опустил бинокль и потянулся за мощным электрическим фонарем.

Его заставил вздрогнуть истошный визг. Зак включил фонарь и направил луч на поверхность воды. Над ней курился легкий туман, и казалось, что лодка тонет в дыму. Парень стоял, держа ловушку обеими руками, и смотрел в нее с ужасом.

Не успел Зак открыть рот, как юноша изо всех сил отшвырнул от себя ловушку. Когда та с шумом плюхнулась в воду, Хикмен вывалился из лодки.

— О черт! — пробормотал Зак. Ему не улыбалось в конце рабочего дня промокнуть до нитки. Он подошел к краю причала и снял спасательный круг. Малый не столько плыл, сколько вопил, но к берегу все-таки приближался.

— Держи, Стив. — Зак бросил ему круг. — Плыви сюда. Я не хочу нырять за тобой.

— Помогите! — Парень молотил по воде руками, глотал воду и задыхался. Но за круг уцепился мертвой хваткой. — Они объедают мне лицо!

— Едва ли. — Зак опустился на колени и протянул ему руку. — Вылезай. Ты цел и невредим.

— Моя голова! Моя голова! — Дрожащий Стив выполз на причал и лег на живот. — Я видел в ловушке свою голову. Они объедали мне лицо!

— Сынок, голова по-прежнему у тебя на плечах. — Зак склонился над ним. — Отдышись. У тебя галлюцинация, вот и все. Выпил небось? Вот пиво и чувство вины и сделали свое дело.

— Я видел... Я видел. — Хикмен сел, провел дрожащими руками по лицу, убедился, что оно цело, с облегчением вздохнул и обмяк.

— Туман, темнота, вода. Самая подходящая ситуация. Особенно после двух бутылок пива. Тебе сильно полегчает, если ты отдашь Карлу его сорок долларов. Прямо сейчас. Умойся, приведи себя в порядок, возьми кошелек и сходи к нему. Ручаюсь, после этого ты будешь спать как убитый.

— Да. Конечно. Конечно.

— Вот и отлично. — Зак помог ему подняться. — За лодку можешь не волноваться. Я сам о ней позабочусь.

«Ай да Майя! — покачал головой Тодд, уводя Стива от воды. Парень шел безропотно, как бычок на веревочке. — В чем, в чем, а в изобретательности ей не откажешь».

Прошло немало времени, прежде чем он сумел успокоить юношу. Когда Зак привел Стива на дачу, понадобилось успокаивать уже всех четверых. Затем пришлось поговорить с Карлом и позаботиться о лодке. Наверное, именно поэтому Тодд уснул прямо в полицейском участке около трех часов ночи.

Он проснулся через два часа и почувствовал, что все тело затекло. Недовольный собой, Зак поплелся к патрульной машине, думая, что первую смену придется поручить Рипли.

Тодд хотел отправиться прямо домой, но по привычке решил закончить дежурство, проехав мимо желтого коттеджа. Просто так, на всякий случай.

Зак машинально свернул и увидел, что у Нелл горит свет. Тревога и любопытство заставили его затормозить и выйти из машины.

Поскольку свет горел на кухне, Тодд подошел к черному ходу. Он поднял руку, чтобы постучать, и тут увидел, что Нелл стоит по ту сторону полога и держит обеими руками длинный нож с гладким лезвием.

— Вы не пырнете меня в брюхо, если я скажу, что просто был здесь по соседству?

Руки Нелл задрожали. Она глубоко вздохнула и с грохотом уронила нож на стол.

— Прошу прощения за то, что напугал вас. Я увидел свет и... Эй, эй! — Когда она зашаталась, Зак влетел в дверь, схватил Нелл за руки и усадил в кресло. — Сядьте. Дышите. Опустите голову ниже. О боже, Нелл... Извините меня. — Тодд гладил ее по голове, похлопывал по спине и гадал, упадет ли Нелл на пол, если он отойдет на секунду, чтобы принести ей стакан воды.

— Все в порядке. Мне уже лучше. Я услышала шаги в темноте. Здесь так тихо, что слышен любой шорох. Я слышала, как вы шли к дому.

Ей хотелось броситься в сторону, как кролику, и припустить во все лопатки. Она сама не помнила, как схватила нож. Она даже не подозревала, что способна на такое.

— Я принесу вам воды.

— Нет, не нужно. Все хорошо. — Нелл уже немного отошла от испытанного только что почти смертельного ужаса. — Просто не ожидала, что кто-то подойдет к двери.

— Да уж... Тем более что сейчас половина шестого. —

Когда Нелл подняла голову, Зак присел на корточки и с облегчением убедился, что щеки ее вновь порозовели. — Что заставило вас подняться в такую рань?

— Я всегда встаю в это время, потому что... — Нелл вздрогнула, услышав сигнал таймера. — О боже! — засмеялась она, прижав кулак к груди. — Если я буду так копаться, то не доживу до рассвета. Мои булочки готовы. — Она вынула из духовки первую порцию и быстро отправила туда вторую.

— Я и не догадывался, что ваш трудовой день начинается так рано.

Тодд обвел кухню взглядом и понял, что работа в самом разгаре. На плите что-то шипело, распространяя аппетитный запах. На стойке стояла большая миска со взбитым кремом. Вторая миска, накрытая тканью, стояла на плите, а третья — на столе. Похоже, Нелл что-то смешивала, пока Зак не напугал ее, отняв десять лет жизни.

Все стояло на своих местах, аккуратно, как в аптеке.

— А я не догадывалась, что ваш трудовой день кончается так поздно. — Нелл попыталась успокоиться, занявшись тестом для пирожков.

— Да нет, обычно бывает по-другому. Но вчера вечером мне нужно было сделать одно маленькое дело. А когда все было закончено, я уснул в участке прямо в кресле. Нелл, если вы не дадите мне чашечку кофе, я заплачу горючими слезами, и нам обоим станет неловко.

— Ох, прошу прощения. Сейчас.

— Нет, нет, не отрывайтесь от дела. Только скажите, где у вас чашки.

— На полке справа от раковины.

— А вам налить?

— Налейте.

Зак наполнил свою чашку, а потом чашку Нелл, стоявшую рядом с мойкой.

— Знаете, по-моему, эти булочки выглядят как-то не так...

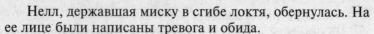

Нелл, державшая миску в сгибе локтя, обернулась. На ее лице были написаны тревога и обида.

— Что вы хотите этим сказать?

— Только то, что надо бы снять пробу. — Он по-мальчишески улыбнулся, заставив и Нелл изобразить что-то вроде усмешки.

— О, ради бога! Что же вы не попросили?

— Так веселее. Нет, не беспокойтесь. Я возьму сам. Зак схватил булочку с противня, обжег пальцы и начал перекидывать ее из руки в руку, чтобы остудить. Божественный аромат говорил, что дело того стоило. — Нелл, у меня слабость к вашим булочкам с черникой.

— А вот мистер Байглоу, Лэнсфорт Байглоу, предпочитает мои булочки с кремом. Говорит, что, если я соглашусь печь ему каждый день, он женится на мне и увезет в Бимини.

Продолжая улыбаться, Зак разломил булочку надвое и с наслаждением принюхался.

— Ну, мне с ним не тягаться.

Старому холостяку Байглоу было девяносто лет.

Зак следил за тем, как Нелл месит тесто и лепит из него шарики. Потом она сняла с противня булочки, положила их на решетку остывать и вновь наполнила чашки. Опять прозвенел таймер, Нелл поменяла подносы и вернулась к тесту для пирожков.

— Да у вас тут целая фабрика, — заметил Зак. — Где вы учились печь?

— Моя мать... — Нелл осеклась и одернула себя. На уютной кухне, наполненной домашними запахами, было легко дать волю языку. — Моя мать любила и умела это делать, — продолжила она. — А я собирала рецепты и понемножку осваивала технику. То здесь, то там...

Зак, не желавший, чтобы Нелл замкнулась, предпочел сменить тему.

— А булочки с корицей вы пекли когда-нибудь? С мягкой белой глазурью?

— Угу.

— Иногда я пеку их сам.

— Серьезно? — Нелл, начавшая резать тесто на кусочки, оглянулась.

«Он такой... мужественный, печет булочки», — подумала она.

— Я не знала, что вы умеете готовить.

— Конечно, умею. Покупаю упаковку в магазине, приношу ее домой, вскрываю, вынимаю булочки, сую в духовку, а потом заливаю сверху глазурью. Вот и все.

Нелл рассмеялась.

— Как-нибудь я сама опробую этот способ. — Она подошла к холодильнику и вынула миску с начинкой.

— А я буду давать вам полезные советы. — Он допил кофе и поставил чашку в раковину. — Наверное, мне пора. Не буду мешать. Спасибо за кофе.

— Пожалуйста.

— И за булочку. Было очень вкусно.

— Вы сняли камень с моей души. — Она стояла у стола и ложкой методично выкладывала начинку в середину кружочков теста. Когда Зак подошел к ней вплотную, Нелл слегка напряглась, но не перестала заниматься своим делом.

— Нелл...

Она подняла глаза. Зак прикоснулся к ее щеке, и начинка выпала из ложки.

— Я очень надеюсь, что это вас не отпугнет, — сказал Тодд, наклонил голову и прикоснулся губами к ее рту.

Нелл застыла на месте, не в силах пошевелиться. Она широко открыла глаза и следила за ним, как олень-карибу, которого взяли на мушку.

Губы у него были теплые и более мягкие, чем казалось с виду. Он не трогал ее. Если бы Нелл ощутила прикосновение его рук, она выпрыгнула бы вон из кожи.

Но он касался ее только губами, легко и не страшно.

Зак был готов к тому, что она либо рассердится, либо останется равнодушной. Но не ожидал, что Нелл испугается. Сейчас Тодд чувствовал, что ее тревога и оцепенение перерастают в страх. Поэтому он и не прикасался к ней. Даже не позволил себе бережно погладить ее руки.

Если бы она отстранилась, Зак не удерживал бы ее. Но ее полное оцепенение само по себе было достаточной защитой. Он отстранился. Движение было непринужденным, хотя пах Зака сводило не только от желания, но и от холодного бешенства на того, кто посмел ее так сильно обидеть.

— Похоже, у меня слабость не только к вашим булочкам. — Он сунул большие пальцы в передние карманы джинсов. — До скорого свидания.

Зак вышел на улицу, надеясь, что его поцелуй и подозрительно быстрый уход дадут Нелл пищу для размышлений.

Сна не было ни в одном глазу. Поэтому Зак взял пришедшую в восторг Люси и повел ее купаться в бухту. Возня с глупой собакой позволила ему довольно быстро справиться с досадой и некоторым недоумением.

Он увидел Рипли, которая закончила пробежку вдоль берега и нырнула в прибой. «Предсказуема, как рассвет», — подумал Зак, наблюдая за сестрой, рассекавшей волны. Может быть, он не всегда знал ее мысли, но на Рипли Тодд можно положиться.

Она умела держать себя в руках.

Когда Рипли вышла на берег, Люси помчалась к ней, и две мокрые особи женского пола устроили борьбу, а потом пустились наперегонки. Наконец они присоединились к Заку, поднявшемуся на галерею второго этажа. Довольная Люси в изнеможении шлепнулась на пол, а Рипли взяла бутылку воды и стала пить из горлышка.

— Вчера вечером звонила мама, — сказала она, опустившись на стул. — Из Большого Каньона. Они послали нам шесть миллионов фотографий, которые папа сделал своей цифровой камерой. Боюсь, почта не выдержит.

— Жаль, что меня не было.

— Я сказала, что ты сидишь в засаде. — Она выпятила губы. — Эти рачьи пираты вывели их из себя. У тебя есть новости?

— О да.

Он сел на ручку адирондакского кресла и ввел сестру в курс событий.

Рипли возвела глаза к небу и глухо застонала.

— Я знала, что нужно было пойти с тобой. Идиот нализался в стельку. Рачий пират, конечно, не ты.

— Я думал над этим. Рип, он был не так уж пьян.

Рипли махнула рукой:

— Перестань. Не порти мне настроение разговорами о Майе и ее дурацких фокусах.

— Как хочешь.

— Да уж... Пойду в душ. Я выйду в первую смену. У тебя наверняка язык на плече.

— Я в порядке. Послушай... — Он помедлил, пытаясь найти нужные слова.

— Слушаю.

— На обратном пути я проезжал мимо желтого коттеджа. У Нелл горел свет, и я остановился.

— Ага, — насмешливо сказала Рипли.

— Бесстыдница. Я выпил чашку кофе и съел булочку.

— Тьфу. Просто стыд и позор.

В другой обстановке Зак засмеялся бы, но сейчас он молча встал и подошел к перилам.

— Ты заходишь в кафе и видишь ее почти каждый день. Значит, вы с ней дружите?

— Можно сказать, да. Она всем нравится.

— Женщины любят секретничать с подругами, правда?

— Возможно. Хочешь, чтобы я спросила Нелл, согласится ли она потанцевать с тобой на школьном балу? — Она едва не захихикала, но тут Зак обернулся. Рипли увидела выражение его лица и осеклась. — Извини. Я не знала, что это так серьезно. Что случилось?

— Я думаю, что с ней плохо обращались.

— Черт побери... — Рипли уставилась на бутылку с водой. — Это ужасно.

— Я уверен, что какой-то сукин сын не давал ей житья. Мне кажется, что ей нужна подруга. Человек, которому она могла бы рассказать обо всем.

— Зак, ты знаешь, что я на такие дела не мастер. Это больше по твоей части.

— Рип, думай, что говоришь, я не гожусь Нелл в подруги. Не то оснащение. Просто... просто подумай, не могла бы ты ну... поплавать на яхте, походить по магазинам или... — Он рассеянно помахал рукой. — Покрасить друг другу ногти.

— Что?

— Оставь меня в покое. Я не знаю, чем вы занимаетесь в своих таинственных пещерах, когда рядом нет мужчин.

— Остаемся в нижнем белье и устраиваем бой подушками.

Поняв, что сестра хочет поднять ему настроение, Зак заставил себя улыбнуться.

— Серьезно? Я боялся, что это миф. Так ты подружишься с ней?

— Значит, ты имеешь на нее виды?

— Да. А что?

— Раз так, постараюсь, — пожала плечами Рипли.

Нелл пришла в «Шабаш» ровно в пять. Она боялась, что это место, судя по названию, окажется довольно зловещим, но тут было очень уютно. Легкая голубая подсветка добавляла белизны цветам, стоявшим в центре каждого стола.

Столы были круглыми; их окружали глубокие кресла и диванчики. На роскошной стойке бара стояли сверкающие бокалы. Нелл осталось только выбрать столик. Молодая официантка в строгом черном платье тут же поставила перед ней серебряную вазу с набором закуски.

— Выпьете что-нибудь?

— Я кое-кого жду. Пока что принесите бутылку минеральной воды. Спасибо.

В зале не было никого, кроме одной пары. Молодые люди читали путеводитель, пили белое вино и закусывали его сыром. Музыка звучала негромко и очень напоминала мелодии, которые звучали в магазине Майи. Нелл ерзала на стуле, жалея, что не прихватила с собой книгу.

Спустя десять минут в бар быстро вошла Майя с книгой в руке. Длинная юбка вихрем кружилась вокруг ее длинных ног. Она махнула рукой барменше:

— Бетси, бокал каберне.

— Первый бокал за счет Карла Мейси, — подмигнула ей Бетси. — Он распорядился.

— Передай ему спасибо. — Майя села напротив Нелл. — Ты на машине?

— Нет. Я пришла пешком.

— Как ты относишься к спиртным напиткам?

— Иногда употребляю.

— Сегодня для этого самое время... Что ты предпочитаешь?

— Не возражаю против каберне. Спасибо.

— Два, Бетси. Черт побери, я обожаю такие штучки. — Она начала рыться в вазе с закусками. — Особенно эти кусочки сыра, похожие на китайские иероглифы... Да, кстати, я принесла тебе книгу. Это подарок. — Майя сунула книгу Нелл. — Подумала, что ты с удовольствием ознакомишься с историей острова, на котором решила поселиться.

— Да, конечно. Я давно собиралась это сделать. «Три Сестры: легенды и явь», — прочитала она надпись на обложке. — Спасибо.

— Ты уже успела освоиться. Для начала скажу, что я очень довольна твоей работой.

— Рада слышать. Мне нравится работать в кафе и магазине. Кажется, это дело как раз для меня.

— Ах, так вы и есть Нелл? — Бетси, принесшая бокалы, услышала их разговор и широко улыбнулась. — Никак не могу застать вас. Я захожу в кафе, когда иду открывать бар. Выпечка у вас просто чудесная.

— Спасибо.

— Майя, есть новости от Джейн?

— Да. Сегодня получила сообщение. Тим читал свою пьесу, и они надеются на успех. Снимают квартиру в Челси, работают в пекарне.

— Дай-то бог, чтобы им повезло.

— Присоединяюсь.

— Ну, не буду вам мешать. Если что-нибудь понадобится, скажете.

— Ладно. — Майя подняла бокал и чокнулась с Нелл. — Slainte.

— Что?

— Кельтский тост. Означает «будем здоровы». — Майя поднесла бокал к губам и посмотрела на Нелл. — Что ты знаешь о ведьмах?

— О каких? Вроде Элизабет Монтгомери из фильма «Заколдованный» или тех, кто носит украшения из хрусталя, жжет свечи и продает флакончики с любовным зельем?

Майя засмеялась и закинула ногу на ногу.

— Я имела в виду вовсе не Голливуд и не шарлатанов от черной магии.

— Я никого не хотела обидеть. Знаю, что есть люди, которые относятся к этому очень серьезно. Полагаю, это особый вид религии, который заслуживает уважения.

— Даже если эти люди чокнутые, — слегка улыбнувшись, сказала Майя.

— Нет. Ты не чокнутая. Я понимаю... Ну, ты упомянула об этом в первый день нашего знакомства, а вчера беседовала с Рипли...

— Вот и отлично. Значит, мы договорились, что я ведьма. — Майя сделала еще один глоток. — Нелл, ты просто прелесть. Изо всех сил пытаешься говорить об этом совершенно спокойно, хотя в душе считаешь меня...

э-э... мягко скажем, чудачкой. Давай ненадолго сменим тему и вернемся к истории. Так мне легче будет тебя подготовить. Наверное, ты слышала о процессе над сейлемскими ведьмами.

— Конечно. Несколько истеричных девиц, фанатичных пуританок с психологией человека из толпы призывали сжечь ведьм.

— Повесить, — поправила Майя. — В 1692 году повесили девятнадцать человек. Совершенно невинных. Одну женщину заставили покончить с собой, потому что она отказывалась признать себя виноватой. Еще кое-кто умер в тюрьме. Тогда существовали профессиональные охотники за ведьмами: здесь, в Европе, во всех уголках мира. Охоты продолжались даже тогда, когда большинство перестало верить в существование ведьм. Нацизм, маккартизм, ку-клукс-клан и так далее. Все это были фанатики, обладавшие властью, преследовавшие собственные цели и находившие достаточное количество недоумков, готовых взять на себя грязную работу.

«Только не увлекаться», — со вздохом подумала Майя.

— Но сегодня речь пойдет не об этом.

Она откинулась на спинку стула и постучала по книге кончиком пальца.

— Пуритане говорили, что прибыли сюда в поисках религиозной свободы. Но, конечно, многие из них искали место, где можно силой навязать свою веру и свои страхи другим. В Сейлеме они преследовали и убивали вслепую. Настолько вслепую, что ни одна из их девятнадцати жертв не была ведьмой.

— Суеверия и страх не способствуют ясности мышления.

— Хорошо сказано. Но в тех местах жили три женщины. Женщины, поселившиеся там, чтобы хранить свое искусство, обладавшие даром помогать больным и отчаявшимся. Эти трое знали, что больше не могут оставаться там. Знали, что рано или поздно их обвинят и осудят. Так был создан остров Трех Сестер.

— Создан?

— Говорят, что они тайно встретились и прочитали заклинание, после которого часть суши оторвалась от материка. Мы живем на клочке земли, который они унесли из того пространства и того времени. Это святилище. Тихая обитель. Ведь именно ее ты и искала, правда, Нелл?

— Я искала работу.

— И нашла ее. Их звали Воздух, Земля и Огонь. Несколько лет они прожили тихо и мирно, но одиноко. Одиночество их и сгубило. Та, которую звали Воздух, хотела любви.

— Как и все мы, — тихо ответила Нелл.

— Возможно. Она мечтала о прекрасном принце с золотыми волосами, который умчит ее туда, где можно будет жить счастливо и иметь детей. Она была неосторожна, как все женщины, которые к чему-то страстно стремятся. Принц приехал за ней, и она увидела лишь его красоту и золотые волосы. Она уехала с ним, покинув свою тихую обитель. Она искренне пыталась быть верной и послушной женой, рожала детей и любила их, но ему этого было мало. Под прекрасной внешностью принца скрывалась черная душа. Она боялась его все сильнее, а он охотно поддерживал в ней эти страхи. Однажды ночью он обезумел и убил жену, потому что ненавидел ее доброту.

— Какая грустная история... — У Нелл пересохло во рту, однако ее бокал оставался нетронутым.

— Это еще не все, но на сегодня достаточно. История трех сестер была грустной, и жизнь их закончилась трагически, но каждая оставила потомство. Ребенка, который родил второго ребенка, тот — третьего и так далее. Было предопределено, что настанет день, когда потомки всех трех сестер окажутся на острове одновременно. И каждый из них должен будет найти способ исправить ошибку, сделанную триста лет назад. Если этого не случится, остров утонет в море. Канет, как Атлантида.

— Острова не тонут в море.

— Но три женщины создают острова тоже не так уж часто, — возразила Майя. — Если ты веришь в первое, то поверить во второе легче легкого.

— Ты в это веришь, — кивнула Нелл. — Значит, ты одна из наследниц?

— Да. И ты тоже.

— Я не наследница.

— Это говорит он, а не ты! — вспылила Майя. — Извини. — Она схватила Нелл за руку, не дав ей встать. — Я сказала, что не буду соваться в твои дела, и сдержу слово. Но, увы, твои слова приводят меня в бешенство. Я не могу их слышать. Если хочешь, можешь забыть обо всем на свете, но не забывай, кто ты и что ты. Ты умная женщина, у которой достаточно характера, чтобы жить самостоятельно. И обладающая магическим даром... умелой поварихи. Я тобой восхищаюсь.

— Зато я лишена дара слова. — Пытаясь прийти в себя, Нелл потянулась к бокалу. — Мне очень жаль...

— У тебя хватило смелости отправиться в путь, приехать в незнакомое место и обосноваться в нем.

— Смелость не имеет к этому никакого отношения.

— Ты ошибаешься. Он не сломал тебя.

— Сломал. — Глаза Нелл невольно наполнились слезами. — Я просто собрала куски и убежала.

— Собрала куски, убежала и сложила их заново. Разве этим нельзя гордиться?

— Я не могу объяснить, что это было.

— И не надо. Но в конце концов тебе придется признать свою силу. Если ты этого не сделаешь, то никогда не узнаешь покоя.

— Я ищу всего-навсего нормальную жизнь.

— Ты не можешь забыть о собственных возможностях. — Майя протянула руку ладонью вверх и принялась ждать.

Не в силах сопротивляться искушению, Нелл положила ладонь на ладонь Майи. И тут же почувствовала жар, безболезненный ожог силы.

— Это таится в тебе. Я помогу тебе. Я буду тебя учить, — заявила Майя, когда Нелл как завороженная уставилась на мерцающий свет, вспыхнувший между их ладонями. — Когда ты будешь готова к этому.

Рипли обвела взглядом берег и не увидела ничего необычного. Чей-то карапуз закатил истерику, и воздух огласился воплем: «Нет! Нет! Нет!» Наверное, пропустил дневной сон.

Люди рассыпались по песчаному пляжу, отмечая свою территорию полотенцами, покрывалами, зонтиками, огромными хозяйственными сумками, сумками-морозильниками и портативными стереопроигрывателями. «По-другому они не могут, — думала Рипли. — Собираются на пляж с таким количеством вещей, будто летят в Европу».

Это не переставало ее удивлять. Каждый день пары и группы вытаскивали свои пожитки из снятых дач и гостиничных номеров и устраивали на берегу временные лежбища. А потом все собирали и тащили назад, добавив к этому изрядное количество песка.

Отпускные кочевники. Летние бедуины.

Рипли махнула на них рукой и направилась к поселку. При ней самой не было ничего, кроме формы, швейцарского армейского ножа и нескольких долларов. Жить так было намного проще.

Она свернула на Хай-стрит, собираясь потратить эти доллары на еду. Рипли была свободна от службы — настолько, насколько они с Заком могли быть от нее свободны, — и предвкушала кружку холодного пива и кусок горячей пиццы.

Увидев Нелл, с ошеломленным видом стоявшую у входа в гостиницу, она остановилась. Похоже, на ловца и зверь бежал.

— Привет, Нелл.

— Что? Ах, привет, Рипли.

— Ты что, потерялась?

— Нет.

«Я знаю, где нахожусь, — подумала Нелл. — Но куда шла, абсолютно не помню».

— Просто немного задумалась, — поспешно добавила она.

— Трудный выдался день, да? Слушай, я собираюсь пообедать. Конечно, еще рановато, но у меня живот подвело. Не хочешь пиццу? Я угощаю.

— Ох... — Нелл продолжала моргать, как будто только что проснулась.

— Лучшую пиццу на острове готовят в «Серфсайде». Правда, другой пиццерии здесь нет. Как идут дела в кафе?

— Хорошо. — Оставалось только подчиниться. Нелл ничего не соображала и могла поклясться, что у нее все еще покалывает пальцы. — Мне нравится там работать.

— Ты добавила этому кафе пару звездочек, — промолвила Рипли, наклонила голову и посмотрела на книгу, которую несла Нелл. — Читаешь про наш местный культ вуду?

— Вуду? — Нелл нервно хихикнула и сунула книгу под мышку. — Ну уж если я живу на острове, то хотелось бы знать... что тут происходит.

— Конечно. — Рипли открыла дверь пиццерии. — Туристы обожают всю эту мистическую муть. Когда мы отмечаем день летнего солнцестояния, тут яблоку упасть негде от сторонников движения «Новый век»... Привет, Барт!

Рипли помахала рукой мужчине за стойкой и быстро заняла свободную кабину.

Хотя час был не поздний, пиццерия отнюдь не пустовала. Музыка гремела во всю мочь, а из ниши, где стояли игровые автоматы, доносились шум и вспышки света.

— Тут командуют Барт и его жена Терри. — Рипли положила ноги на скамью. — У них есть кальцони, паста и ядда-ядда, — сказала она, сунув Нелл меню, запаянное в пластик. — Но по-настоящему хороша здесь только пицца. Ты как, за?

— Конечно.

— Вот и отлично. Есть такая пицца, которую ты не любишь?

Нелл уставилась в меню. Черт побери, неужели она действительно потеряла способность связно мыслить?

— Нет.

— Еще лучше. Тогда возьмем большую пиццу с начинкой. А то, что останется, я отнесу Заку. Он слопает даже лук, да еще спасибо скажет.

Рипли поднялась.

— Пиво будешь?

— Нет. Нет, спасибо. Только воду.

— Будет сделано.

Рипли, считавшая, что ждать официантку нет смысла, подошла к стойке и сделала заказ. Нелл смотрела, как она шутила с высоким и худым мужчиной за стойкой, как прицепляла темные очки к воротнику рубашки, как протягивала за напитками поразительно загорелые руки и как подпрыгивали ее темные волосы, когда она возвращалась в кабину.

Звуки голосов ослабевали, как эхо во сне, пока не превратились в сплошной белый шум, напоминавший шум прибоя. Когда Рипли снова села напротив, Нелл увидела, что у нее шевелятся губы, но не услышала ничего. Ни одного слова.

Тут хлопнула дверь, и наваждение исчезло.

— ...и так до самого Дня труда[1], — закончила Рипли и потянулась за своим пивом.

— Ты третья. — Нелл сжала пальцы, которые продолжало покалывать.

— Что?

— Третья. Ты — третья сестра.

---

[1] Американский праздник, отмечаемый в первое воскресенье сентября.

Рипли открыла рот, затем поспешно закрыла его и сжала губы в ниточку.

— Ну, Майя... — проскрежетала она и одним глотком выпила половину кружки. — Лучше не начинай этот разговор.

— Я не понимаю.

— А тут и понимать нечего. Просто молчи, и все. — Она со стуком поставила кружку на стол и наклонилась вперед. — Конечно, Майя может думать что угодно, верить во что угодно и даже делать что угодно, пока это не нарушает закон. Но я на ее крючок попадаться не собираюсь. Если хочешь клюнуть — клюй, пожалуйста. Это твое дело. А я пришла сюда, чтобы выпить пива и съесть пиццу.

— Я сама не знаю, на что клюю. Тебя это злит, а меня сбивает с толку.

— Послушай, ты казалась мне разумной женщиной. Но разумные женщины не бегают по поселку и не заявляют, что они являются потомками ведьм, оторвавших этот остров от материка.

— Да, но...

— Никаких «но». Есть действительность, а есть фантазии. Будем придерживаться действительности, потому что все остальное отвлечет меня от пиццы... Так куда ты отправишься с моим братом?

— Отправлюсь... — окончательно одуревшая Нелл провела рукой по волосам. — Ты не могла бы повторить вопрос?

— Зак хочет тебя куда-нибудь пригласить. Ты согласишься? Пока ты будешь шевелить мозгами, я скажу, что он сделал все нужные прививки, соблюдает личную гигиену и относительно неплохо воспитан, хотя не лишен некоторых скверных привычек. Подумай над этим, пока я буду ходить за пиццей.

Нелл шумно выдохнула и откинулась на спинку стула. За один день у нее появилось столько пищи для размышлений, что мозги плавились.

ГЛАВА 6

Насчет солнцестояния Рипли не ошиблась. Посетителей было полно. Майе пришлось дополнительно нанять двух продавщиц в магазин и раздатчицу в кафе.

Необходимость включать в меню вегетарианские блюда доводила Нелл до слез.

— У нас кончаются баклажаны и люцерна, — сказала она, сдавая смену Пег. — Я думала, что хватит, но не рассчитывала на такое количество посетителей... Черт! — Нелл рывком стащила с себя передник. — Я сбегаю в магазин и посмотрю, что там есть. Наверное, придется срочно менять меню на вторую половину дня.

— Да брось ты. Как-нибудь обойдемся.

«Тебе легко говорить», — думала Нелл, бегом спускаясь по лестнице. Булочки с орехами кончились еще до полудня, а судя по тому, с какой скоростью исчезали шоколадные пирожные, рассчитывать, что их хватит до конца дня, тоже не приходилось. Ответственность за работу кафе лежала на ней. Обмануть доверие Майи было нельзя. Кто допустил ошибку, тот и должен ее исправить.

Торопясь к черному ходу, она чуть не сбила с ног Лулу.

— Ох, прошу прощения! Я просто идиотка. Вы не ушиблись?

— Ничего, не умру. — Лулу быстро одернула блузку. Прошли три недели, девушка работала хорошо, однако Лулу не торопилась доверять новенькой. — Умерь прыть. Твоя смена кончилась, но это не значит, что можно убегать отсюда во все лопатки. Люди подумают, что у нас пожар.

— Извините. Я очень спешу. Передайте Майе, что я скоро вернусь, ладно?

Нелл выскочила в дверь и помчалась в супермаркет в овощной отдел. От страха у нее сводило живот. Как ее угораздило совершить такую глупость? Покупка продуктов — важная часть ее работы. Разве ее не предупреждали, что в этот уик-энд на острове будет настоящее столпотворение? Полный дебил, и тот справился бы с этим делом лучше, чем она!

Грудь сдавило, голова кружилась, но она заставляла себя думать, оценивать и выбирать. Нелл быстро наполнила корзину и встала в очередь в кассу. Каждая минута ожидания была для нее мучением.

Доркас заговорила с ней. Нелл выдавила несколько слов, думая только об одном: скорее, скорее!

Она подхватила три тяжелые сумки, обругала себя за то, что не догадалась приехать на машине, и потащила продукты в кафе.

— Нелл! Нелл, минутку! — Не услышав ответа, Зак покачал головой и перешел улицу. — Давайте помогу.

Он протянул руку и забрал у Нелл две сумки. Она изумилась тому, что неожиданное прикосновение не заставило ее выпрыгнуть из тапочек.

— Ничего, как-нибудь сама справлюсь. Я тороплюсь.

— Налегке вы сможете двигаться быстрее. Продукты для кафе?

— Да, да. — Теперь она опять бежала.

«Нужно сделать еще один салат. На это уйдет минут десять-пятнадцать. И приготовить все нужное для сандвичей. А потом заняться сладким».

Если она немедленно приступит к делу, все можно будет наверстать...

— Похоже, вы сильно заняты. — Выражение ее лица Заку не понравилось. Оно было мрачным и решительным, как перед началом войны.

— Я должна была этого ожидать, так что сама виновата.

Нелл пулей проскочила через черный ход и стремительно взлетела по лестнице. Когда Зак добрался до кухни, она уже распаковывала сумки.

— Спасибо. Дальше управлюсь сама. Я знаю, что делать.

«Она ведет себя как одержимая, — подумал Зак. — Глаза остекленели, лицо белое...»

— Нелл, я думал, что ваша смена кончается в два часа.

— В два? — Нелл не удосужилась поднять взгляд. Она уже что-то чистила, шинковала и смешивала. — Нет. Я ошиблась, мне и отвечать. Все будет нормально. Даже отлично. Никто не ощутит ни малейшего неудобства. В следующий раз буду умнее. Это не должно повториться.

— Два особых сандвича и овощная пита... Ой, Нелл! — пробормотала Пег, переступив порог кухни.

Зак положил ладонь на ее руку.

— Позови Майю, — вполголоса сказал он.

— Два специальных и овощная. О'кей. — Нелл отодвинула в сторону миску с салатом из фасоли и огурцов и взялась за сандвичи. — Я купила баклажаны, так что справимся. Теперь справимся.

— Нелл, не беспокойся. У нас и так все в порядке. Посиди минутку, отдохни.

— Мне нужно всего полчаса. Даже двадцать минут. Никто из посетителей не получит отказа. — Она взяла поднос с заказом, повернулась и при виде вошедшей Майи остановилась как вкопанная. — Все в порядке. Честное слово. Сейчас всего будет вдоволь.

— Давай сюда. — Пег подошла и забрала у нее поднос. — Выглядит потрясающе.

— Сейчас я закончу с салатом. — Грудь и голову Нелл сдавило как в тисках. — Это быстро. А потом я займусь остальным. Я все успею. Только не сердись на меня, ладно?

— Никто и не сердится. Нелл, я думаю, тебе нужно сделать перерыв.

— Не нужен мне перерыв. Я закончу. — Она в отчаянии схватила пакетик с орехами. — Я должна была все рассчитать заранее. Мне ужасно жаль, но сейчас все будет в порядке...

Зак не мог вынести этого. Не мог стоять и смотреть, как бледная Нелл дрожит всем телом.

— К чертовой матери! — рявкнул он и шагнул к ней.

— Нет! — Она отпрянула, уронила пакетик и подняла руки, защищая лицо от удара, но тут же пришла в себя, готовая сгореть со стыда.

— Бедная девочка... — хрипло пробормотал Зак. Нелл отвернулась.

— Нелл, пойдем со мной. — Майя подошла и взяла ее за руку. — Слышишь? Пойдем со мной.

Нелл, беспомощная и смущенная до глубины души, позволила себя увести. Зак сунул руки в карманы. Похоже, он тут сейчас бесполезен.

— Не знаю, что на меня нашло.

Честно говоря, весь последний час был для Нелл сплошным туманным пятном.

— Могу сказать. Это был приступ паники. Самый настоящий. А теперь сядь. — Майя пересекла кабинет и открыла то, что Нелл считала секретером. На самом деле это был мини-холодильник, заполненный бутылочками с водой и соком.

— Мне можешь ничего не рассказывать, — сказала Майя, протянув Нелл открытую бутылку воды, — но тогда тебе придется поговорить с кем-то другим.

— Знаю. — Пить Нелл не стала. Просто прижала холодную бутылку к лицу.

«Глупо было сходить с ума из-за каких-то баклажанов», — подумала она.

— Я думала, что справилась с собой. Этого не случалось уже давно. Несколько месяцев. Народу было много, а продукты кончались. Я волновалась все сильнее, а потом поняла, что если не схожу за баклажанами, то мир рухнет. — Она глотнула из горлышка. — Глупо.

— Это вполне естественно, если человек привык, что его наказывают за каждое ничтожное упущение.

Нелл опустила бутылку.

— Его здесь нет. Он не может больше мучить меня.

— Ой ли? Сестренка, он никогда не перестанет тебя мучить.

— Даже если ты и права, это моя проблема. Я больше не половая тряпка, не боксерская груша и не коврик для вытирания ног.

— Рада слышать.

Нелл прижала пальцы к виску. Она понимала, что должна выговориться. Сбросить с себя тяжесть, иначе приступ повторится.

— Однажды мы устроили вечеринку, и обнаружилось, что кончились оливки для мартини. Тогда он впервые ударил меня.

Лицо Майи осталось бесстрастным.

— Сколько ты прожила с ним?

В этом вопросе не было ни удивления, ни осуждения, ни жалости. Он был задан очень деловито, и Нелл пришлось ответить в том же тоне.

— Три года. Если он найдет меня, то убьет. Я знала это, когда убегала. Он влиятельный человек, богатый, со связями.

— Он ищет тебя?

— Нет, он думает, что я умерла. С тех пор прошло почти девять месяцев. Лучше умереть, чем жить так, как я жила. Это звучит выспренне, но...

— Нисколько. Анкеты, которые ты заполнила, когда устраивалась ко мне на работу... Это тебе чем-нибудь грозит?

— Нет. Ченнинг — девичья фамилия моей бабушки. Я нарушила кое-какие законы. Занималась хакерством. Лжесвидетельствовала. Подделала документы, чтобы получить новое удостоверение личности, водительские права и номер социальной страховки.

— Занималась хакерством? — Майя подняла бровь и улыбнулась: — Нелл, ты удивляешь меня.

— Я умею обращаться с компьютерами. Привыкла пользоваться...

— Если не хочешь, не рассказывай.

— Все в порядке. Когда-то я помогала матери. У нее был свой бизнес. Устройство банкетов на дому. Я вела учет с помощью компьютера. Потом окончила курсы бухгалтеров со знанием вычислительной техники. Когда я готовилась к побегу, то просчитала множество вариантов и поняла, что другого выхода нет. О боже... Я никому об этом не рассказывала. И даже не думала, что смогу на такое решиться.

— Хочешь рассказать остальное?

— Не знаю. Это жжет меня изнутри. Вот здесь. — Нелл прижала кулак к груди.

— Если решишься, то сегодня вечером приходи ко мне домой. Я покажу тебе свой сад, свои скалы. А пока отдохни. Прогуляйся, подыши воздухом и немного поспи.

— Майя, мне хочется закончить работу. Не потому, что я огорчена или расстроена, а просто так. Ладно?

— Что ж, закончи.

Подъем был головокружительным. Узкая дорога петляла и совершала неожиданные повороты. Слышался рокот волн и свист ветра. Все это могло бы пробудить у нее тяжелые воспоминания. Но Нелл, выжимавшая из своей ржавой консервной банки фирмы «Бьюик» все, на что та была способна, чувствовала радостное возбуждение. Как будто она сбросила с плеч тяжелое бремя и оставила его валяться на дороге.

Возможно, это чувство вызывал у нее вид высокой белой башни на фоне летнего неба и приземистого каменного дома, стоявшего рядом. Оба здания выглядели сказочными. Старыми, крепкими и удивительно таинственными.

Картина, которую Нелл видела на материке, не давала правильного впечатления. Масло и холст были не в состоянии передать свист ветра, грубость камня и узловатость дерева.

«Кроме того, на этой картине не было Майи», — подумала Нелл, сделав последний поворот. Майя в темно-синем платье стояла между двумя яркими клумбами, разметав по ветру длинные волосы.

Нелл припарковала свою развалину рядом с роскошным серебристым автомобилем Майи.

— Надеюсь, ты приобрела эту машину честным путем, — пошутила она.

— Я все приобретаю только честным путем.

— Мне просто пришло в голову, что, будь я мужчиной, я могла бы подарить тебе что угодно.

Майя только засмеялась в ответ. Нелл закинула голову и попыталась охватить дом одним взглядом: его суровые камни, высокие фронтоны и романтичную «дорожку вдовы».

— Чудесный дом и очень подходит тебе.

— Наверное, ты права.

— Но здесь ты вдали от всех. Не чувствуешь одиночества?

— Мне вполне достаточно собственной компании. Ты не боишься высоты?

— Нет, — ответила Нелл. — Нет, не боюсь.

— Тогда мы можем подняться на скалы. Вид оттуда... впечатляющий.

Женщины прошли между домом и башней и очутились на зазубренном утесе, нависшем над океаном. Цветы росли и здесь: тугие белые лепестки пробивались сквозь трещины в камнях или украшали скудные клочки дикой травы.

Волны бились о скалы, окутывали их брызгами, затем отступали и набегали снова. В отдалении вода становилась темно-синей и тянулась далеко-далеко.

— Когда я была девочкой, то сидела здесь и восхищалась всем, что видела. Впрочем, иногда я делаю это и сейчас.

Нелл посмотрела на Майю.

— Ты выросла здесь?

— Да. В этом доме. Он всегда был моим. А для родителей существовало только море. В конце концов они уплыли на яхте. Думаю, сейчас они бороздят океанские просторы где-то на юге Тихого океана. Родители были сами по себе, а я сама по себе. Честно говоря, мы так и не смогли как следует приноровиться друг к другу, хотя ладили неплохо.

Она слегка пожала плечами и отвернулась.

— Луч этого маяка показывает путь морякам почти триста лет. Но кораблекрушения все же бывали. Говорят, что иногда по ночам при определенном ветре можно слышать стоны утонувших. Впрочем, так говорят всюду, где есть маяки.

— Невеселая колыбельная.

— Да. Море не всегда бывает добрым.

И все же Майю влекло к нему. Хотелось стоять и без конца следить за его грозной силой, чарами и капризами. Огонь всегда влекло к Воде.

— Дом старше маяка, — промолвила Майя. — Он был первым домом, построенным на этом острове.

— Созданным из лунного света с помощью магии, — добавила Нелл. — Я прочитала книгу.

— Или с помощью известкового раствора. Впрочем, какая разница? Главное, что он стоит и не падает. А это мой сад. Моя радость и любимое детище. — Она сделала жест рукой.

Нелл обернулась. Задняя часть дома представляла собой фантазию, составленную из цветов, деревьев, кустов и тропинок. От разительности контраста между голыми скалами и пышной растительностью у гостьи закружилась голова.

— О боже, Майя! Это просто поразительно. Как на картине. Неужели ты все это сделала сама?

— Да. Иногда я нанимаю работяг с крепкими спинами, но в основном справляюсь самостоятельно. Это меня успокаивает, — сказала Майя, когда они подошли к живой изгороди. — И доставляет удовольствие.

Здесь были удивительные таинственные места и масса сюрпризов. Чугунная шпалера, густо обвитая глицинией, внезапно открывавшийся взгляду поток белоснежных цветов, извилистый, как шелковая лента. Крошечный пруд с кувшинками, тростником и статуей какой-то богини в центре.

Каменные феи и душистая лаванда, мраморные драконы и цепкая настурция. Сад камней. Буйно цветущие травы; подушка мха с цветами, напоминающими звезды...

— Теперь я не удивляюсь, что здесь ты не чувствуешь одиночества.

— Вот именно. — Майя провела ее по дугообразной тропе к каменному островку. Стол здесь тоже был каменным. Столешница на смеющейся крылатой химере. — Выпьем шампанского в честь летнего солнцестояния.

— Я никогда не встречала такого человека, как ты.

Майя вынула бутылку из сверкающего медного ведерка.

— Надеюсь. Мне нравится быть неповторимой. — Она наполнила два бокала, села и вытянула босые ноги с накрашенными ноготками. — Нелл, расскажи мне, как ты умерла.

— Я сорвалась со скалы. — Нелл взяла бокал и сделала большой глоток. — Мы жили в Калифорнии. Беверли-Хиллз и Монтерей. Сначала я казалась себе принцессой, обитающей в замке. Он покорил меня.

Не в силах усидеть на месте, она бродила по островку, вдыхая аромат цветов. Где-то зазвенели колокольчики. Нелл подняла глаза и увидела тот же самый набор, который купила в первый день своего пребывания на острове.

— Мой отец был военным. Мы часто переезжали с места на место, и это было нелегко. Но отец у меня был замечательный: красивый, смелый и сильный. Теперь я понимаю, что он был строгим, но добрым. Я любила оставаться с ним. Когда он уезжал, мы скучали по нему. Мне нравилось встречать его, когда он возвращался. Мне нравилась его форма. Мы с мамой выходили его встречать, и его лицо светлело. Он погиб во время войны в Персидском заливе. Я до сих пор тоскую по нему.

Она тяжело вздохнула.

— Матери пришлось нелегко, но она справилась. Именно тогда она основала фирму по устройству выездных банкетов. И назвала ее «Праздник, который всегда с тобой». Как роман Хемингуэя.

— Умно, — откликнулась Майя. — Высокий класс.

— В ней было и то и другое. Она прекрасно готовила и любила принимать гостей. Она учила меня... нам нравилось заниматься этим вместе.

— Родственная связь, — кивнула Майя. — Тесная и сильная.

— Да. Мы переехали в Чикаго. Фирма матери получила широкую известность. Я поступила в университет, хорошо училась и много читала. Когда мне исполнился двадцать один год, я начала работать в «Празднике». Фирма расширилась; у нас появилось множество высокопоставленных клиентов. Там я и познакомилась с Ивеном, в Чикаго, на приеме, который мы организовывали. Это был очень важный прием для очень важных персон. Мне исполнилось двадцать четыре. Ивен был на десять лет старше и обладал всем, чем не обладала я. Опытный, умный, культурный.

Майя подняла палец.

— О чем ты говоришь? Ты образованная женщина, изъездившая всю страну и обладающая талантом, которому можно только позавидовать.

— С ним я забывала об этом, — вздохнула Нелл. — Что ни говори, но мы принадлежали к разным кругам общества. Я готовила для богатых и знаменитых людей, обладавших властью, но не сидела с ними за одним столом. Я была благодарна Ивену... за то, что он обратил на меня внимание. Это льстило моему самолюбию. А остальное я поняла слишком поздно. — Она покачала головой. — Он ухаживал за мной, и это приводило меня в трепет. На следующий день он прислал мне две дюжины красных роз. Розы всегда были красными. Водил меня в театры, на приемы, в дорогие рестораны. Задержался в Чикаго на две недели, сказав, что ради меня изменил свое расписание, отказал клиентам и принес мне в жертву не только свою работу, но и свою жизнь. Он сказал, что я очень много значу для него, — прошептала Нелл и потерла внезапно окоченевшие руки. — Мы много значили друг для друга. Когда он говорил мне об этом, я была вне себя от счастья. Тогда это казалось мне романтичным. Он говорил, что мы всегда будем вместе. Никогда не разлучимся. Он не позволит мне уйти. У меня закружилась голова, и когда Ивен сделал мне предложение, я тут же согласилась. Мать возражала, просила меня не торопиться, но я ее не слушала. Вскоре мы тайно сбежали в Калифорнию. Пресса называла это романом десятилетия.

— Ах да, — кивнула Майя, когда Нелл обернулась. — Я вспомнила. Тогда ты выглядела по-другому. Была похожа на избалованного котенка.

— Я выглядела так, как хотел он, и вела себя так же. Сначала мне это казалось правильным. Он был старше, умнее, а я была в его мире новичком. Он взял на себя роль учителя хороших манер и выговаривал мне, когда я делала ошибки. Если он приказывал мне перед выходом в свет сменить платье, то только потому, что соблюдал мои интересы... и наш имидж. На первых порах он делал это очень деликатно. А когда он был доволен мной, я получала что-нибудь вкусненькое. Как щенок, которого дрессируют. Вчера вечером ты хорошо потрудилась на благо фирмы, так вот тебе браслет с бриллиантами. О боже, как легко было мной управлять! Сейчас меня тошнит от одной мысли об этом...

— Ты любила его.

— Да, любила. Только не его самого, а того, каким он казался. Он был умным и беспощадным. Когда он ударил меня в первый раз, я была ошеломлена, но мне и в голову не пришло возмутиться, я сочла, что заслужила наказание. Меня хорошо выдрессировали. Потом становилось все хуже и хуже, но это происходило медленно, шаг за шагом. Через год после моего отъезда мать погибла в автомобильной катастрофе. Пьяный водитель, — хрипло сказала Нелл.

— И ты осталась совсем одна. Бедняжка...

— Он был таким добрым, таким заботливым. Все сделал сам, на неделю отменил встречи и улетел со мной в Чикаго. В общем, вел себя как любящий муж. А когда мы вернулись, как с цепи сорвался. Дождался возвращения домой, отпустил прислугу. А потом стал кричать на меня, влепил пощечину, сбил с ног. Он ни разу не ударил меня кулаком. Только открытой ладонью. Наверное, потому, что это было еще более унизительно. Обвинил меня в том, что я кокетничала с одним из гостей на поминках, имея в виду близкого друга моих родителей, доброго и порядочного человека. Я привыкла считать его дядей.

Так вот... — Нелл удивленно посмотрела на свой пустой бокал, вернулась к столу и долила себе шампанского. В цветах весело чирикали птицы. — Боксерских матчей у нас не было. Он бил меня, а я мирилась с этим.

Она подняла бокал, сделала глоток. Это немного успокоило ее.

— Однажды я обратилась в полицию. Но он человек влиятельный, и у него там много знакомых. Ко мне не отнеслись всерьез. Подумаешь, несколько синяков, ничего опасного... Он узнал об этом и доходчиво объяснил, что, если я посмею еще раз унизить его, он меня убьет. Однажды я убежала, но он меня нашел. И повторил, что я принадлежу ему и он никогда меня не отпустит. Что, если я попробую убежать еще раз, он меня найдет, убьет и никто ничего не узнает. Я ему поверила.

— Но все же убежала.

— Я готовилась к этому тайно шесть месяцев, стараясь не выводить его из себя и не давать повода для подозрений. Мы принимали гостей, путешествовали, спали вместе. На людях мы казались идеальной любящей парой. Он по-прежнему бил меня. Якобы за то, что я все делала неправильно. Мне приходилось просить у него прощения. При каждой возможности я крала у него наличные и прятала их в коробке с тампонами. Можно было держать пари, что туда он не заглянет. Потом я получила фальшивые права и тоже спрятала их. А потом пробил мой час...

Его сестра жила в Биг Суре. Она устраивала чаепитие для родни и близких подруг. Меня пригласили тоже. В то утро я пожаловалась на головную боль; естественно, это его раздосадовало. Он сказал, что я вечно ищу повод. Там будет кое-кто из его клиентов, и я подведу его, если не поеду. Тогда я сказала, что поеду. Конечно, поеду. Возьму с собой аспирин и как-нибудь справлюсь. Притворилась, что никуда не хочу ехать, чтобы он сам выставил меня из дома.

«Я поумнела, — подумала Нелл. — Научилась обманывать и притворяться».

— В тот момент я не испытывала ни капли страха. Он уехал играть в гольф, и я положила все необходимое в багажник машины, в том числе и подержанный велосипед, который купила за неделю до этого. Потом вырулила на шоссе номер один и поехала на чаепитие.

Майя сидела молча. Нелл тоже села и спокойно продолжила свой рассказ:

— Я постаралась, чтобы как можно больше людей заметило, что мне нехорошо. Его сестра Барбара даже предложила мне прилечь. Я дождалась момента, когда большинство гостей разъехалось, а потом поблагодарила ее за прекрасно проведенное время. Она тревожилась за меня: мол, я очень бледная. Но я спровадила ее и села в машину.

Ее голос звучал почти бесстрастно. Нелл изо всех сил убеждала себя, что рассказывает неприятную историю, случившуюся с кем-то другим.

— Уже стемнело. Именно этого я и ждала. Я позвонила Ивену по сотовому телефону и сказала, что еду домой. Он всегда настаивал, чтобы я его предупреждала. Добралась до участка дороги, где спрятала велосипед, подождала, когда проедут машины. О, я знала, что у меня все получится! Должно получиться. Я ни о чем не думала. Все это проигрывалось в уме тысячу раз, так что я не позволяла себе думать. Отстегнула ремень безопасности. Открыла дверь, увеличила скорость, повернула руль и направила машину к обрыву. В конце концов, двум смертям не бывать... А потом выпрыгнула. Это напоминало полет. Машина взмыла в воздух как птица, затем со страшным грохотом рухнула на камни, перевернулась и скатилась в воду. Я бегом вернулась к тому месту, где были спрятаны велосипед и сумка. Сняла свой роскошный костюм, надела свитер, старые джинсы и черный парик. Мне все еще не было страшно.

Нет, тогда она не боялась. Но теперь, когда пережитое вновь всплыло в ее памяти, голос Нелл дрогнул. В конце концов, это случилось именно с ней.

— Я ехала по холмам. То вверх, то вниз. Добравшись до Кармела, отправилась на автобусную остановку и за наличные купила билет в один конец до Лас-Вегаса. Вот когда автобус отошел от остановки, я испугалась, испугалась, что он приедет, остановит автобус и заберет меня, но этого не случилось. В Лас-Вегасе я села на автобус до Альбукерке, а в Альбукерке купила газету и прочитала заметку о трагической гибели Элен Ремингтон.

— Нелл... — Майя положила ладонь на руку подруги. Кажется, Нелл не чувствовала, что плачет вот уже десять минут. — Я тоже никогда не встречала такого человека, как ты.

Нелл, по щекам которой струились слезы, подняла бокал и чокнулась с Майей.

— Спасибо.

Майя настояла, чтобы Нелл переночевала у нее. После нескольких бокалов шампанского и такой эмоциональной встряски это казалось разумным. Гостья без возражений прошла в спальню с большой кроватью под балдахином, надела одолженную шелковую ночную рубашку, легла, накрылась мягкой льняной простыней и тут же уснула.

Когда она проснулась, темноту рассеивал лунный свет.

Понадобилось несколько секунд, чтобы вспомнить, где она находится и что ее разбудило. «Я у Майи, в спальне для гостей, — сонно подумала Нелл. — И где-то поют люди».

Нет, не поют. Говорят нараспев. Красиво, мелодично и чуть слышно. Покоренная этим звуком, Нелл встала и ощупью пошла к балконной двери.

Она распахнула дверь настежь, впустив теплый ветерок, и вышла на галерею, залитую светом луны, достигшей фазы в три четверти. Ветер доносил до Нелл аромат цветов, от которого кружилась голова.

А затем она увидела, что Майя выходит из гущи деревьев, покачивающихся, будто в танце.

В лучах луны ее халат казался серебряным, волосы горели как пламя. Она поднялась на скалу, повернулась лицом к морю и подняла руки к луне и звездам.

Воздух был наполнен голосами, а голоса были наполнены радостью. Потрясенная Нелл широко открыла глаза, которые жгли непонятные слезы, и увидела, что с неба слетели мерцающие лучи и коснулись пальцев и кончиков распущенных волос Майи.

Какое-то мгновение она напоминала прямую тонкую свечу, пылающую на краю пропасти.

А потом все исчезло. Остались только шум прибоя, жемчужный свет бледной луны и одинокая женщина, стоящая на утесе.

Майя повернулась и пошла к дому. Она подняла голову, увидела Нелл, посмотрела ей в глаза и долго не отводила взгляд.

Потом еле заметно улыбнулась, вошла в тень дома и исчезла.

ГЛАВА 7

Было еще темно, когда Нелл на цыпочках пробралась в кухню Майи. Дом был огромным, и сориентироваться в нем оказалось нелегко. Хотя Нелл не знала распорядка дня хозяйки, она все же вскипятила для Майи кофе, написала ей записку с благодарностью и ушла.

«Нам придется поговорить, — думала Нелл, ведя машину в предрассветной мгле. — О многом. И мы непременно сделаем это, когда я соображу, с чего начать».

Нелл почти убедила себя, что представившееся ей в лунном свете было всего лишь сном, порожденным выпитым шампанским, но только почти. Для сна картина была слишком четкой.

Свет, лившийся со звезд, как жидкое серебро. Ветер, полный звуков. Женщина, сияющая, как факел.

Но если это не пустые, хотя и очень красивые фантазии... Если это произошло на самом деле и она была участницей происходившего, то требовалось выяснить, что это значило.

Впервые за последние четыре года она чувствовала себя абсолютно уверенно, абсолютно спокойно. На первое время этого было достаточно.

Однако к полудню она не могла думать ни о чем, кроме работы. Чек на приличную сумму лежал у нее в кармане, а до выходного было рукой подать.

— Капуччино со льдом и орехами, большую чашку. — Нелл принялась за работу, а человек, сделавший заказ, облокотился на стойку. Мужчина лет тридцати пяти был хорошо сложен и явно приехал с «большой земли».

Нелл радовало, что она научилась с большой точностью определять обитателей материка и смотреть на них немного свысока, как это делали коренные островитяне.

— Сколько приворотного зелья вы кладете в свои изделия? — спросил он.

Нелл подняла взгляд.

— Простите, что?

— Попробовав вашего овсяного печенья с изюмом, я думаю о вас день и ночь.

— В самом деле? А я была уверена, что все приворотное зелье ушло у меня на булочки с макадамией.

— В таком случае дайте мне три, — сказал мужчина. — Меня зовут Джим, и вы свели меня с ума своей выпечкой.

— Если так, то держитесь подальше от моего салата из трех видов фасоли, иначе навсегда забудете о других женщинах.

— А если я куплю весь ваш салат, вы выйдете за меня замуж и станете матерью моих детей?

— Джим, я бы вышла за вас, но дала страшную клятву оставаться свободной, чтобы иметь возможность накормить своими булочками весь мир. — Она подала ему чашку и потянулась за пакетом. — Так что, берете булочки?

— Еще бы! Как насчет пикника на берегу моря? Мы с друзьями сняли здесь дом и сегодня вечером собираемся устроить пирушку.

— Сегодня пикник на берегу моря, а завтра домик в пригороде и кокер-спаниель. — Нелл пробила чек и с улыбкой взяла у него деньги. — Лучше соблюдать осторожность, пока не поздно, но за приглашение спасибо.

— Вы разбиваете мне сердце, — сказал он, тяжело вздохнул и стал спускаться по лестнице.

— Слушай, он просто лапочка! — Пег вытянула шею и посмотрела ему вслед. — Неужели он тебе не понравился?

— Нет. — Нелл сняла фартук и устало повела плечами.

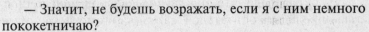

— Значит, не будешь возражать, если я с ним немного пококетничаю?

— Ради бога. В холодильнике полно фасолевого салата... Да, Пег, спасибо за вчерашнее.

— Пустяки. Бывает. Ну, до понедельника.

«До понедельника», — подумала Нелл. Все легко и просто. Она стала здесь своей, обзавелась подругами. Вот сейчас не моргнув глазом отвергла ухаживания симпатичного мужчины.

Однако следовало признаться, что его слова доставили ей удовольствие. Может настать день, когда ей не захочется отказывать кавалеру.

Будет такой день, когда она согласится пойти на пикник с каким-нибудь мужчиной и его друзьями, чтобы болтать, смеяться, наслаждаться компанией. Легкие и непринужденные дружеские отношения. Это возможно. Но никаких серьезных связей в ее жизни не будет. Даже если она окончательно научится справляться со своими чувствами.

В конце концов, официально она замужем.

В данный момент эта мысль была для нее не кошмаром, а спасательным кругом. Она может заниматься всем, что взбредет в голову, но недостаточно свободна, чтобы решиться на прочную связь с мужчиной.

Нелл решила побаловать себя брикетиком мороженого и прогулкой по берегу. Когда она проходила мимо, люди окликали ее по имени, и это ее радовало. Приятно чувствовать себя своей.

Вскоре Нелл увидела Пита Стара и его бессовестного пса. Оба выглядели пристыженными, потому что рядом стоял подбоченившийся Зак.

Он никогда не носил шляпу. Он только советовал Нелл пользоваться ею во время работ в саду. В результате его волосы, как всегда, растрепанные ветерком с океана, изрядно выцвели. Значок он тоже надевал редко, но зато буквально сросся с кобурой у бедра.

Внезапно Нелл осенило: если бы Тодд остановился

рядом с кафе и пригласил ее на пикник, она бы не отказалась.

Когда пес с надеждой поднял лапу и протянул ее Заку, тот покачал головой и показал на поводок в руках Пита. Как только поводок был надет, пес и его хозяин ушли, повесив головы.

Зак повернулся, и его темные очки отбросили солнечные зайчики. Тут же поняв, что Тодд смотрит на нее, Нелл собралась с силами и шагнула к нему.

— Здравствуйте, шериф.

— Здравствуйте, Нелл. Пит снова вывел своего пса без поводка. От этого страшилища смердит, как от помойки. У вас мороженое капает.

— Жарко... — Нелл лизнула брикетик и бросилась напролом. — Насчет вчерашнего...

— Вам полегчало?

— Да.

— Вот и отлично. Не поделитесь?

— Что? Ах да, конечно. — Нелл протянула ему брикетик и ощутила легкое покалывание, какой-то слабый ток, когда Зак лизнул мороженое как раз над ее пальцами. Странно... Когда симпатичный мужчина приглашал ее на пикник, никакого покалывания она не чувствовала. — Вы ничего не хотите спросить?

— Нет. Я знаю, что вам это будет неприятно. — Да, он смотрел на нее. И видел, как Нелл расправила плечи, прежде чем подойти к нему. — Пройдемся немного? У воды прохладнее.

— Я ломала себе голову... Что делает Люси, когда вы уходите на дежурство?

— То одно, то другое. Выполняет свои собачьи обязанности.

Нелл невольно рассмеялась:

— Собачьи обязанности?

— Конечно. Иногда бродит вокруг дома, валяется в траве и думает свои долгие думы. Иногда идет со мной на участок, если у нее есть для этого настроение. Купается, грызет мои ботинки. Я подумываю купить ей приятеля или приятельницу.

— А я бы хотела завести кошку. Не уверена, что смогу воспитать щенка. С кошкой легче. Я видела в супермаркете объявление о том, что продаются котята.

— Кошка Стьюбенсов окотилась. Я слышал, что парочка у них еще осталась. Они живут над бухтой. Белый дом с голубыми ставнями.

Нелл кивнула и остановилась. «До сих пор первое побуждение меня не подводило, — подумала она. — Значит, нужно ему следовать».

— Зак, сегодня вечером я хочу опробовать новый рецепт. Тунец и лингини с сушеными помидорами и фетой. Мне может понадобиться морская свинка для опытов.

Он взял ее за руку, наклонился и снова лизнул мороженое.

— Ну что ж, особых планов на вечер у меня нет, а как шериф я обязан по мере сил служить обществу. В котором часу?

— В семь устроит?

— Вполне.

— Вот и хорошо. Тогда до встречи. Постарайтесь нагулять аппетит, — сказала она и быстро ушла.

— За этим дело не станет. — Зак снял темные очки и долго смотрел вслед Нелл, шагавшей в сторону поселка.

К семи часам закуски были готовы, а вино охлаждено. Нелл купила подержанный стол и в дальнейшем собиралась посвятить часть выходного шлифовке и покраске. Но сегодня она просто отскребла шпателем отшелушившийся слой старой зеленой краски и накрыла обшарпанную крышку скатертью.

Стол стоял на заднем дворе, посреди газона, рядом с парой таких же старых стульев, которые ей дали в придачу. Пока что мебель выглядела неказисто, но ее можно было довести до ума. Самое главное, что все это богатство принадлежало ей.

Нелл поставила на стол две тарелки, две миски и два бокала. Все это было куплено в местном магазине, торговавшем по сниженным ценам. Посуда была разномастной, но Нелл казалось, что получилось неплохо.

Во всяком случае, ничуть не похоже на чинный фарфор и тяжелое столовое серебро.

Палисадник выглядел ухоженным, а помидоры, перец и кабачки росли как на дрожжах.

Она снова потратила почти все деньги, но нисколько об этом не жалела.

— Боже, какая прелесть!

Нелл обернулась и увидела, что на краю газона стоит Глэдис Мейси с огромной белой сумкой в руках.

— Ну просто картинка!

— Добрый вечер, миссис Мейси.

— Ничего, что я свалилась вам как снег на голову? Я бы позвонила, но у вас нет телефона.

— Конечно, ничего. Гм-м... Выпьете что-нибудь?

— Нет-нет, не беспокойтесь. Я к вам по делу.

— По делу? — удивилась Нелл.

— Да, конечно. — Миссис Мейси энергично кивнула, но из ее аккуратного темного пучка не выбился ни один волос. — В конце июля исполнится тридцать лет, как мы с Карлом поженились.

— Поздравляю.

— Спасибо. Если два человека сумели прожить вместе три десятилетия, это многого стоит. Я хочу устроить праздник, но мой муженек наотрез отказывается надевать выходной костюм и куда-то тащиться. Вот я и подумала... Не могли бы вы приготовить для нас угощение?

— Ох... Ну... — мямлила опешившая Нелл.

— Я хочу, чтобы столом занимался специалист, — решительно заявила Глэдис. — И чтобы все было красиво. Когда моя девочка два года назад выходила замуж — это было в апреле, — мы наняли организатора банкетов с материка. На мой вкус, вышло так себе, а Карл решил, что это слишком дорого, но выбирать не приходилось. Я думаю, что у вас получится лучше и что вы не сдерете с меня семь шкур за миску холодных креветок.

— Миссис Мейси, спасибо за столь высокое мнение о моих талантах, но я ведь не организатор банкетов...

— Время еще есть? Я составила перечень гостей и прикинула, чего бы мне хотелось. — Она вынула из огромной сумки лист бумаги и сунула его в руку Нелл. — Я хочу, чтобы праздник прошел у меня дома, — продолжала Глэдис, как бы отметая робкие возражения Нелл. — У меня есть хороший фамильный фарфор и все остальное. Посмотрите, что я тут набросала, а завтра мы все обсудим. Жду вас у себя во второй половине дня.

— Я бы с удовольствием помогла вам. Может быть, я сумею... — Она посмотрела на листок с заглавием «Тридцатая годовщина», к которому Глэдис добавила сердечко с инициалами «Г» и «К» в середине.

Нелл умилилась.

— Я подумаю, что можно сделать.

— Вы славная девочка, Нелл. — Услышав звук мотора, Глэдис оглянулась, узнала патрульную машину Зака и приподняла бровь. — И вкус у вас отличный. Приходите завтра, и мы все обсудим. Желаю хорошо провести вечер.

По пути к своему автомобилю Глэдис остановилась, увидела цветы в руках Зака, сказала ему несколько слов и потрепала по щеке. Сев за руль, она стала гадать, кому первым делом позвонить и сообщить, что Закарайа Тодд вовсю ухлестывает за малышкой Нелл Ченнинг.

— Я немного опоздал. Прошу прощения. В поселке столкнулись два автомобиля, так что пришлось задержаться.

— Ничего страшного.

— Я подумал, что это подойдет для вашего цветника. Нелл улыбнулась, увидев горшок с маргаритками.

— Замечательные цветы. Спасибо. — Она взяла горшок и поставила его рядом с табуреткой. — Я схожу за вином и закусками.

Зак проводил ее на кухню.

— Потрясающий запах.

— Я решила заодно освоить еще пару рецептов. Теперь дело за вами.

— Всегда готов... А это кто такой? — Он наклонился и погладил пальцем дымчато-серого котенка, лежавшего на подушке в углу.

— Это Диего. Мы теперь живем вместе.

Котенок мяукнул, потянулся и стал лениво играть шнурками Зака.

— Я вижу, вы времени даром не теряли. Успели приготовить еду, купить мебель и обзавестись сожителем. — Тодд взял Диего на руки и повернулся к Нелл. — В вас нет ни одного недостатка.

Зак стоял с ней рядом, большой, красивый, с серым котенком, уткнувшимся ему в плечо.

Он принес ей белые маргаритки в пластмассовом горшке.

— О черт... — Она поставила на место поднос с закусками и вздохнула. — Ладно. Я не хочу, чтобы у вас сложилось неправильное впечатление об этом обеде... и всем прочем. Вы мне очень нравитесь, но скажу прямо: я не в том положении, когда можно дать волю чувствам. Для этого есть серьезные причины, однако говорить о них мне не хочется. Так что, если вы сейчас уйдете, я нисколько не обижусь.

Зак серьезно выслушал ее, почесывая котенка между шелковыми ушками.

— Спасибо за прямоту. Но стыд и позор на мою голову, если я уйду, не отведав ваших изделий. — Тодд стянул с подноса маринованную оливку и сунул ее в рот. — Если вы не против, я пойду на задний двор. Могу заодно отнести вино.

Он взял бутылку и, не выпуская из рук Диего, толкнул дверь бедром.

— Будем соблюдать правила, но предупреждаю: я приложу все силы, чтобы вывести вас из этого, как вы говорите, положения.

— Сделать это не так легко, как вам кажется.

— Милая, с вами вообще нелегко, — сказал Зак, придержав ей дверь.

Нелл взяла поднос и вышла во двор.

— Это что, комплимент?

— Пожалуй, да... А теперь давайте выпьем вина, расслабимся, и вы расскажете, зачем приходила Глэдис Мейси.

Когда они сели за стол, Нелл стала разливать вино, а Зак положил котенка к себе на колени.

— Поскольку вы местный шериф, знающий здесь всех и вся, могли бы и сами догадаться.

— Что ж, попробую. — Зак склонился над подносом и стал рассматривать закуски. — Проверим, насколько я наблюдателен. Во-первых, у вас на стойке лежит перечень, написанный Глэдис от руки. Отсюда следует, что она хочет отметить годовщину своей свадьбы. Во-вторых, я сижу здесь и глотаю слюнки, глядя на все это разнообразие. Поскольку Глэдис женщина неглупая и уже успела оценить ваши таланты, она наверняка хочет, чтобы вы приготовили угощение. Ну что, попал?

— В самое яблочко.

— И вы возьметесь?

— Я обещала подумать.

— Если возьметесь, то сделаете отличное дело. — Зак взял с подноса блюдо и подозрительно осмотрел его. — Оно с грибами? Ненавижу грибы.

— Нет. Сегодня вечер без грибов. А почему я сделаю хорошее дело?

— Я сказал не «хорошее», а «отличное». — Он сунул в рот кусочек сливочного сыра с травами, запеченный в слоеном тесте. — Потому что вы волшебно готовите, обладаете ангельской внешностью и точны, как компьютер.

Кроме того, у вас есть стиль... Почему вы сами ничего не едите?

— Сначала хочу убедиться, что вы выживете.

Зак улыбнулся в ответ и продолжил трапезу. Нелл села и сделала глоток вина.

— Допустим, что я хорошая повариха и на кухне лицом в грязь не ударю. Своей внешностью я вполне довольна, но до ангела мне далеко.

— Значит, я теряю голову, глядя на вас.

— Допустим, я неплохой организатор, — продолжила Нелл, — но лишь потому, что стараюсь не усложнять себе жизнь.

— Иными словами, вы не хотите ее усложнять, связываясь со мной.

— Вы опять угадали. Я схожу за салатом.

Зак дождался, когда она повернулась спиной, и широко улыбнулся.

— Ее легко раззадорить, — сказал он Диего. — Нужно только знать, за какую ниточку дернуть. Знаешь, чему я научился за долгие годы общения с женщинами? Почаще меняй ритм, и они никогда не догадаются, чего от тебя ждать.

Когда Нелл вернулась, Зак рассказал ей о детском враче из Вашингтона и биржевом маклере из Нью-Йорка, машины которых столкнулись у аптеки на Хай-стрит.

Он рассмешил ее и заставил успокоиться. Нелл сама не заметила, как заговорила о нравах, царивших на кухнях ресторанов, где ей приходилось работать.

— Вспыльчивость и острые предметы, — сказала она. — Очень опасное сочетание. Однажды шеф-повар грозил мне электрическим миксером.

Спустились сумерки, Зак зажег приземистую красную свечу, стоявшую на столе.

— Я и представления не имел, какие интриги плетутся за вращающимися дверями ресторанов.

— Кроме того, там кипят нешуточные страсти, — добавила она, наматывая на вилку лингини. — Пылкие взгляды над шипящими сковородками и разбитые сердца, осколки которых сыплются в консоме. Это настоящий паровой котел.

— Еда напрямую связана с чувственностью. Вкус, цвет, запах... Тунец — просто объедение.

— Значит, блюдо выдержало экзамен?

— Не то слово.

«Нелл идут свечи, — думал Зак. — Их пламя отражается в ее глазах, напоминая золотые отблески на поверхности бездонных голубых озер...»

— Вы сами придумываете блюда или собираете рецепты? — спросил он.

— И то и другое. Я люблю экспериментировать. Когда моя мать... — Она осеклась, но Зак молча взял бутылку и подлил вина в бокалы. — Она любила готовить, — просто сказала Нелл. — И принимать гостей.

— А моя мать... скажем так, кухня не была ее коньком. Я только в двадцать лет понял, что кусок свинины не обязательно отбивать, если ты его варишь. Она прожила на острове почти всю свою жизнь, но считала, что тунца добывают из консервных банок. Зато она умела обращаться с цифрами.

— С цифрами?

— Она дипломированный бухгалтер — ныне бывший. Вышла на пенсию. Они с отцом купили себе одну из этих консервных банок на колесах, год назад уехали путешествовать по Америке и отлично проводят время.

— Рада за них. — В голосе Зака Нелл почувствовала неподдельную любовь. — Вы скучаете по родителям?

— Да. Не могу сказать, что скучаю по материнской стряпне, но по их обществу — очень. Отец часто сидел на заднем крыльце и играл на банджо. Мне этого не хватает.

— Банджо?

«Господи, как мило...» — подумала она.

— А вы сами играете? — спросила Нелл.

— Нет. У меня пальцы не тем концом воткнуты.

— А мой отец играл на фортепиано. Он... — Нелл

снова резко оборвала фразу и встала. — У меня тоже пальцы не тем концом воткнуты. На десерт я приготовила пирог с земляникой. Справитесь?

— Съем, но только из вежливости. Позвольте помочь вам.

— Нет. — Она махнула рукой, помешав Заку встать. — Я сама. — Освобождая тарелку Тодда, Нелл опустила глаза и увидела Диего, в экстазе валявшегося у него на коленях кверху пузом. — Вы кормили его блюдами со стола?

— Я? — Разыгрывая оскорбленную невинность, Зак поднял бокал. — С чего вы это взяли?

— Во-первых, вы его разбалуете; во-вторых, он заболеет. — Она опустила руку и хотела забрать котенка, но вовремя сообразила, что Диего лежит очень неудачно и этот жест может показаться слишком интимным. — Пустите его на землю, пусть побегает. Ему надо подвигаться после такого обжорства.

— Есть, мэм.

Нелл поставила кофейник и собиралась резать пирог, когда в дверь кухни вошел Зак со стопкой грязных тарелок.

— Спасибо. Но гости не убирают со стола.

— В моем доме убирают. — Он посмотрел на пышный и сочный красно-белый пирог. А потом снова на Нелл. — Милая, должен сказать вам, что это произведение искусства.

— Внешний вид — половина успеха, — ответила довольная Нелл. Она застыла на месте, когда Зак положил ладонь на тыльную сторону ее руки. Но тут же успокоилась, когда он просто заставил ее отрезать кусок пошире.

— Я большой любитель искусства.

— При таких аппетитах опасность заболеть грозит не только Диего. — Но все же Нелл отрезала Заку кусок, который был вдвое больше ее собственного. — Я принесу кофе.

— Я должен сказать вам еще кое-что, — начал он,

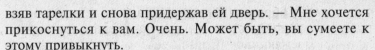

взяв тарелки и снова придержав ей дверь. — Мне хочется прикоснуться к вам. Очень. Может быть, вы сумеете к этому привыкнуть.

— Я не люблю, когда ко мне прикасаются.

— Я не собираюсь торопить вас. — Тодд подошел к столу, поставил на него десертные тарелки и сел. — Нелл, после моих прикосновений синяков не остается. Я пользуюсь руками совсем по-другому.

— Я не хочу говорить об этом, — лаконично ответила она.

— А я говорю о себе, о вас и о наших отношениях.

— Никаких отношений между нами нет.

— Но будут. — Зак взял кусок пирога и попробовал его. — О боже... Если вы начнете торговать этим, то через шесть месяцев станете миллионершей.

— Я не стремлюсь к богатству.

— Отличный ответ. — Он одобрительно кивнул и вынул из пирога самую большую ягоду. — Знаете, некоторые мужчины ценят в женщине главным образом покорность и податливость. Лично я никогда не мог этого понять. По-моему, такой союз быстро приедается обоим. Там нет места искрам, если вы понимаете, что я имею в виду.

— К искрам я тоже не стремлюсь.

— К этому стремятся все. Вы просто еще не осознали этого. Впрочем, я согласен, что это дело весьма утомительное. Особенно если искриться круглые сутки. — Однако Нелл уже понимала, что утомить Зака не так легко. — Но если время от времени не испускать искры, — продолжил он, — вам будет не хватать их шипения. Когда готовят блюдо без приправ, есть, конечно, можно, но результат совсем не тот.

— Все это очень умно. Но некоторые чувствуют себя лучше, если придерживаются диеты, исключающей острое.

— Как мой двоюродный дедушка Фрэнк. — Зак взмахнул вилкой и вонзил ее в пирог. — Язва. Кое-кто говорил, что она была ему наказанием за грехи, и с этим трудно спорить. Он был несчастным упрямым янки. Закоренелым холостяком. Предпочитал лежать в постели с гроссбухами, а не с женщинами. Прожил до девяноста восьми лет.

— И какова мораль этой басни?

— При чем тут мораль. Я просто рассказал вам о моем двоюродном дедушке Фрэнке. Когда я был мальчиком, мы раз в месяц ходили обедать к бабушке. Это неизменно было в третью субботу. Она великолепно готовила жаркое в горшочках. То самое, которое потом подают на блюде в окружении маленьких картофелин и морковок. Моя мать не унаследовала от бабушки этого таланта. Мы объедались, а двоюродный дедушка Фрэнк в это время жевал рисовый пудинг. Старик пугал меня до смерти. Я до сих пор дрожу от одного вида глубокой тарелки с рисовым пудингом.

«Это какое-то волшебство, — думала Нелл. — Рядом с этим человеком невозможно не чувствовать себя спокойно и уверенно».

— Думаю, половину этой истории вы выдумали.

— Ни единого слова. Его имя есть в регистрационной книге здешней методистской церкви. Фрэнсис Моррис Байглоу. Моя бабушка — урожденная Байглоу и приходится Фрэнку старшей сестрой. Она и сама дожила до ста лет. В нашей семье много долгожителей. Может быть, поэтому мы не обзаводимся семьями до тридцати.

— Понятно. — Видя, что Зак очистил тарелку, Нелл придвинула ему свой кусок и ничуть не удивилась, когда Тодд с удовольствием занялся им. — Я всегда считала, что янки из Новой Англии — ужасные молчуны. И что от них не добьешься ничего, кроме «да», «нет» и «может быть».

— В моей семье любят поговорить. Рипли может показаться молчаливой, но лишь потому, что она вообще не слишком жалует род людской... Ничего вкуснее я не ел со времен обедов у бабушки.

— Это высшая похвала.

— Такую трапезу лучше всего завершить прогулкой по берегу.

Нелл не смогла найти повод для отказа. А может, и не захотела его искать.

Закат уже догорал; небо начинало темнеть. Светлая ленточка над горизонтом, подернутая на западе розовым, была тонкой и блестящей, как иголка. Отлив оставил после себя широкую полосу влажного темного песка, от которой тянуло прохладой. Прибой накатывал, оставляя после себя клочья пены. Какие-то птички с узким туловищем и ногами как ходули бродили по ней и неспешно клевали свой ужин.

По берегу гуляли многие, почти все парами. Одни под ручку, другие держась за руки. Она сняла туфли, подвернула мешковатые джинсы и из предосторожности сунула руки в карманы.

На каждом шагу попадались кучи плавника, которым с наступлением полной темноты предстояло стать кострами. Она представила себе, как было бы приятно сидеть у такого костра с друзьями. Смеяться и болтать о всяких пустяках.

— Я еще ни разу не видел вас в море, — сказал Зак.

У Нелл не было купальника, но признаваться в этом она не хотела.

— Я пару раз окуналась.

— Не умеете плавать?

— Конечно, умею.

— Тогда пойдемте.

Тодд подхватил Нелл на руки так быстро, что ее сердце застряло где-то на полпути между грудью и горлом. Не успела она по-настоящему испугаться, как очутилась в воде.

Зак смеялся и поворачивался плечом к набегавшей волне, принимая удар на себя. Когда Нелл, опомнившись, стала вырываться, он просто выпустил ее и придержал за талию.

— Нельзя жить на Трех Сестрах, не пройдя крещения водой. — Он пригладил мокрые волосы и потащил Нелл на глубину.

— Вода холодная, — отбивалась Нелл.

— Как парное молоко, — возразил Тодд. — Просто у вас кровь еще жидковата... О, вот эта волна вполне приличная. Держитесь за меня.

— Я не хочу... — Но морю было наплевать на ее желания. Волна налетела, сбила ее с ног и накрыла с головой.

— Вы идиот! — отплевываясь, крикнула Нелл, но через секунду рассмеялась. Терять было уже нечего, и она окунулась по шею. — Шерифу положено вести себя чинно и благородно, а не нырять в одежде!

— Я бы разделся, но для этого мы слишком недавно знакомы. — Он лег на спину и раскинул руки. — Показались первые звезды. На свете нет ничего более прекрасного. Гляньте-ка...

Море покачивало ее, заставляя терять ощущение собственного веса. Нелл смотрела, как меняется цвет неба. Чем темнее оно становилось, тем ярче мерцали звезды.

— Вы правы, зрелище впечатляющее. И все же вода чересчур холодная.

— Вы должны провести на острове зиму. Это сгустит вам кровь. — Они лежали почти рядом; Зак спокойно взял ее за руку. — Я никогда не уезжал с острова больше, чем на три месяца, но это было в студенческие годы. Проучился в колледже три года и больше не выдержал. Я прекрасно знал, чего хочу. И получил желаемое.

Ритм волн, колыхание неба... И его ровный, спокойный голос в темноте.

— Это какая-то магия, верно? — Нелл вздохнула, когда влажный ветерок коснулся ее лица. — Точно знать, чего ты хочешь. И получить это...

— Магия здесь ни при чем. Получить желаемое помогают работа, терпение и многое другое.

— Теперь я знаю, чего хочу, и у меня оно есть. Мне нравится называть это магией.

— Чего-чего, а магии на нашем острове хватает. Думаю, это оттого, что он создан ведьмами.

В голосе Нелл послышалось удивление.

— Вы верите в такие вещи?

— А почему бы и нет? Некоторые вещи существуют независимо от людской веры. Вчера вечером в небе сияли огни, которые не были звездами. Объяснять их происхождение можно по-разному, но факт останется фактом.

Зак встал на дно и потянул Нелл за руку, заставив сделать то же самое. Они стояли лицом к лицу по пояс в воде. Приближалась ночь, и отражения звезд ярко мерцали на поверхности моря.

— Можно сделать вид, что этих вещей нет. — Зак отвел от ее лица мокрые волосы и обнял щеки ладонями. — Но они все равно останутся. Им все равно, верим мы в них или нет.

Когда Тодд опустил голову, Нелл уперлась ладонью ему в плечо. Она хотела отвернуться, она велела себе отвернуться и смотреть в ту сторону, где все тихо, мирно и спокойно.

Но тут что-то щелкнуло, и из ее груди вылетела теплая и яркая искра, о которой говорил Зак. Нелл стиснула его мокрую рубашку и позволила себе отдаться чувству.

Она ожила. Ощущала холод там, где воздух касался кожи, и жар в животе, где начинало разгораться желание. Проверяя себя, Нелл прижалась к Заку, полураскрыв губы.

Он не торопился, доставляя наслаждение и ей, и себе. Пробовал ее губы на вкус, смаковал их. У них был вкус и запах моря. Прибой, пронизанный звездами, заставил Зака на мгновение забыть обо всем на свете.

Он слегка отстранился, провел руками по ее плечам вниз, и наконец их пальцы переплелись.

— Не так уж это сложно. — Тодд снова поцеловал ее, легко коснувшись губ. Правда, эта легкость далась ему с большим трудом. — Я провожу вас домой.

ГЛАВА 8

— Майя, можно с тобой поговорить?

За десять минут до открытия Нелл спустилась вниз. Лулу, которая уже обрабатывала заказы по почте, смерила ее своим обычным подозрительным взглядом. Майя заканчивала заново оформлять витрину.

— Конечно. Ты о чем?

— Ну, я... — в небольшом помещении магазина было пусто, и Лулу могла слышать каждое слово. — Может быть, на минутку поднимемся в кабинет?

— И здесь сойдет. Не обращай внимания на кислую физиономию Лулу. — Майя сложила горку книг из последних поступлений. — Она боится, что ты попросишь у меня взаймы, а я, существо глупое и мягкосердечное, позволю ограбить себя дочиста, после чего останусь без гроша и умру в сточной канаве. Верно, Лу?

Лулу только фыркнула и защелкала клавишами.

— Нет, я не о деньгах. Я бы никогда не попросила... О черт! — Нелл с досады дернула себя за волосы. Потом она решительно повернулась к Лулу.

— Я понимаю, что вы защищаете Майю и у вас нет причин доверять мне. Я пришла ниоткуда, с пустыми руками и не прожила здесь и месяца. Но я не воровка и не попрошайка. У меня есть чувство собственного достоинства, и я не собираюсь его терять. Но если Майя попросит меня готовить сандвичи, стоя на одной ноге и распевая «Янки дудль денди», я это сделаю. Именно потому, что я пришла ниоткуда, с пустыми руками, а она дала мне шанс.

Лулу фыркнула снова.

— Как будто я сама этого не вижу... Благодаря тебе кафе пошло в гору. Я никогда не говорила, что у тебя нет чувства собственного достоинства, — добавила она. — Но это не значит, что я не должна за тобой присматривать.

— Вот и ладно. Я понимаю.

— Ах, какие сантименты! — Майя захлопала ресницами. — У меня косметика потечет. — Она отошла от витрины, посмотрела на композицию и одобрительно кивнула. — Так о чем ты хотела поговорить?

— В следующем месяце миссис Мейси собирается отпраздновать годовщину свадьбы и хочет, чтобы я приготовила угощение и накрыла стол.

— Да, знаю. — Майя отвернулась и начала выравнивать книги на полках. — Она сведет тебя с ума вопросами, предложениями и разными требованиями, но ты как-нибудь справишься.

— Я еще не дала согласия... Вчера мы только поговорили об этом. Я не знала, что ты уже в курсе. Хотела сначала поговорить с тобой.

— Остров у нас маленький, так что слухи расходятся быстро. Нелл, ты вовсе не обязана согласовывать со мной такие вещи.

«Не забыть пополнить запас ритуальных свеч», — напомнила себе Майя. После Пасхи их оставалось много, но на солнцестояние раскупили почти все. Это лишний раз говорило о традициях местных жителей.

— Можешь распоряжаться своим свободным временем как угодно, — сказала Майя.

— Я только хотела сказать, что это не помешает моей работе здесь.

— Надеюсь, что так и будет. Тем более что я повышаю тебе жалованье. — Она посмотрела на часы. — Лу, пора открывать.

— Повышаешь мне жалованье?

— Ты это заслужила. Я наняла тебя с испытательным сроком. Теперь он закончился. — Майя открыла дверь магазина и включила музыку. — Кстати, как прошел вчерашний обед с Заком? — с любопытством спросила Майя. — Я же говорила, остров у нас маленький.

— Нормально. Это был простой дружеский обед.

— Симпатичный парень, — сказала Лулу. — И человек хороший.

— Я не собираюсь кокетничать с ним.

— Правда? Похоже, с тобой что-то неладно. — Лулу спустила очки в серебряной оправе и посмотрела на Нелл поверх них. Этот взгляд был предметом ее гордости. — Будь я на несколько лет моложе, я бы его не упустила. У него великолепные руки. И держу пари, что он умеет ими пользоваться.

— Наверняка, — спокойно ответила Майя. — Но ты смущаешь нашу Нелл. Так на чем я остановилась? Годовщина Глэдис, повышение, обед с Заком... — Она сделала паузу и постучала пальцем по губам. — Ах да, я хотела спросить... Ты не пользуешься косметикой и не носишь украшений по политическим или религиозным соображениям?

— Да нет, — выдохнула растерявшаяся Нелл, — я просто так.

— Это облегчает дело. Тогда держи. — Она вынула из ушей серебряные сережки и протянула их Нелл. — Надень. Если кто-нибудь спросит, откуда они, скажешь, что из магазина «Все, что блестит», через два дома отсюда. Мы любим рекламировать чужие товары. В конце смены отдашь. А завтра попробуй немного подкраситься. Губная помада, карандаш для глаз и прочее.

— Но у меня ничего нет...

— Прошу прощения. — Майя схватилась рукой за грудь с левой стороны и привалилась к стойке. — Мне нехорошо. Ты сказала, что у тебя вообще нет помады?

Уголок рта Нелл приподнялся, на щеках обозначились прелестные ямочки.

— Увы, так оно и есть.

— Лулу, мы должны помочь ей. Это наш долг. Неприкосновенный запас. Быстро.

Лулу еле заметно улыбнулась и выудила из-под стойки большую косметичку.

— У нее хорошая кожа.

— Чистый холст, Лу. Чистый холст. Пойдем со мной, Нелл, — решительно произнесла Майя.

— А как же кафе? Постоянные посетители придут с минуты на минуту.

— Ничего, успеем. Пошевеливайся. — Она схватила Нелл за руку и потащила наверх.

Через десять минут Нелл встретила первых покупателей. В ушах у нее красовались серебряные сережки, полные губы были накрашены помадой персикового цвета, а глаза умело подведены карандашом.

Вновь чувствовать себя женщиной было очень приятно.

Нелл дала Глэдис согласие заняться ее праздником и скрестила пальцы на счастье. Когда Зак спросил, не хочет ли она вечером поплавать под парусом, Нелл сказала «да» и почувствовала себя всемогущей.

Когда покупательница спросила, не сможет ли она испечь торт в форме балерины для празднования дня рождения, Нелл согласилась без всяких колебаний. А гонорар потратила на пару серег.

Слухи здесь и вправду разносились быстро, и вскоре Нелл согласилась обеспечить продуктами пикник в честь Четвертого июля[1] и приготовить десять коробок с ленчем для одного яхтсмена.

Она разложила на кухонном столе заметки и картотеки рецептов. Как-то незаметно ее коттедж превратился в крупный центр местной индустрии. Нелл обвела кухню глазами и осталась очень довольна.

Кто-то бодро постучал в дверь. Нелл радостно приветствовала Рипли.

— Можно тебя на минутку? — спросила та.

— Конечно. Садись. Выпьешь что-нибудь?

— Нет, спасибо. — Рипли села и взяла на руки Диего, тершегося о ее ноги. — Планируешь меню?

— Я взялась за новую работу. Буду устраивать банке-

_____

[1] День независимости; национальный праздник США.

ты. Если бы у меня был компьютер... Душу бы продала за него. И еще бы приличный кухонный комбайн.

— А почему ты не пользуешься компьютером, который стоит в книжном магазине? — спросила Рипли.

— Я и без того в долгу перед Майей.

— Ну, как знаешь... Слушай, Четвертого июля у меня свидание. С продолжением, — многозначительно добавила она. — Ничего особенного, потому что ночью нам с Заком придется дежурить. Фейерверк и пиво иногда действуют на людей слишком возбуждающе.

— Не могу дождаться фейерверка. Все говорят, что это впечатляющее зрелище.

— Да, мы тут стараемся не ударить в грязь лицом... Дело в том, что этот парень, он работает на материке консультантом по охранным системам, положил на меня глаз, а я решила ему кое-что позволить.

— Рипли, это так романтично! Не верю своим ушам...

— У него это серьезно, — продолжила Рипли, почесывая Диего за ухом, — так что вполне возможен фейерверк после фейерверка, если ты понимаешь, о чем я. В последнее время моя сексуальная жизнь пошла на спад. В общем, мы заговорили о пикнике, и мне пришлось взять на себя еду. А поскольку я собираюсь попрыгать на костях этого малого, мне бы не хотелось, чтобы он отравился.

— Романтический пикник на двоих. — Нелл сделала пометку в своих записях. — Вегетарианский или мясной?

— Мясной. Не слишком роскошный, о'кей? — Рипли взяла из стоявшей на столе вазы с фруктами виноградину и сунула ее в рот. — Я не хочу, чтобы он интересовался едой больше, чем мной.

— Понятно. За едой заедете сами или отправить коробку с посыльным?

— Зачем такие сложности? — Довольная Рипли взяла еще одну ягодку. — Я заеду. В пятьдесят долларов уложишься?

— Уложусь. Скажи ему, чтобы купил бутылку хорошего белого вина. Если у тебя есть корзина для пикника...

— Где-то была.

— Отлично. Прихватишь ее с собой, и мы все уложим. Так что за угощение можешь не волноваться. Лучше подумай об остальной части программы.

— Как-нибудь справлюсь. Слушай, если хочешь, я могу навести справки и узнать, нет ли у кого-нибудь подержанного компьютера, который он не прочь продать.

— Это было бы замечательно. Я так рада, что ты пришла! — Нелл встала и вынула из буфета два бокала. — Я боялась, что ты на меня рассердилась.

— Нет. Точнее, рассердилась, но не на тебя. Просто эта тема действует мне на нервы. Чушь собачья... — Она мрачно покосилась на дверь. — Ну вот, стоит помянуть черта, как...

— Я стараюсь его вообще не поминать. Зачем напрашиваться на неприятности? — откликнулась вплывшая на кухню Майя и положила на стойку листок бумаги. — Нелл, тебе поступила телефонограмма. Глэдис провела мозговую атаку, и у нее возникли кое-какие новые мысли.

— Извини, Майя. У тебя и так мало времени. Я поговорю с Глэдис и попрошу, чтобы она больше не звонила тебе.

— Не волнуйся, мне просто захотелось прогуляться. Иначе сообщение потерпело бы до утра. Я бы с удовольствием выпила стаканчик твоего лимонада.

— Ей нужен компьютер, — лаконично сказала Рипли. — Она не пользуется компьютером, который стоит в магазине, потому что не хочет тебя беспокоить.

— Рипли, ну зачем ты? Майя, я прекрасно справляюсь и без этого.

— Конечно, она может пользоваться моим компьютером, когда тот свободен, — сказала Майя Рипли. — Так что можешь не разыгрывать защитницу угнетенных.

— Я бы не беспокоилась, если бы ты не устраивала ей давеж на психику.

— «Давеж на психику»? — фыркнула Майя. — Напоминает название второсортной рок-группы и не имеет ко мне ни малейшего отношения. Лучше поговорим про чье-то слепое и упрямое отрицание. Знание всегда предпочтительнее невежества.

— Ах, невежества? — грозно спросила Рипли и встала.

— Прекратите! Прекратите сейчас же! — Дрожащая Нелл поспешно встала между ними. — Это смешно. Вы всегда так набрасываетесь друг на друга?

— Да. — Майя взяла стакан и изящно пригубила его. — Это доставляет нам удовольствие. Правда, помощник шерифа?

— Я бы с удовольствием вздула тебя, но тогда мне пришлось бы сесть под арест.

— Попробуй, — вздернула подбородок Майя. — Обещаю не подавать жалобу.

— Никакого рукоприкладства. Только не в моем доме! — завопила Нелл.

Майя, тут же пожалевшая о своих словах, опустила стакан и провела ладонью по окаменевшей руке Нелл.

— Прости, сестренка. Мы с Рипли злим друг друга по старой привычке. Но ты здесь ни при чем. Она здесь ни при чем, — сказала Майя Рипли. — Это нечестно.

— В кои-то веки я с тобой согласна. Давай договоримся. Если мы в следующий раз столкнемся у Нелл, будем считать это нейтральной зоной. Как у древних римлян. Никаких военных действий.

— Нейтральная зона у древних римлян? Меня всегда восхищало твое знание истории. Согласна. — Майя взяла второй стакан и подала его Рипли. — Держи. Видишь, Нелл, ты уже оказала на нас хорошее влияние. — Она протянула третий стакан хозяйке. — За хорошее влияние.

Рипли помедлила и откашлялась.

— Ну так и быть. За хорошее влияние.

Они встали в круг и чокнулись. Раздался звук, похожий на колокольный звон, и из щербатых стаканов ударил фонтан света.

Майя улыбнулась, а Нелл ахнула и засмеялась.

— Черт побери... — пробормотала Рипли и залпом выпила лимонад. — Ненавижу я эти фокусы.

На остров хлынули туристы, жаждавшие отметить Четвертое июля. Красные, белые и синие флаги полоскались на перилах паромов, перевозивших желающих на материк и обратно. Фронтоны домов на Хай-стрит украшали знамена и вымпелы; улицы и пляжи заполнили толпы приезжих и местных.

Нелл сбивалась с ног, доставляя заказы, но это не мешало ее праздничному настроению. У нее была не только любимая работа, но и собственное дело, которым можно было гордиться.

«День независимости, — думала она. — И моей тоже».

Впервые за девять месяцев она стала думать о будущем. О банковском счете, почтовом адресе и пожитках, которые нельзя было сунуть в саквояж, рюкзак или чемодан, чтобы тут же отправиться в путь.

«Обычная, нормальная жизнь», — думала она, остановившись у витрины магазина «Все для пляжа». Манекен в просторных светлых летних слаксах с дерзкими бело-голубыми полосами и в просвечивающем насквозь белом топе с низким декольте. На ногах манекена красовались шикарные белые босоножки из тонких кожаных полосок.

Нелл закусила губу. Деньги жгли карман ее стареньких джинсов. Это всегда было ее проблемой. Если у нее появлялось десять долларов, то девять из них хотелось истратить тут же.

В конце концов она научилась беречь деньги, сопротивляться искушению и растягивать пять долларов, словно те были резиновыми.

Но у нее так долго не было ничего нового и красивого! Да и Майя намекала — в последнее время особенно настойчиво, — что на работе нужно выглядеть нарядной.

Для организации банкетов требовалось то же самое. Если она собирается стать деловой женщиной, то следует одеваться соответственно.

С другой стороны, ей следовало быть практичной, благоразумной и копить деньги на кухонный инвентарь. Босоножки требовались ей меньше, чем компьютер.

— Кого ты слушаешь, дьявола или ангела-хранителя?

— Майя... — Нелл, смущенная тем, что ее застали врасплох, засмеялась. — Ты меня напугала.

— Отличные босоножки. Тем более по дешевке.

— Серьезно?

Майя постучала по стеклу, на котором было написано «Распродажа».

— Мое самое любимое слово. Пахнет поживой, Нелл. Давай зайдем.

— Да нет, пожалуй. Мне ничего не нужно.

— Ну да, тебе нужна только работа. — Майя откинула волосы и крепко взяла ее за локоть, как будто она была матерью, а Нелл — упрямым ребенком. — Покупка обуви — это роскошь, а не суровая необходимость. Ты знаешь, сколько у меня пар обуви?

— Нет.

— Вот и я тоже. — Майя вцепилась в нее мертвой хваткой и затащила в магазин. — Ну разве это не замечательно? У них есть слаксы цвета розовых леденцов. Тебе пойдет. У тебя какой размер, шестой?

— Да. Но мне нужно купить компьютер... — Несмотря на благие намерения, она пощупала ткань слаксов, которые Майя сняла с вешалки. — Очень мягкие.

— Примерь вот с этим. — Майя быстро оглянулась по сторонам и выбрала подходящий топ — белый в обтяжку. — Не забудь снять лифчик. Нога у тебя маленькая. Тоже шестой?

— Вообще-то да...

Нелл покосилась на ярлыки. Даже уцененные, эти вещи стоили больше, чем она потратила на себя за все последние месяцы. Майя подтолкнула ее к примерочной, не обращая внимания на сбивчивые протесты.

— Примерить — еще не значит купить, — шептала себе Нелл, раздеваясь до практичных хлопчатобумажных трусиков.

«Насчет розового Майя не ошиблась», — подумала она, натягивая слаксы. Яркие цвета всегда улучшают настроение. Но вот топ — совсем другое дело. Носить без лифчика столь облегающую вещь неприлично. А спина... Она посмотрела в зеркало через плечо. Спины у топа практически не было.

Ивен никогда не позволил бы ей надеть вещь столь откровенную и вызывающую.

Мысль об Ивене заставила ее вздрогнуть и выругаться.

«Не сметь вспоминать!» — велела она себе.

— Ну, как ты себя чувствуешь в этом наряде?

— Нормально. Майя, наряд замечательный, но я не думаю...

Не успела она закончить, как занавеска отдернулась. Майя стояла, держа в руке босоножки и задумчиво постукивая себя пальцем по губам.

— Отлично. Девушка из соседнего дома, шикарная и непринужденная. Добавь к этому обувь. И вон ту сумочку для полноты картины.

«Как будто я участвую в военной кампании под руководством генерала-ветерана, — подумала Нелл. — И мне, рядовому пехотинцу, остается только подчиняться приказам».

Через двадцать минут ее поношенные джинсы, майка и тапочки лежали в фирменном пакете. Остатки наличных уместились в сумочке величиной с ладонь. Длинный ремень был перекинут через плечо, а сама сумочка болталась на бедре. Просторные слаксы полоскал легкий ветерок с моря.

— Ну как? — снова спросила Майя.

— Замечательно. Но мне ужасно стыдно. — Нелл пошевелила пальцами в новых босоножках.

— Вот и отлично. А теперь давай купим сережки для полноты картины.

Нелл только рукой махнула. День независимости, напомнила она себе. Гулять так гулять. Серьги из розового кварца полюбились ей с первого взгляда.

— Почему сережки так добавляют уверенности в себе?

— Украшения подтверждают, что мы ощущаем собственное тело и ждем, что остальные тоже ощутят его. А теперь давай прогуляемся по берегу и понаблюдаем за реакцией публики.

Нелл потрогала пальцем бледно-розовые камни, свисавшие с ее ушей.

— Можно задать вопрос?

— Валяй.

— Я прожила здесь месяц и за все это время не видела тебя с мужчиной. Неужели ты ни с кем не встречаешься?

— В данный момент меня никто не интересует. — Майя приставила ладонь ко лбу и осмотрела пляж. — Да, я встречалась с одним человеком. Но это было в моей прежней жизни.

— Ты любила его?

— Да. Очень.

— Извини. Я не хотела лезть не в свое дело.

— Это не тайна, — небрежно ответила Майя. — Рана давно исцелилась. Мне нравится быть самой себе хозяйкой, управлять собственной судьбой, принимать решения и делать выбор. Для прочной связи требуется некое количество альтруизма. А я по природе создание эгоистичное.

— Это неправда.

— Щедрость имеет свои пределы. — Майя шагнула вперед, подставив лицо ветру. — И не имеет с альтруизмом ничего общего. Я делаю то, что мне нравится — опять же из чистого эгоизма, — и не собираюсь в этом раскаиваться.

— Видела я эгоистов... Майя, ты можешь делать то, что тебе нравится, но никогда не причинишь человеку боли, во всяком случае, намеренно. Я наблюдала, как ты разговариваешь с людьми. Они доверяют тебе, поскольку знают, что могут это сделать.

— Не причинять боли — это условие, с которым я получила свой дар. Как и ты свой.

— Не понимаю. Нет у меня никакого дара.

— Именно поэтому ты сочувствуешь больным и отчаявшимся, — продолжала Майя, не слушая ее. — Сестренка, все, что случается с нами, имеет цель. Все наши дела и поступки говорят о том, кто мы и какова наша сущность.

Нелл отвернулась и посмотрела на море, на скользившие по нему яхты, воднолыжников и любителей серфинга, весело катившихся на гребнях волн. «Можно отвернуться, не обращать на слова Майи никакого внимания, — подумала она. — И жить спокойной и нормальной жизнью».

Но можно получить нечто большее.

— В ту ночь, когда я оставалась у тебя... в ночь летнего солнцестояния... Я видела тебя на скалах, но убедила себя, что это мне приснилось.

Майя не обернулась. Она продолжала спокойно любоваться океаном.

— Ты хочешь поверить в это окончательно?

— Сама не знаю. Этот утес мне снился. В детстве я часто видела сны, но либо не обращала на них внимания, либо прогоняла из памяти. Но когда я увидела картину — скалы, маяк, твой дом, — мне захотелось очутиться там. И когда я сюда приехала, я почувствовала себя так, словно вернулась домой.

Она оглянулась на Майю.

— Я всегда верила в волшебные сказки, а потом отвыкла, заплатив за это дорогой ценой.

«О да», — подумала Майя.

Ни один мужчина не поднимал руку на нее самое, но существовали и другие способы оставлять на душе синяки и шрамы.

— Жизнь не похожа на волшебную сказку, за дар требуется платить.

По спине Нелл побежали мурашки. Легче отвернуться и убежать. Во всяком случае спокойнее.

С яхты взлетела сигнальная ракета. Веселый шуршащий звук, хлопок — и в воздухе заблестели золотые искорки. С пляжа донесся довольный гул. Какой-то ребенок завизжал от восторга.

— Ты сказала, что будешь учить меня.

Майя шумно выдохнула. Она и не замечала, что затаила дыхание.

— Буду.

Они одновременно повернулись, следя за полетом очередной ракеты.

— Ты останешься на фейерверк? — спросила Нелл.

— Нет. Я увижу его со своего утеса. Я не люблю быть пятым колесом в телеге.

— Пятым колесом? — Нет, иногда Нелл положительно не понимала Майю.

— Приветствую вас, дамы. — К ним подошел Зак. Он пришпилил к рубашке значок, что делал лишь в особых случаях. — Я вынужден попросить вас пройти дальше. Две красивые женщины, стоящие на берегу, представляют собой угрозу для общества.

— Ну разве он не лапочка? — Майя обхватила ладонями его щеки и смачно поцеловала. — Когда я училась в третьем классе, то собиралась выйти за него замуж и жить во дворце из песка.

— Могла хотя бы намекнуть.

— Тогда ты сох по Эстер Бармингем.

— Нет. Я сох по ее ярко-красному «Швинну». Когда мне исполнилось двенадцать, я получил от Санта-Клауса на Рождество такой же, и Эстер перестала для меня существовать.

— Все мужчины — ублюдки.

— Может быть, но тот мой велосипед все еще жив. А у

Эстер есть девочки-двойняшки и микроавтобус. Так что все счастливы и довольны.

— Эстер все еще смотрит тебе вслед, когда ты проходишь мимо, — сказала ему Майя, довольная тем, что у Зака отвисла челюсть. — А теперь позвольте откланяться. Не хочу мешать вам наслаждаться фейерверком.

— Эта женщина всегда ухитряется оставить последнее слово за собой, — пробормотал Зак. — И исчезнуть раньше, чем мужчина успеет развязать язык... Кстати, о развязавшемся языке. Вы замечательно выглядите.

— Спасибо. — Нелл раскинула руки. — Я хочу похвастаться.

— И есть чем. Разрешите помочь. — Зак взял у нее пакет.

— Мне нужно отнести его домой.

— Могу немного проводить. Я надеялся увидеть вас. Слышал, что вы были очень заняты, доставляли картофельный салат всем жителям острова.

— Похоже, я приготовила чуть ли не центнер этого салата и истребила трехмесячное поголовье цыплят.

— Неужели у вас ничего не осталось?

На щеках Нелл появились ямочки.

— Осталось немножко.

— А я так и не успел толком поесть. Наблюдал за уличным движением, патрулировал берег. Пришлось провести небольшую разъяснительную беседу с двумя ребятишками, которым нравилось совать петарды в урны и смотреть, как они взрываются. Я конфисковал столько петард, римских свеч и ракет, сделанных из бутылок, что мог бы поднять восстание. А за это время успел проглотить лишь два хот-дога.

— Это несправедливо.

— Конечно. Я видел две коробки с ленчами вашего приготовления. Похоже, там был яблочный пирог.

— У вас хорошее зрение. Может быть, я сумею отыскать пару куриных ножек, наскрести полкило картофельного салата, добыть кусок яблочного пирога и пожертвовать все это страждущему слуге народа.

— Могу представить себе, каким будет подоходный налог... Мне придется присматривать за порядком во время фейерверка. — Зак остановился в конце улицы. — Обычно он начинается около девяти. — Он поставил пакет и провел ладонями по обнаженным рукам Нелл. — В девять тридцать — девять сорок пять толпа начинает редеть. Мы с Рипли тянули жребий, и последний обход достался мне. Придется проехаться по острову и убедиться, что никто не сжег свой дом. Не могли бы вы составить мне компанию?

— Могла бы.

Пальцы Зака поглаживали ее спину.

— Нелл, сделайте одолжение, положите руки мне на плечи. Когда я поцелую вас на этот раз, мне очень хотелось бы, чтобы вы обнимали меня.

— Зак... — Нелл судорожно вздохнула. — Мне тоже хотелось бы, чтобы вы обнимали меня.

Тодд обхватил ее талию. Она обвила руками его шею. Какое-то мгновение они стояли, глядя друг на друга, и Нелл трепетала от ожидания.

Их губы соединились, разъединились и соединились снова. Переведя дыхание, Нелл застонала. Новый поцелуй длился долго.

Она душила в себе желание. Даже тогда, когда Зак разбудил дремавшее в ней влечение, она не позволяла себе желать. Вплоть до этого мгновения.

Ей хотелось прижаться к сильному и твердому мужскому телу. Хотелось узнать его вкус и тепло.

Нежные столкновения языков, мелкие укусы, дрожь от ощущения того, как бьется сердце, прижавшееся к твоему собственному... Она слабо ахнула от удовольствия, когда Зак наклонил голову.

И снова впилась в его губы.

Желание Зака усиливалось с каждым ударом сердца. Негромкие стоны Нелл разжигали жар в крови. Ее кожа напоминала горячий шелк, и прикосновения к ней вызывали эротические мечты, которые можно было воплотить в жизнь только в темноте.

Вспыхнула еще одна сигнальная ракета, и с пляжа донесся крик одобрения.

За две минуты они могли бы добраться до ее дома. А через три минуты она лежала бы под ним обнаженная.

— Нелл... — с отчаянием прошептал он и прервал поцелуй.

Она улыбнулась ему. В ее потемневших глазах читалось удовольствие. И доверие.

— Нелл, — снова сказал он и прижался лбом к ее лбу. Он знал, что есть время, когда можно брать. И есть время, когда нужно ждать. — Мне надо закончить обход.

— Ладно.

Зак поднял пакет и передал ей.

— Вы вернетесь?

— Да. Обязательно. — Нелл повернулась и пошла к коттеджу, чувствуя, что парит в воздухе.

ГЛАВА 9

— Сила, — сказала Майя, — налагает ответственность и заставляет уважать традиции. Она должна сопровождаться состраданием, желательно умом и пониманием человеческого несовершенства. Ею нужно пользоваться тщательно и осторожно, хотя и несколько иронично. Но самое главное — ее нельзя использовать во вред.

— Как ты узнала, что ты... та, кто ты есть? — спросила Нелл.

— Ведьма? — Майя сидела на корточках и пропалывала палисадник. На ней были мешковатое платье травянистого цвета с большими карманами, тонкие резиновые перчатки и соломенная шляпа с широкими полями. В данный момент она выглядела совершенно обыкновенно. — Можешь произнести это слово. В нем нет ничего крамольного. Мы не летающие на помеле старые карги в остроконечных колпаках, которыми нас изображают. Мы люди — домашние хозяйки, водопроводчики, деловые женщины. Каждый сам выбирает, как ему жить.

— А шабаши?

— Тоже дело вкуса. Лично я не любительница подобных сборищ. Большинство тех, кто собирается в группы или изучает Ремесло, делает это либо от скуки, либо ищет ответа. В этом нет ничего плохого. Называть себя ведьмами и соблюдать ритуалы — одно, а быть ведьмой — совсем другое.

— А как узнать, что ты действительно ведьма?

— Не знаю, что и ответить. — Майя наклонилась и стала обрывать увядшие цветы. — Что-то жжет тебя изнутри, поет в мозгу, шепчет на ухо. Тебе это тоже знакомо. Только ты не понимаешь.

Очередной увядший цветок отправился в корзину с сорняками.

— Ты чистишь яблоко и загадываешь: если ленточка не оборвется, станешь красавицей или исполнится твое заветное желание. Ломаешь дужку. Скрещиваешь пальцы. Все это маленькое колдовство, — сказала Майя, снова повернувшись к клумбе. — Известное с древних времен.

— Неужели это так просто?

— Просто, как желание, сложно, как любовь и потенциально опасно, как молния. Сила — это риск и радость одновременно.

Она сорвала еще один засохший цветок, бережно взяла его в ладони. Затем раскрыла их и протянула Нелл воскресший солнечно-желтый шарик.

Очарованная Нелл повертела его в пальцах.

— Если ты можешь такое, то почему позволяешь им умирать?

— Это круговорот природы, естественный порядок вещей. Его нужно уважать. Изменения, конечно, необходимы. — Она поднялась, взяла корзину с сорняками и засохшими цветами и отнесла их в компостную кучу. — Без них не было бы ни прогресса, ни возрождения, ни ожидания. Но во всем должна быть мера.

— Цветок осыпается, чтобы дать место другому, — тихо произнесла Нелл.

— Львиную долю Ремесла составляет философия. Не хочешь попробовать что-нибудь более практичное?

— Я?

— Да. Какое-нибудь простенькое, незамысловатое колдовство. Вроде перемешивания воздуха. День сегодня теплый, так что ветерок будет кстати.

— Ты хочешь, чтобы я... — Нелл повертела пальцами. — Мешала воздух?

— Это дело техники. Просто нужно сосредоточиться. Ощути воздух, который касается твоего лица и тела. Представь в уме, что он начинает перемещаться и закручиваться. Что ты слышишь, как он поет.

— Майя...

— Нет. Отбрось сомнения и убеди себя, что это возможно. Сосредоточься. Это очень просто. Воздух вокруг тебя. Тебе нужно только перемешать его. Возьми воздух в руки, — сказала она, подняв ладони, — и скажи: «Воздух есть дыхание, а дыхание есть воздух. Переместись отсюда туда. Закружись ветром, но не сильно». Как скажешь, так и будет. Повтори эти слова трижды.

Нелл повторила заклинание как загипнотизированная и ощутила щекой слабое дуновение. Повторила второй раз и увидела, что у Майи поднялись волосы. В третий раз эти слова Майя произнесла вместе с ней.

Они оказались в центре маленького прохладного вихря, завертевшегося вокруг них с негромким счастливым гулом. Тот же гул Нелл ощутила внутри, когда закружилась сама, разметав по ветру короткие волосы.

— Чудесно! Но это сделала ты, а не я.

— Я только немножко подтолкнула. — Платье Майи вздулось пузырем, и она засмеялась. — Но начала ты сама. Для первого раза просто отлично. А теперь успокой его. Используй сознание. Представь себе, что вихрь стихает. Вот так. Замечательно. У тебя развитое воображение.

— Мне всегда нравилось рисовать в уме разные картины, — ответила счастливая и запыхавшаяся Нелл. — Представлять что-то приятное или то, что хочется вспомнить. Это почти одно и то же. Ой, у меня кружится голова... — Она опустилась на землю. — Внутри что-то покалывает, но приятно. Так бывает, когда думаешь... когда думаешь о сексе.

— Магия всегда сексуальна. — Майя села рядом. — Особенно если ты чувствуешь власть. И часто ты думаешь о сексе?

— Такие мысли не приходили мне в голову восемь месяцев. — Нелл тряхнула головой. — Я сомневалась, что вообще когда-нибудь захочу лечь в постель с мужчиной. Но после Четвертого июля я только об этом и думаю. От таких мыслей внутри начинается зуд.

— Это мне знакомо. А что тебе мешает почесаться?

— Я думала... надеялась, что после фейерверка мы с Заком ляжем в постель. Но после того как мы объехали берег, он отвез меня домой. Поцеловал на прощание так, что у меня закружилась голова и отнялись ноги, и уехал.

— Конечно, тебе не пришло в голову затащить Зака в дом, повалить на пол и сорвать с него одежду.

Нелл рассмеялась.

— Я так не умею.

— Минуту назад ты думала, что не умеешь вызывать ветер. Сестренка, у тебя есть сила. Закарайа Тодд из тех мужчин, которые предоставляют инициативу женщине, дают ей возможность выбрать время и место. Если бы у меня был такой мужчина, я бы воспользовалась своей силой.

Нелл снова почувствовала покалывание внутри.

— Я не знаю, с чего начать.

— Со зрительного представления, сестренка, — хитро улыбнулась Майя. — Зрительного, понятно?

Зак проводил воскресное утро, купаясь в голом виде со своей красавицей Люси. Вода была прохладной, солнце жарким, а бухта — достаточно укромной. Так что в смысле скромности все было в порядке.

Позже они собирались поплавать под парусом, и обожание, горевшее в ее прекрасных карих глазах, доказывало, что она последует за ним хоть на край света. Зак погладил Люси, заставив закружиться от удовольствия, а потом они дружно прыгнули в воду.

«Если любимая предана мужчине всей душой, ему больше нечего желать», — подумал Зак.

Но тут Люси коротко тявкнула от возбуждения, брызнула водой ему в лицо и устремилась к берегу. Зак посмотрел вслед веселой подружке, которая бросила его ради женщины, стоявшей на крутом берегу.

Люси прыгнула на Нелл, заставив ее отступить на две ступеньки. Нелл получила изрядную порцию собачьих поцелуев и морской воды.

Зак слышал смех Нелл, видел, как она любовно треплет мокрую шерсть Люси, и думал, что даже самой славной собаки мужчине для полного счастья явно недостаточно.

— Эй, как дела?

— Хорошо.

«Плечи, — подумала она. — У этого мужчины изумительные плечи».

— Как водичка? — спросила Нелл.

— Само совершенство. Спускайтесь и проверьте сами.

— Спасибо, но я не захватила купальник.

— Я тоже. — Он широко улыбнулся. — Именно поэтому я не следую примеру Люси.

— Ох... — Нелл смущенно опустила глаза, но тут же подняла их и уперлась взглядом в точку на два метра выше его головы. — Ну... гм-м...

«Зрительные представления», — сказала Майя. Но время для этого было не слишком подходящее.

— Обещаю, что не буду подсматривать. Терять вам нечего. Вы уже и так мокрая, — соблазнял Зак.

— Я лучше постою здесь, — стойко оборонялась Нелл.

Люси нырнула в воду, схватила зубами спущенный резиновый мячик, снова выбралась на берег и бережно положила игрушку к ногам Нелл.

— Хочет поиграть, — сказал Зак, который и сам был не прочь поиграть с Нелл.

Нелл взяла мячик и забросила его в воду. Не успел он коснуться поверхности, как неугомонная Люси кинулась в погоню.

— Хорошая у вас рука. Через пару недель у нас будут соревнования по софтболу[1], так что при желании можете принять в них участие. — С этими словами Тодд сделал несколько шагов к берегу.

Нелл взяла мячик, принесенный Люси, и бросила его снова.

— Может быть, но у меня здесь другой интерес.

— Какой именно?

— Создать фирму по поставке продуктов. Если я захочу расширить дело, то мне придется предлагать потребителям большой выбор блюд.

— Поскольку я преданный сторонник капитализма, то сделаю для вас все, что смогу.

Нелл опустила глаза. «У него красивое лицо, — подумала она. — Пока что можно сосредоточиться на лице и не думать об остальном».

— Спасибо, шериф. До сих пор я только обдумывала эту идею, но, кажется, настало время составить прейскурант услуг и цен. Если я сумею это сделать, то обращусь за лицензией.

«Это будет не так уж трудно, — сказала она себе. — Я справлюсь».

— Но тогда вы будете все время заняты.

— Мне нравится быть занятой. Нет ничего хуже без-

---

[1] Разновидность бейсбола.

делья и невозможности проявить себя. — Она покачала головой. — Я говорю глупости? Или изрекаю прописные истины?

«Нет. Но зачем же такая убедительная серьезность?» — подумал Зак.

— А как же быть с отдыхом? — спросил он вслух.

— Отдых — дело святое. — Когда рука Зака обхватила ее лодыжку, Нелл подняла брови.

— А это что такое?

— Длинная рука закона.

— Неужели вы потащите в воду человека, который собирается кормить весь остров, в том числе и вас?

— Потащу. — Зак слегка дернул ее за ногу. — Но сначала хочу дать вам возможность раздеться.

— Вы очень любезны.

— Мать дала мне хорошее воспитание. Нелл, поиграйте лучше со мной. — Он покосился на Люси, которая плавала вокруг с мячом в зубах. — У нас есть дуэнья, если вас волнуют приличия.

«А почему бы и нет?» — подумала Нелл. Ей хотелось присоединиться к нему. Более того, ей хотелось стать такой женщиной, которая могла бы без особых церемоний присоединиться к нему: непринужденной, уверенной в себе, способной на любое безрассудство, например, сбросить с себя одежду и нырнуть в воду.

Она беспечно улыбнулась Заку и сбросила туфли. Тодд переступил с ноги на ногу.

— Я передумал, — предупредил он. — Я сказал, что не буду подсматривать за вами, но это было ложью.

— И часто вы лжете?

— Только по пятницам. — Когда Нелл взялась за подол майки, он опустил взгляд. — Скажу прямо: я не обещаю не давать воли рукам. Нелл, я хочу видеть вас обнаженной. Иными словами, хочу вас.

— Если бы я хотела, чтобы вы не распускали руки, то не пришла бы сюда. — Она сделала глубокий вдох, медленно выдохнула и начала снимать майку.

— Шериф Тодд! Шериф Тодд!

— Бога нет, — проворчал Зак, когда полоска белоснежной кожи исчезла под торопливо натянутой Нелл майкой. — Я здесь! — крикнул он. — Это ты, Рикки? — Он обернулся к Нелл и сказал: — Я сплавлю его через две-три минуты. Не уходите.

— Да, сэр! — усмехнулась она.

Светловолосый мальчик лет десяти быстро сбежал по склону и кивнул Нелл. Его веснушчатое лицо горело от возбуждения.

— Шериф, мама велела, чтобы я бежал к вам и все рассказал. Дачники, снявшие дом Эбботтов, устроили драку. Там кричат, бьют посуду, ругаются и ужасно шумят!

— Каких Эбботтов? Дейла или Бастера?

— Бастера, шериф. Как раз напротив нас. Мама говорит, похоже, будто мужчина бьет женщину.

— Уже иду. Возвращайся. Ступай домой и ни в коем случае не выходи на улицу.

— Да, сэр.

Нелл увидела промелькнувшее мимо загорелое мускулистое тело.

— Прошу прощения, Нелл.

— Не за что. Вы должны помочь ей. — Нелл посмотрела на Тодда, натягивавшего джинсы, и ее глаза заволокло дымкой. — Поскорее, пожалуйста.

— Я вернусь, как только смогу.

Зак с тоской посмотрел на стиснувшую руки Нелл и помчался наверх за рубашкой.

Через четыре минуты он был у дома Эбботтов. На улице собралась кучка людей, прислушивавшихся к крикам и звону бьющегося стекла. Когда Тодд подошел к крыльцу, к нему устремился незнакомый мужчина.

— Вы местный шериф? Меня зовут Боб Делано. Мы снимаем дачу по соседству. Я пытался выяснить, что там происходит, но дверь заперта. Хотел выломать, но мне сказали, что вы сейчас придете.

— Все будет в порядке, мистер Делано. Не могли бы вы попросить этих людей отойти подальше?

— Конечно. Шериф, я видел этого малого. Здоровенный сукин сын. Так что будьте осторожны.

— Спасибо. А теперь отойдите. — Зак ударил кулаком в дверь. Он предпочел бы, чтобы рядом была Рипли, но не хотел ждать. — Я шериф Тодд. Немедленно откройте дверь! — Внутри что-то разлетелось на куски, и послышался женский вопль. — Если не откроете через пять секунд, я ее выломаю!

Делано не преувеличил. Мужчина, открывший дверь, действительно был здоровенным сукиным сыном. Ростом под два метра и весом килограммов сто десять. Он мучился похмельем и был в ярости.

— Какого черта вам здесь нужно?

— Сэр, сделайте шаг назад и держите руки так, чтобы я мог их видеть.

— Вы не имеете никакого права вламываться сюда. Я снял этот дом и полностью расплатился за него.

— В вашем договоре о найме нет пункта, позволяющего разрушать чужую собственность. А теперь отойдите.

— Вы не войдете сюда без ордера.

— Хотите пари? — спокойно спросил Зак. Его рука метнулась вперед, как молния. Зак схватил и вывернул запястье противника, лишив его возможности сопротивляться. — Если попытаетесь меня ударить, — не повышая голоса, добавил он, — то к списку обвинений приплюсуем сопротивление при аресте и нападение на полицейского при исполнении обязанностей. Писанины, конечно, будет больше, но мне за это платят.

— Когда к делу подключится мой адвокат, я куплю ваш поганый остров со всеми потрохами!

— Вы сможете позвонить своему адвокату из полицейского участка. — Зак надел на него наручники и вздохнул с облегчением, увидев поднимавшуюся на крыльцо Рипли.

— Прошу прощения. Я была в Брокен-Шелле. Что здесь случилось? Семейный скандал?

— И кое-что в придачу. Это моя помощница, — сообщил Зак своему пленнику. — Поверьте моему слову, она сумеет вправить вам мозги. Рипли, отведи его в машину, установи личность и прочитай ему его права.

— Как ваше имя, сэр?

— Да пошла ты...

— О'кей, мистер Дапошлаты, вы арестованы за... — она обернулась к брату.

Зак уже шагал по разбитому стеклу и осколкам посуды к плачущей женщине, которая сидела на полу, закрыв лицо руками.

— За причинение вреда частной собственности, нарушение спокойствия и оскорбление действием, — бросил он через плечо.

— Вы меня поняли? А теперь, если не хотите, чтобы я дала вам пинка в зад при всем честном народе, садитесь в машину. Проедемся. Вы имеете право сохранять молчание, — продолжила Рипли, чувствительно ткнув верзилу в спину.

— Мэм... — Зак решил, что женщине под сорок. Она была бы ничего себе, если бы не окровавленная губа и подбитый глаз. — Пойдемте со мной. Я отведу вас к врачу.

— Не нужен мне врач. — Женщина съежилась в углу. Зак заметил на ее руках неглубокие порезы, оставленные осколками стекла. — Что будет с Джо?

— Мы поговорим об этом позже. Не могли бы вы назвать свое имя?

— Дайана. Дайана Маккой.

— Позвольте помочь вам, миссис Маккой.

Дайана Маккой ссутулившись сидела на стуле. К ее левому глазу был приложен мешочек со льдом. Она упорно отказывалась от медицинской помощи. Зак предложил ей чашку кофе.

— Миссис Маккой, я хочу помочь вам.

— Я в порядке. Мы возместим ущерб. Пусть агентство по найму составит перечень, и мы все оплатим.

— Мы этим займемся. Расскажите мне, что случилось.

— Мы поссорились, только и всего. Такое бывает. Не нужно сажать Джо под замок. Если хотите, мы заплатим штраф.

— Миссис Маккой, у вас разбита губа, глаз заплыл, а руки в синяках и порезах. Муж избил вас.

— Я сама напросилась.

Когда Рипли шумно выдохнула, Зак бросил на сестру предупреждающий взгляд.

— То есть вы просили его ударить вас, миссис Маккой? Сбить с ног и раскровенить губу?

— Я разозлила его. Он был не в духе. — Распухшая губа заставляла ее проглатывать некоторые звуки. — Мы приехали в отпуск, и мне не следовало ворчать на него.

Должно быть, женщина почувствовала неодобрение Рипли, потому что резко повернула голову и бросила на нее вызывающий взгляд.

— Джо работает как вол пятьдесят недель в году. Самое малое, что я могу для него сделать, это дать ему отдохнуть хотя бы во время его отпуска.

— А я считаю, — возразила Рипли, — что он мог бы не бить вас по лицу, хотя бы во время вашего отпуска.

— Рипли, принеси миссис Маккой стакан воды.

«И помолчи». — Зак этого не сказал, но выражение его лица было достаточно красноречивым.

— Просто я сегодня встала не с той ноги. Джо не ложился допоздна, сидел перед телевизором и пил пиво. Оставил комнату в беспорядке. Разбросал пустые банки из-под пива, рассыпал по ковру картофельные чипсы. Я разозлилась и набросилась на мужа, как только он встал. Если бы я послушалась его и замолчала, ничего бы не случилось.

— Миссис Маккой, ваше нежелание замолчать не дает ему права пускать в ход кулаки.

Женщина выпрямилась.

— Отношения между мужем и женой — их личное дело. Конечно, нам не следовало бить посуду, но мы за нее заплатим. Я сама приберу в доме.

— Миссис Маккой, у вас в Ньюарке есть специальные программы помощи жертвам насилия, — начал Зак. — Есть убежища для женщин, которых бьют, как вас. Я могу позвонить туда.

Хотя глаза у Дайаны распухли, они все же могли метать молнии.

— Я не нуждаюсь в этом. Вот еще выдумали. Вы не можете держать Джо за решеткой, если я не выдвину против него обвинения. А я этого не сделаю.

— Тут вы ошибаетесь. Я могу задержать его за нарушение порядка. А владельцы дома могут подать на него в суд.

— Вы все портите. — По щекам миссис Маккой покатились слезы. Она взяла протянутый Рипли бумажный стаканчик и залпом выпила воду. — Разве вы не понимаете? Вы все портите. Он хороший человек. Джо хороший человек. Просто немного вспыльчивый, вот и все. Я сказала, что мы заплатим. Я выпишу вам чек. Мы не хотим неприятностей. Я сама разозлила его. Я тоже бросала в него тарелки. Тогда сажайте и меня вместе с ним. Какой в этом смысл?

Позже Зак и сам задавал себе тот же вопрос. Переубедить Дайану было невозможно. Тодд не считал себя пупом земли и догадывался, что многие уже пытались сделать это. Нельзя помочь тому, кто яростно отвергает всякую помощь. Хотя совместная жизнь Маккоев явно грозила закончиться трагедией.

Единственное, что Зак мог сделать, — это удалить несчастную пару с острова.

На наведение порядка ушло полдня. Чек на две тысячи долларов удовлетворил агентство по найму. Когда

Маккои отправились собирать вещи, в доме уже работала бригада уборщиков. Зак молча ждал, пока Джо Маккой складывал чемоданы и сумки-морозильники в багажник «Гранд-Чероки» последней модели.

Супруги сели в машину с противоположных сторон. Дайана надела большие солнечные очки, чтобы скрыть синяки. Оба подчеркнуто не смотрели в сторону Зака, который в патрульной машине следовал за ними до самого парома.

Тодд стоял на берегу и смотрел им вслед.

* * *

Зак не надеялся, что Нелл ждет его на прежнем месте, и решил, что оно и к лучшему. Он был слишком зол и подавлен, чтобы разговаривать с ней. Куда спокойнее было сидеть на кухне с Люси и бутылкой пива. Он подумывал, не достать ли вторую, но в этот момент вошла Рипли.

— Я не понимаю. Просто не понимаю таких женщин. Здоровенный мужик лупит ее по лицу, а она говорит, что сама виновата. И верит в это. — Рипли достала две бутылки пива, открыла и одну сунула брату.

— Может быть, ей это необходимо.

— Черта с два, Зак. Черта с два! — Все еще кипя от злости, Рипли опустилась в кресло напротив. — Здоровая женщина, с головой на плечах... Что заставляет ее цепляться за мужчину, который в припадке плохого настроения лупит ее, как боксерскую грушу? Если бы она подала на него жалобу, мы продержали бы этого типа достаточно долго, чтобы дать ей время собрать вещи и уйти. Нам следовало посадить его в любом случае.

— Она бы никуда не ушла. Его арест ничего не изменил бы.

— Я знаю, что ты прав. Просто это бесит меня, вот и все. — Рипли глотнула пива, не сводя глаз с брата. — Ты думаешь о Нелл. По-твоему, с ней было то же самое?

— Не знаю. Она об этом не говорит.

— А ты спрашивал?

— Если бы она хотела, то рассказала бы сама.

— Не злись на меня. — Рипли устроилась в кресле с ногами. — Я спрашиваю, потому что знаю тебя как облупленного. Если у тебя с ней серьезно, ты ничего не добьешься, пока не узнаешь ее историю. Без этого ты не сумеешь ей помочь, а если не сумеешь помочь, то сойдешь с ума. Сейчас ты переживаешь из-за того, что не смог помочь женщине, которую до сих пор ни разу не видел и больше не увидишь. В тебе сидит ген доброго самаритянина.

— Тебе что, больше некому действовать на нервы?

— Некому. Потому что я люблю тебя больше всех. Кончай пить пиво, возьми Люси и поплавай под парусом. До вечера еще далеко, а это прояснит тебе мозги и улучшит настроение. Когда ты мрачный, сидеть с тобой никакого удовольствия.

— Может быть, я так и сделаю.

— Вот и хорошо. Ступай. Второго скандала за день ожидать не приходится, но я все равно объеду остров. Просто так. На всякий случай.

— Ладно. — Зак встал, немного подумал, нагнулся и поцеловал сестру в макушку. — Я тоже люблю тебя больше всех.

— А то я не знаю... — Когда брат был уже у порога, Рипли сказала ему вслед: — Знаешь, Зак, какой бы ни была история Нелл, между этой девушкой и Дайаной Маккой есть одна большая разница. Нелл сумела уйти.

ГЛАВА 10

В понедельник весь поселок говорил только о случае на даче Эбботтов. Каждый успел составить о происшедшем собственное мнение. Особенно те, кто не был очевидцем.

— Бастер сказал, что они перебили все его безделушки... Нелл, милочка, мне немного салата с крабами, — сказала Доркас Бармингем, а потом снова повернулась к своей спутнице. Они с Бидди Девлин, двоюродной сестрой Майи и владелицей магазина «Все для пляжа», каждый понедельник встречались в кафе за ленчем а-ля фуршет. Это всегда происходило в половине первого.

— Я слышала, что шерифу Тодду пришлось силой выводить этого человека из дома, — промолвила Бидди, — взяв его на мушку.

— Ох, Бидди, ничего подобного. Я разговаривала с Глэдис Мейси, которая узнала это у самой Энн Поттер, которая и послала за шерифом. Пистолет Зака оставался в кобуре... Нелл, и холодный «мокко».

— Для полицейского домашние ссоры — один из самых опасных вызовов, — сообщила Бидди. — Я где-то читала... О боже, Нелл, суп пахнет просто божественно. Не помню, пробовала ли я когда-нибудь гаспачо[1]. Мне чашечку кофе и одно шоколадное пирожное.

— Если хотите, я принесу вам заказ, — вызвалась Нелл. — Садитесь за столик.

— Нет, нет, мы подождем. — Доркас помахала рукой, отказываясь от предложения. — У вас и так хватает работы... Кстати, я слышала, что, хотя этот скот разбил жене губу и поставил ей фонарь под глазом, она защищала его. И даже не стала подавать жалобу.

— Это просто стыд и срам. Держу пари, ее отец бил ее мать. Она наверняка привыкла к таким вещам и думает, что в этом нет ничего особенного. Все повторяется. Так говорит статистика. Насилие рождает насилие. Уверяю тебя, если бы эта женщина выросла в нормальной семье, она бы не стала жить с таким чудовищем.

— Леди, с вас тринадцать восемьдесят пять.

Пока женщины по привычке препирались, кому платить, у Нелл шумело в голове. Нервные окончания ныли, как при зубной боли.

---

[1] Гаспачо — холодный овощной суп *(исп.)*.

Эта еженедельная игра двух дам обычно забавляла Нелл, но сегодня ей хотелось, чтобы они поскорее ушли. Она больше не могла слышать о Дайане Маккой.

«Что вы об этом знаете? — с горечью думала она. — Благополучные женщины, живущие легко и спокойно, что вы знаете о страхе и беспомощности?»

Ей хотелось крикнуть, что повторение тут ни при чем. И пример родителей тоже. Она выросла в семье, где все любили друг друга. Да, конечно, бывали ссоры, раздражение и обиды. Иногда кто-то повышал голос, но до кулаков не доходило никогда.

До Ивена Ремингтона никто не поднимал на нее руки.

Черт побери, статистика здесь не подтверждалась.

Когда женщины направились к стойке, тонкая стальная полоса с острыми краями впилась ей в виски... Смертельно измученная Нелл повернулась к следующему покупателю и натолкнулась на изучающий взгляд Рипли.

— Нелл, похоже, тебе нездоровится.

— Голова болит, вот и все. Что будешь брать?

— Может, примешь аспирин? Я подожду.

— Нет, все в порядке. Сегодня очень вкусный салат с фруктами и капустой. Скандинавский рецепт. Многие хвалят.

— Раз так, давай. И чай со льдом. Ох уж эта парочка, — сказала она, кивнув в сторону Бидди и Доркас. — Трещат как попугаи. От этого у кого угодно начнется головная боль. Думаю, тебе все уши прожужжали сплетнями о вчерашнем.

— Да. — Ей хотелось на часок прилечь в темной комнате. — Просто сенсация.

— Зак делал все, чтобы помочь этой женщине. Но она не хотела, чтобы ей помогали. Странно...

— Далеко не каждый знает, что делать с этой помощью и можно ли доверять человеку, который ее предлагает.

— Заку доверять можно. — Рипли положила деньги на стойку. — Он не любит громких слов и предпочитает действовать, нежели разглагольствовать, так что, когда доходит до дела, на него можно положиться... Нелл, я бы на твоем месте что-нибудь сделала с этой головной болью, — сказала она, взяла поднос и пошла к столику.

Но времени на лечение у Нелл не было. Она едва успела проглотить пару таблеток аспирина. Пег опоздала, прибежала впопыхах, долго извинялась, но искорки в глазах сменщицы говорили о том, что тут виноват мужчина.

После работы Нелл отправилась к Глэдис Мейси, с которой предстояло уточнить меню праздника (слава богу, в последний раз). По дороге пришлось зайти в коттедж и взять свои вырезки и картотеки.

Когда она добралась до дверей Глэдис, головная боль превратилась в настоящий кошмар.

— Нелл, я уже говорила, что стучать не надо. Просто входите и позовите меня, — сказала Глэдис, проводя ее в дом. — У меня голова идет кругом. На днях я видела одну передачу по каналу «Дом и сад», и та навела меня на мысль, которую я хотела обсудить с вами. Наверное, было бы хорошо развесить на деревьях лампочки, а во внутреннем дворе и вдоль тропинок — бумажные фонарики в форме сердечек. Что вы об этом думаете?

— Миссис Мейси, я думаю, вы можете делать все, что вам хочется. Я всего лишь поставщик продуктов.

— Нет, милочка, я считаю вас координатором праздника. Давайте сядем в гостиной.

Комната была безукоризненно чистой, как будто хозяйка считала пыль смертным грехом. Все предметы мебели гармонировали друг с другом, с обивкой дивана, тюлевыми шторами и даже узкой полоской под потолком, которой заканчивались обои.

Тут стояли парные лампы, парные кресла и парные угловые столики. Цвет ковра сочетался с цветом штор, а цвет штор — с цветом диванных подушек.

Все деревянное было из светлого клена, не исключая

стенку с большим телевизором, по которому шла передача «Сплетни Голливуда».

— Это шоу — моя слабость. Сплошные знаменитости. Мне нравится рассматривать их наряды... Садитесь, — велела Глэдис. — Устраивайтесь поудобнее. Сначала выпьем холодной «коки», потом засучим рукава и возьмемся за работу.

Когда Нелл впервые увидела дом Глэдис, она призадумалась. Каждая комната была ухожена, как церковная скамья, и забита мебелью, как демонстрационный зал магазина. Журналы лежали на кофейном столике в строгом порядке, а букеты шелковых цветов были тех же розовато-лиловых и синих оттенков, что и обивка мебели.

То, что в доме было уютно и симпатично, скорее заслуга его обитателей, чем оформления.

Нелл села и раскрыла свои картотеки. Она знала, что Глэдис принесет чай в бледно-зеленых чашках и поставит их на синие блюдца.

Как ни странно, эта уверенность подействовала на Нелл успокаивающе.

Она начала перечитывать свои записи, но тут услышала щебетание ведущей, и у нее свело живот.

— Вчерашний прием прошел с небывалым блеском. Ивен Ремингтон, выдающийся брокер и поверенный звезд, в костюме от Хьюго Босса, смотрелся как один из его собственных клиентов. Хотя Ремингтон опровергает слухи о романе между ним и бывшей в тот вечер его спутницей Натали Уинстон, очаровательно выглядевшей в расшитом бисером платье-футляре от Валентино, однако авторитетные источники утверждают обратное. Ремингтон овдовел в сентябре прошлого года, когда его жена Элен, видимо, потеряла контроль над машиной, возвращаясь в их дом в Монтерее. Ее седан «Мерседес» рухнул в пропасть на шоссе номер один. Увы, тело так и не было найдено. Ток-шоу «Голливуд Бит» искренне радо, что Ивен Ремингтон пришел в себя после трагического события...

Нелл вскочила; ее дыхание стало частым и судорожным. Лицо Ивена заполнило весь экран. Была видна каждая точеная черта его лица, каждая прядь его золотых волос.

Нелл слышала его голос, холодный, звонкий и удивительно спокойный.

«Думаешь, я не вижу тебя, Элен? Думаешь, я позволю тебе уйти?»

— Извините, что задержалась, но я решила, что вы не откажетесь попробовать чужое кондитерское изделие. Я испекла этот кекс вчера, но Карл успел умять половину. И как в нем только помещается? Если бы я съедала десятую часть того, что...

Глэдис, державшая в руках поднос, увидела лицо Нелл, застыла на месте и осеклась.

— Милочка, вы так побледнели... Что случилось?

— Прошу прощения. Мне что-то нехорошо. — Нелл ударила в живот ледяная кочерга страха. — Голова болит. Наверное, я не смогу сегодня заняться делом.

— Конечно, конечно. Бедная девочка. Не волнуйтесь. Я отвезу вас домой и уложу в постель.

— Нет-нет, я пройдусь пешком. Подышу свежим воздухом. Извините меня, миссис Мейси. — Нелл стала неловко собирать свои картотеки и чуть не заплакала, когда коробки выпали из трясущихся пальцев. — Я позвоню вам и приду в другой день.

— Не думайте об этом. Нелл, дорогая, вы дрожите.

— Мне нужно домой. — Она бросила еще один испуганный взгляд на экран и устремилась к двери.

Нелл не позволяла себе бежать. Если кто-то бежит, люди это замечают и начинают задавать ненужные вопросы. Надо было держаться спокойно и не привлекать внимания. Но ничего не получилось. Руки тряслись, дыхание прерывалось, мысли путались. В голове звенело только одно:

«Думаешь, я позволю тебе уйти?»

По коже тек холодный пот. Она ощущала запах собственного страха. Нелл быстро обернулась, но ничего не увидела: в глазах было темно. Едва она переступила порог коттеджа, как почувствовала острую боль и тошноту.

Нелл еле успела добежать до ванной. После того как желудок вывернуло наизнанку, она легла на пол и стала ждать, когда пройдет дрожь.

Потом она с трудом поднялась, стащила с себя одежду, бросила ее на пол, встала под душ и до отказа вывернула кран горячей воды, представив себе, что струя проникает под кожу и согревает ее оледеневшие кости.

Нелл завернулась в полотенце, забралась в постель, укрылась с головой и провалилась в забытье.

Диего вскарабкался по простыне и молча улегся рядом, охраняя ее сон.

* * *

Она не знала, сколько проспала, но проснулась разбитой, как после долгой болезни. Все тело ныло, живот болел. Хотелось снова уснуть и не просыпаться. Но это не выход.

Следовало немедленно взять себя в руки. Обычно это ей удавалось.

Нелл сидела на краю кровати и, как старуха, проверяла состояние своего тела. Если постараться, то можно вспомнить лицо Ивена. Она закрыла глаза и мысленно вызвала его образ.

Это тоже было своего рода проверкой.

Она может и будет смотреть на него, вспоминать, каким было его лицо и каким стало.

Пытаясь успокоиться, Нелл взяла котенка и стала гладить его.

Она снова убежала. Прошел почти год, но стоило ей увидеть Ивена на экране телевизора, как она перепугалась до потери пульса. Этого зрелища было достаточно, чтобы обрушить стену, которой она себя так долго окружала, и превратить Нелл в кусок дрожащей от страха протоплазмы.

Она сама позволила этому случиться, так и не сумев освободиться от его власти. Никто не сможет изменить это состояние, кроме нее самой. «Мне хватило смелости бежать, — сказала себе Нелл. — Теперь нужно найти смелость остаться на месте».

Она не станет свободной, пока не сможет думать и говорить о нем без страха.

Нелл представила, что перед ней висит фотография Ивена, а она разбивает ее. Бьет молотком прямо по стеклу.

— Ивен Ремингтон, — еле слышно прошептала она, — ты больше не посмеешь прикоснуться ко мне. Я покончила с тобой и начинаю новую жизнь.

Это стоило Нелл последних сил. Она вздохнула, спустила Диего на пол, встала и натянула рубашку и шорты. Нужно было работать, составить и оценить меню. И подумать над тем, как переделать вторую спальню в кабинет.

Если Глэдис Мейси нужен координатор праздника, будет ей координатор.

Когда Нелл, сбежав от Глэдис, пулей влетела в дом, она уронила свои бумаги и так и бросила их. Теперь она собрала рассыпавшиеся заметки, вырезки из журналов, наброски меню, отнесла их на кухню и слегка удивилась, увидев, что солнце еще не зашло.

А ей-то казалось, что прошли чуть ли не сутки...

Часы показывали шесть. Времени вполне достаточно, чтобы обдумать последние предложения Глэдис Мейси и составить перечень услуг, которые будет оказывать ее фирма.

Нужно будет принять предложение Майи и воспользоваться компьютером магазина, подготовить визитные карточки, тексты рекламных объявлений. Подсчитать количество потенциальных клиентов, прикинуть бюджет, завести гроссбухи...

Кто станет с ней разговаривать, если она не относится к делу всерьез?

Наконец Нелл оторвалась от своих записей и удивилась, что до сих пор даже не подумала о кофе.

Ее заставил обернуться негромкий стук в дверь.

«Нет, только не сейчас», — подумала она, увидев за стеклом Зака.

Но Тодд уже стоял на пороге и пристально рассматривал Нелл. Его выцветшие брови сошлись на переносице, лоб прорезала хмурая морщина.

— Как вы себя чувствуете?

— Нормально.

— Что-то не похоже.

Можно было только представить себе, как она выглядит.

— Я неважно себя чувствовала. — Она пригладила волосы. — У меня болела голова, и я ненадолго прилегла. Но теперь все в порядке.

«Ничего себе в порядке... Лицо бледное, глаза ввалились, — подумал Зак. — Оставить ее одну — то же, что бросить беспризорного щенка на обочине шоссе».

Тодда выручил Диего, выскочивший из угла и набросившийся на его ботинки. Зак взял котенка на руки, погладил его и подошел к Нелл.

— Вы что-нибудь принимали?

— Да.

— Ели?

— Нет. Зак, мне не нужна сиделка. Это была всего-навсего головная боль.

Головная боль не может заставить стремглав бежать из чужого дома, словно за ней гнался сам дьявол. Именно так выразилась Глэдис.

— Милая, вы неважно выглядите. Поэтому я вынужден прибегнуть к фирменному средству, с помощью которого восстанавливало силы несколько поколений Тоддов.

— Спасибо, но мне нужно немного поработать.

— Работайте. — Зак отдал ей котенка и пошел к холодильнику. — На кухне я не специалист, но с этим управлюсь. Так поступала моя мать, когда одному из нас нездоровилось. У вас есть какое-нибудь желе?

«Желе стоит у тебя под носом, — сердито подумала Нелл. — Почему мужчины моментально слепнут, стоит им открыть дверцу холодильника?»

— На второй полке.

— Я не... ах да. Мы всегда покупали виноградное, но земляничное тоже сойдет. Работайте. Не обращайте на меня внимания.

Нелл спустила Диего и подтолкнула его к блюдечку.

— Что вы собираетесь готовить?

— Омлет и бутерброды с желе.

— Бутерброды с желе... — Усталая Нелл села. Возражать не было смысла. — Звучит заманчиво. Вам позвонила миссис Мейси, верно?

— Нет. Я ее видел. Она сказала, что вас что-то расстроило.

— У меня просто болела голова. Сковородка в нижнем ящике, слева.

— Я найду все, что мне нужно. Кухня не такая большая.

— Вы кормите омлетом и бутербродами с желе каждого местного жителя, у которого болит голова?

— По выбору. Меня влечет к вам, Нелл. Если я прихожу и вижу, что по вам словно каток проехал, то не могу остаться равнодушным.

Она молча смотрела за тем, как Тодд готовит омлет. На ее вкус, он добавил многовато соли. Да, он хороший человек. Добрый, порядочный. Но она не имеет права распускаться.

— Зак, я не могу дать вам то, чего вы хотите и ищете. Вчера я просто переоценила свои силы. Мне не следовало...

— Откуда вы знаете, чего я хочу? — Он взбивал смесь. — В конце концов, это мои трудности, верно?

— Я вела бы себя нечестно, если бы дала вам понять, что между нами что-то может быть.

— Я уже большой мальчик. — Он положил на сковородку столько масла, что Нелл поморщилась. — И давно уже не считаю, что все на свете должно быть честно. Кроме того, между нами уже что-то есть. Зачем притворяться? — Когда масло растаяло, он обернулся и сказал: — То, что мы не спали вместе, ничего не меняет. Если бы меня вчера не вызвали, это случилось бы.

— И было бы ошибкой.

— Без ошибок жить на свете неинтересно. Кстати, если бы я хотел всего лишь переспать с вами, я бы уже это сделал.

— Наверное, вы правы.

— Вы про ошибки или про секс? — спросил он и начал намазывать желе на хлеб.

Нелл не нашлась что ответить. Впрочем, это не имело значения. Зак действительно был добрым, порядочным человеком, но упрямым как осел.

— Я сварю кофе, — сказала Нелл.

— Кофе здесь не нужен. Нужен чай. И я заварю его сам.

Зак наполнил чайник, поставил его на плиту, потом вылил смесь для омлета на зашипевшую сковородку.

— Ну вот, вы рассердились...

— Я пришел сюда не в духе, а когда увидел вас, настроение у меня окончательно испортилось. Но, как ни странно, я могу сердиться на женщину и при этом не давать воли рукам. Я поразительно владею собой, правда?

Нелл тяжело вздохнула и ответила столь же иронично:

— Я прекрасно знаю, что далеко не каждый сердитый мужчина склонен к физическому насилию. Вот какая я умная.

— Рад за нас обоих. — Зак нашел чай в пакетиках, подходивший скорее для изысканных фарфоровых чашек, чем для подержанных фаянсовых кружек, стоявших в буфете Нелл.

Он выложил омлет на тарелки, нашел вилки и разорвал на салфетки бумажное полотенце.

«Да, на кухне он не специалист, — думала Нелл, когда Зак поставил перед ней тарелку и начал класть пакетики в кружки. — Но управляется неплохо». Ни одного лишнего движения. Что это, врожденное изящество или привычка?

Впрочем, какая разница?

Зак взял Диего, отважно карабкавшегося по его джинсам, и посадил к себе на колени.

— Ешьте.

Нелл подцепила вилкой кусочек омлета и попробовала.

— Вкуснее, чем можно было ожидать. Вы высыпали в сковородку чуть ли не полкило соли.

— Я люблю соленое.

— Не кормите кота со стола. — Сидеть за столом, есть пересоленный омлет и земляничное желе, намазанное на сложенные куски хлеба, было удивительно приятно. — Я уже не такая нервная, как раньше, — сказала она. — Но иногда еще случается. Пока это не пройдет, я не стану усложнять жизнь ни себе, ни кому-нибудь другому.

— Разумно.

— Я хочу сосредоточиться на работе.

— Каждый сам выбирает, что ему делать в первую очередь.

— Есть вещи, которым мне нужно научиться, хотя бы для себя самой.

— Угу. — Он доел омлет и принялся за чай. — Рипли сказала, что вы ищете компьютер. Агентство по найму собирается обновлять оборудование, можете совершить выгодную сделку. Зайдете и спросите Мардж. Она там главная.

— Спасибо. Завтра обязательно зайду. Почему вы больше не сердитесь? — спросила вдруг Нелл.

— Кто сказал? — усмехнулся Зак.

— Я в этом разбираюсь.

Зак посмотрел ей в лицо. Нелл снова порозовела, но все равно выглядела усталой.

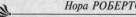

— Не сомневаюсь... — Тодд взял тарелку и сполоснул ее под краном. — Я могу позлиться и позже. Если верить моей сестре, я на этом собаку съел.

— Ну, тут вам до меня далеко. — Довольная тем, что они вновь оказались на равных, Нелл взяла свою тарелку. — Знаете, я пришла в себя. Вы были правы насчет фирменного средства Тоддов. Весьма действенно.

— Еще бы... И все же виноградное желе было бы лучше.

— Непременно куплю. На всякий случай.

— Вот и хорошо... Ну, не буду мешать вам работать. Подождите минутку.

Он привлек Нелл к себе, заставил ее подняться на цыпочки и властно поцеловал в губы. Кровь ударила ей в голову, отхлынула, от слабости и желания у Нелл подогнулись колени.

Она испустила сдавленный стон и ухватилась за край стола, чтобы не упасть.

— Чистейшее безрассудство, — сказал Зак, — но с этим ничего не поделаешь. Вам придется включить его в список первоочередных дел. Не работайте допоздна.

Он вышел и тихо закрыл за собой дверь.

Той ночью она видела во сне круг. Тонкую линию над землей, серебристую, как звездный свет. Внутри круга стояли три женщины, одетые в белое. Их голоса звучали как музыка, хотя слова были непонятны. Пока они пели, над кругом поднялись лучи света, как вышивка серебром на черном бархатном занавесе.

Нелл видела чашу, нож с изогнутой рукояткой и побеги ярко-зеленой летней травы.

Женщины по очереди пригубили чашу. Нелл ощутила на языке вкус вина, легкий и сладкий. Темноволосая взяла нож и начертила на земле какие-то знаки.

Парил густой запах влажной земли.

Женщины встали в круг, запели, и из центра вырвался сноп золотого пламени, жар которого не обжигал, а грел.

Потом они поднялись над золотым пламенем, над серебряными лучами и начали плясать над пустотой.

Когда ветер коснулся губами ее щек, Нелл почувствовала себя свободной.

ГЛАВА 11

Закрывшись в кабинете Майи, Нелл перебирала и обдумывала факты, цифры и открывавшиеся перед ней возможности.

Больше всего ей нравились возможности. У нее будет подержанный, но надежный компьютер, хороший набор посуды, визитные карточки с указанием рода занятий, домашний кабинет и кухонный комбайн коммерческого класса.

Точнее, все это и многое другое было необходимо для того, чтобы основать жизнеспособный бизнес, приносящий прибыль.

Расчеты показывали, что она сможет добиться своего месяцев через двенадцать — при условии, что ничего не будет тратить на еду, питье и одежду.

Иными словами, либо ей следовало прожить год как птичка небесная, либо начинать без инвентаря, который позволил бы вести дело на профессиональном уровне.

Конечно, прожить как птичка небесная можно. Разве не так она жила до того, как приехала на остров? Если бы она поддалась слабости и не потратилась на колокольчики, босоножки и серьги, то и не вспомнила бы, как приятно сорить деньгами.

Но сейчас на этом следовало поставить крест.

Подсчеты показывали, что, если Мардж из «Айленд Риэлти» немного потерпит, деньги на компьютер можно будет наскрести через три недели. Конечно, нужны еще принтер, телефон, лицензия и канцелярские товары для офиса. Как только она обзаведется всем этим, можно будет составлять меню прямо на компьютере.

Нелл вздохнула, откинулась на спинку стула и провела рукой по волосам. Она совсем забыла об одежде. Едва ли можно подавать еду на празднике у Мейси в джинсах, майке или сексуальном топе... Ей понадобятся хорошие черные слаксы, крахмальная белая блузка и скромные, но нарядные черные туфли.

Тут в кабинет вошла его хозяйка.

— Привет... Уже ухожу, — сказала Нелл.

— Не торопись, — махнула рукой Майя. — Мне нужно кое-что проверить по сентябрьскому каталогу. — Она сняла каталог с полки и начала листать его, глядя на Нелл поверх страниц. — Финансовые заботы?

— Как ты догадалась?

— Интуиция.

— Не хочется признаваться, но я чересчур размахнулась, — усмехнулась Нелл.

— Почему? То, что признаваться не хочется, я понимаю, но почему ты считаешь, что чересчур размахнулась? — Майя села и потянулась, как кошка на коврике у камина.

— Несколько случайных заказов, несколько коробок с ленчами, одна вечеринка, а я уже придумываю название фирмы, составляю визитные карточки и пытаюсь наскрести деньги на компьютер, хотя было бы вполне достаточно клеенчатой тетради... Нужно держать себя в руках.

— Держать себя в руках очень скучно, — заявила Майя. — Когда я начинала собственное дело, многие говорили, что у меня ничего не выйдет. Мол, община маленькая, а торговля в основном сезонная... Книжные магазины с кафе — это для больших городов и богатых пригородов. Но они ошиблись. Я знала, чего хочу и что смогу этого добиться. И ты тоже добьешься.

— Через год. В лучшем случае — через полгода, — согласилась Нелл. — Но я справлюсь.

— Зачем ждать? Тебе нужен первоначальный капитал, но ты не можешь пойти в банк и попросить ссуду. Там будут задавать массу каверзных вопросов насчет твоего кредита, послужного списка и так далее.

Нелл только вздохнула.

Майя кивнула, как бы подтверждая свои выводы. Ей нравилось попадать в яблочко с первого выстрела.

— Хотя ты была осторожна, но несколько дырок могло остаться, — небрежно продолжила она. — А ты слишком умна, чтобы подвергать себя риску.

— Я думала об этом, — призналась Нелл. — Если бы я раскрыла свое прошлое, то не смогла бы чувствовать себя спокойно. А у Нелл Ченнинг никогда не было кредита, и, чтобы получить его, нужно время.

— Это одно из препятствий, мешающих создать начальный капитал. Конечно, можно применить чары. Но мне претит пользоваться чарами в финансовых делах. Это слишком... грубо.

— Когда пытаешься выкроить деньги на канцелярские товары для офиса, это не кажется слишком грубым.

Майя выпятила губы, сложила руки и начала задумчиво постукивать кончиками пальцев по столу.

— У меня была одна знакомая, которая испытывала финансовые трудности. Она воспользовалась чарами и попросила, чтобы ее денежные проблемы решились сами собой. Через неделю она выиграла в лотерею пятьдесят тысяч.

— Серьезно?

— Серьезно. Она расплатилась с долгами и на неделю съездила в Майами, на курорт Дорал. Кстати говоря, отличное место... По возвращении она обнаружила, что ее машина сломалась, крыша протекла, подвал затоплен, а из финансовой инспекции пришло сообщение о ревизии. Кончилось тем, что она не знала, куда деваться. Впрочем, она провела целую неделю на курорте, а это уже немало.

Поняв, что Майя шутит, Нелл улыбнулась.

— Все понятно. Магия — не костыль, на который можно опереться в трудную минуту.

— Ты быстро соображаешь, сестренка. Поэтому давай говорить по-деловому. — Майя сбросила нарядные туфли на высоких каблуках и забралась в кресло с ногами. — Я ищу, во что вложить деньги.

— Майя, я тебе очень признательна, но...

— Но ты хочешь все сделать сама, и так далее и тому подобное. — Майя махнула рукой, отметая возражения Нелл. — Перестань. Будем вести себя как взрослые люди.

— Ты хочешь силой заставить меня взять взаймы?

— Нет, хотя все говорят, что я это умею. Тем более что я ни слова не сказала о займе. Речь идет о вложении.

Она лениво протянула руку и вынула из мини-холодильника две бутылки воды.

— Возможно, я могла бы дать тебе взаймы, чтобы было с чего начать. Скажем, десять тысяч на шесть месяцев за двенадцать процентов.

— Десять тысяч мне не нужны, — сердито сказала Нелл, открыв бутылку. — А двенадцать процентов — это просто грабеж.

— Банк взял бы меньше, но я не банк и не стану задавать каверзных вопросов.

Майя глотнула воды.

— Нет, я предпочитаю вложения. Я — деловая женщина, которая любит получать прибыль. Твой талант имеет рыночную стоимость и уже известен всему острову. Если у тебя будет начальный капитал, ты сумеешь создать хороший бизнес, который, как я понимаю, только пойдет на пользу моему собственному. У меня есть на этот счет кое-какие мысли, но об этом позже. Я вкладываю в дело десять тысяч и становлюсь твоим тайным партнером за разумную компенсацию — скажем, восемь процентов прибыли.

— Мне не нужны десять тысяч, — упрямо повторила Нелл.

«Прошло очень много времени с тех пор, как я заключала контракты и торговалась из-за процентов по займу, — подумала Нелл, постукивая пальцами по столу. — Удивительно, как быстро это возвращается».

Конечно, десять тысяч были бы очень кстати и избавили бы ее от множества хлопот. Но если ты боишься хлопот, то никогда не почувствуешь настоящего удовлетворения в случае успеха.

— Будет достаточно и пяти тысяч, — решила Нелл. — И шесть процентов.

— Пять тысяч и семь процентов, — быстро произнесла Майя.

— Идет.

— Отлично. Ну что ж, тогда я поручу своему поверенному составить контракт.

— А я открою коммерческий счет в банке.

— Может быть, будет проще, если я позабочусь об этом и получении лицензии? — осторожно спросила Майя.

— Я сама. Иногда нужно постоять за себя.

— Сестренка, ты уже сделала это несколько месяцев назад. Но как знаешь... Не горюй, — сказала Майя, открыв дверь, — скоро мы дадим кому-то пинка в зад.

Нелл работала как черт — готовила, планировала, совершенствовала. Ее кухня превратилась в лабораторию, где кипели опыты — то удачные, то нет. Нелл допоздна засиживалась в своем маленьком кабинете, распечатывая на принтере меню, рекламные листки, визитные карточки, накладные и бланки — все с придуманным ею самостоятельно логотипом: три женщины, вставшие в круг и взявшиеся за руки.

В каждом из этих документов указывалось имя Нелл Ченнинг как владельца фирмы и номер ее нового телефона.

Закончив составлять перечень услуг, Нелл взяла его, купила бутылку лучшего шампанского, которое могла себе позволить, отвезла все это к Майе и оставила у ее порога.

Отныне они были деловыми партнерами.

В день семейного торжества супругов Мейси Нелл стояла на кухне Глэдис и обводила взглядом хозяйство. Она возилась здесь с четырех часов утра; до прихода гостей оставалось полчаса.

Наконец-то можно было немного расслабиться... Если Глэдис во время вечера не упадет в обморок от возбуждения и тревоги, это будет чудо.

Все было готово. Через десять минут Нелл начнет подавать закуски. Когда список гостей превысил сто человек, она использовала всю силу убеждения, чтобы отговорить Глэдис от традиционного сидения за столом и устроить куда более выигрышный а-ля фуршет.

Нелл сама составляла букеты и помогала Карлу развешивать гирлянды и фонарики. Свечи стояли во взятых напрокат серебряных подсвечниках, а бумажные салфетки, по предложению Нелл, были украшены сердечками с инициалами счастливой пары.

Она была очень тронута, когда при виде этих салфеток глаза Глэдис наполнились слезами.

Убедившись, что кухня готова к битве, Нелл пошла проверять поле будущего сражения и своих солдат.

Она наняла Пег, чтобы подавать на стол, и Бетси из «Мэджик-Инн», чтобы обслуживать бар. Если удастся оставить кухню, то она сама придет им на помощь.

— Все замечательно, — заявила Нелл и пошла к дверям во внутренний дворик. Вечер обещал быть погожим. Все это время они с Глэдис молча ужасно переживали, боясь дождя.

Нелл одернула короткую черную курточку, надетую поверх белой блузки.

— Еще раз... Пег, ты обходишь гостей по кругу каждые пятнадцать минут. Когда поднос пустеет или почти пустеет, возвращаешься на кухню. Если меня там нет, кладешь на поднос новые закуски так, как я тебе показывала.

— Я уже репетировала миллион раз.

— Знаю. — Нелл подбодрила ее, потрепав по руке. — Бетси, я постараюсь, чтобы недовольных сегодня не было. Если чего-то не будет хватать, дашь мне знать.

— Понятно. Но пока что все выглядит замечательно.

— Дай-то бог... — Нелл не была окончательно уверена, что все пройдет как надо. — За музыку отвечает Карл-младший, так что это не моя забота... Ну что ж, начинаем. Пег, подавай первое блюдо. Салат из сырых овощей.

Для Нелл это был не просто банкет, но начало новой жизни. Зажигая свечи, она вспомнила о матери и первом официальном банкете, который они готовили вместе.

— Мама, я вернулась к тому, с чего начинала, — пробормотала Нелл. — И не ударю лицом в грязь, — поклялась она, поднося спичку к последней свече.

Когда миссис Мейси вышла из хозяйской спальни, Нелл подняла глаза и широко улыбнулась.

— Вы прекрасно выглядите.

— Нервничаю, как невеста. — Глэдис поправила волосы. — Я специально ездила в Бостон за этим нарядом. Как по-вашему, не слишком броско?

Лацканы и обшлага ее бледно-зеленого костюма для коктейлей были обшиты сверкающим бисером.

— Костюм замечательный, как и вы сами. Так что нервничать не из-за чего. Все, что от вас требуется, — это получать удовольствие от происходящего.

— Вы уверены, что коктейля с креветками достаточно? — спросила Глэдис.

— Уверена.

— Не знаю, как отнесутся к курице под ореховым соусом.

— Все будут в восхищении.

— А что...

— Глэдис, не мешай девочке, — теребя узел галстука, хмуро сказал вышедший следом Карл. — Дай ей заняться делом.

— Мистер Мейси, вы просто картинка! — Не в силах справиться с собой, Нелл протянула руку и сама поправила ему галстук.

— Заставили меня купить новый костюм... — проговорил Карл.

— Который очень вам к лицу, — заверила Нелл.

— Как пришел с работы, палец о палец не ударил. Одни жалобы, — сказала Глэдис.

Нелл, уже привыкшая к перепалкам супругов, только улыбнулась.

— Лично мне нравятся мужчины, которые не любят костюмы и галстуки. Это очень сексуально.

Реплика Нелл заставила Карла густо покраснеть.

— Было бы вполне достаточно устроить барбекю и выставить пару бочонков пива...

Не успела Глэдис открыть рот, как Нелл взяла поднос с закусками и заявила:

— Думаю, вы получите большее удовольствие, если начнете прямо сейчас.

Вежливость заставила мистера Мейси взять маленький бутерброд с копченым лососем. Едва тот оказался у него на языке, как Карл выпятил губы.

— Вкусно, — признал он. — А с пивом будет еще вкуснее.

— Тогда идите прямо в гостиную, и Бетси вам нальет... Кажется, пришли первые гости.

— О боже! О господи! — Глэдис снова провела рукой по волосам и обвела комнату взглядом. — Я не успела проверить, все ли в порядке...

— Все именно так, как должно быть. Идите к гостям, а остальное предоставьте мне.

Прошло пятнадцать минут, и от скованности не осталось и следа. Загремела музыка, языки развязались, а когда Нелл обнесла гостей куриными кебабами, стало ясно, что угощение было принято на ура.

Было странно видеть знакомых обитателей острова принарядившимися. Люди собирались в кучки, беседовали и гуляли по внутреннему дворику. Нелл внимательно прислушивалась к тому, что говорили о еде и настроении, и от каждой похвалы у нее по спине бежали мурашки. Но лучшей наградой ей было сиявшее лицо Глэдис.

Через час в доме было яблоку упасть негде, и Нелл сбивалась с ног.

— Они набрасываются на подносы так, словно умирают с голоду, — сказала пришедшая на кухню Пег. — Можно подумать, что каждый из них перед этим неделю постился.

— Их аппетит уменьшится, когда начнутся танцы, — ответила Нелл, быстро наполняя поднос.

— Блюдо номер... черт, никак не могу запомнить эти номера. Половину фрикаделек уже съели. Ты велела предупредить.

— Хорошо. А что-нибудь уже закончилось?

— Кажется, нет. — Пег взяла поднос. — Но если они и дальше будут есть с такой же скоростью, то слопают даже бумажные салфетки. Особенно если ты подашь их с соусом.

Довольная Нелл вынула из духовки разогревавшиеся там крошечные пирожки с рублеными яйцами. Когда она начала выкладывать их на поднос, вошла Рипли.

— Меня тоже пригласили.

— Ну как, нормально?

— Ага. На все сто.

— Ты и сама выглядишь на все сто, — заметила Нелл.

Рипли посмотрела на свое черное платье. Оно было короткое, слегка в обтяжку и годилось как для вечеринок, так и для деловых совещаний — особенно в сочетании с блейзером.

— У меня два таких костюма-двойки — черный и белый. При случае могут сойти и за платья. — Она обвела взглядом кухню и убедилась, что здесь царит полный порядок. Негромко гудела посудомоечная машина; в воздухе стоял аромат специй. — Как ты умудряешься здесь управляться?

— Во всем, что касается кухни, я гений.

— Похоже на то. — Рипли схватила пирожок и сунула его в рот. — Потрясающая шамовка, — пробормотала она с набитым ртом. — Я так и не успела тебе сказать, что тот пикник удался на славу.

— Да? И как все прошло?

— Спасибо. Лучше не бывает, — ответила Рипли.

Тут вошла Майя, и самодовольно улыбавшаяся Рипли тут же нахмурилась.

— Прими мои поздравления... Ах, новое блюдо! — воскликнула Майя, схватила пирожок и надкусила его. — Вкусно. Привет, Рипли. Я едва узнала тебя в платье. И долго ты решала, что надеть на сегодняшний вечер — черное или белое?

— Отвали.

— Не начинай. У меня нет времени на пререкания.

— Можешь не волноваться. — Рипли стащила еще один пирожок. — Я тоже не хочу тратить силы понапрасну. Из Кембриджа приехал племянник Глэдис, очень симпатичный парень, и я собираюсь им заняться вплотную.

— Приятно знать, что кое-что не меняется.

— Ничего не трогать! — строго велела Нелл и ушла с подносом.

— Ну... — Возвращаться к гостям Рипли не хотела, но в желудке у нее урчало, поэтому она спокойно сняла крышку с очередного подноса. — Похоже, Нелл в полном порядке.

— А с чего ей быть не в порядке?

— Майя, не притворяйся дурочкой. Это тебе не идет. — Рипли стащила два печенья в форме сердечек. — Я и без помощи зеркала могу сказать, что ей пришлось нелегко. Такая женщина, как она, не приехала бы на наш остров с рюкзаком и подержанным «Бьюиком», если бы не убегала и не пряталась. Зак думает, что какой-то малый лупил ее почем зря.

Не услышав ответа, Рипли оперлась спиной о стойку и с удовольствием угощалась стряпней Нелл.

— Послушай, она мне нравится, а Зак втрескался в нее по уши. Я не хочу ее дергать по пустякам, но думаю, что она нуждается в помощи.

— И как ты собираешься ей помогать? Размахивая значком шерифа?

— По-всякому. Похоже, она хочет пустить здесь корни. Собирается работать не только у тебя, но и основать собственное дело. А раз так, она становится одной из моих подопечных.

— Дай и мне. — Майя протянула руку за печеньем. — О чем ты хочешь меня попросить?

— Если Зак прав, а он всегда прав, то кто-то ее ищет? — сказала Рипли, обратив вопрос в пространство.

— Если Нелл доверилась мне, то я обязана хранить ее тайну, — так же куда-то в сторону сообщила Майя.

Рипли знала, что верность слову была для Майи чем-то вроде религии.

— Я и не прошу, — сердито сказала Рипли.

Майя вонзила зубы в печенье.

— Тогда к чему этот разговор?

— Черт! — Рипли хлопнула крышкой подноса и ринулась к двери. Но Нелл была такой счастливой и гордой, а на кухне царил такой идеальный порядок, что прервать разговор на полуслове было невозможно.

Рипли обернулась.

— Скажи мне, что ты видела. Я хочу помочь ей.

— Знаю. — Майя отряхнула руки. — Есть мужчина, которого она боится. Он охотится за ней. Он — причина всех ее страхов и сомнений. Если он приедет сюда и найдет ее, ей действительно понадобится наша с тобой помощь.

— Как его зовут?

— Не могу сказать. Этого мне не показали.

— Но ты знаешь.

— Если Нелл и сказала мне что-то, то не для передачи. Я не могу обмануть ее доверие. — Увидев в глазах Майи тревогу, Рипли ощутила холодок под ложечкой. — Впрочем, его имя ничего не меняет. Рипли, это ее путь. Мы можем руководить ею, поддерживать, наставлять и помогать. Но окончательный выбор останется за ней. Ты знаешь легенду так же, как и я.

— Речь не об этом. — Рипли резко махнула рукой. — Я говорю о безопасности. Безопасности нашей подруги.

— Речь идет о судьбе нашей подруги. И если ты хочешь ей помочь, то начни с себя. Подумай о долге, который на тебя накладывает твой дар. — С этими словами Майя вышла.

— «О долге, о долге»... Да пошла ты! — Рипли так расстроилась, что снова сняла крышку с подноса и стащила еще одно печенье.

Она знала, в чем состоит ее долг. Заботиться о безопасности коренных обитателей и гостей острова Трех Сестер, соблюдать порядок и поддерживать закон.

Все остальное было ее личным делом и никого не касалось. Разве можно было считать долгом соблюдение каких-то шаманских ритуалов и веру в дурацкие легенды, которые и сегодня оставались такой же чушью, какой были триста лет назад?

Она была помощником шерифа, а не членом мистической троицы спасительниц. Она не собиралась восстанавливать какую-то бог знает кем придуманную космическую справедливость.

Рипли разом потеряла и аппетит, и желание заняться племянником Глэдис Мейси. «И поделом мне, — подумала она. — Незачем было тратить время на Майю Девлин».

Раздосадованная Рипли ушла с кухни. И первым, кого она увидела, вернувшись к гостям, был Зак. Он находился в гуще событий — как всегда, когда дело касалось общения. Людей влекло к нему. Но хотя брат стоял в центре группы мужчин и вел с ними оживленную беседу, Рипли видела, что его взгляд и мысли далеко отсюда.

Они были с Нелл.

«Да, — думала Рипли, наблюдая за Заком, который не сводил глаз с Нелл, обносившей гостей пирожками. — Никаких сомнений. Зак окончательно свихнулся».

Рипли не желала обращать ни малейшего внимания на дурацкую болтовню Майи о судьбе и долге перед зарождающейся дружбой, но тут было совсем другое дело. Оно касалось ее брата.

Ради Зака она пошла бы на что угодно. Даже на то, чтобы взяться за руки с Майей.

Нужно было все время следить за изменением ситуации, иными словами, постоянно думать о вещах трудных и неприятных.

— Он стоит на краю пропасти, — шепнула ей на ухо Майя. — Еще немного — и свалится.

— Сама вижу.

— А ты знаешь, что тогда будет?

Рипли взяла у Майи бокал и выпила половину.

— Говори...

— Он отдаст за нее жизнь не моргнув глазом. Поразительный человек. Второго такого я не знаю. — Майя забрала у нее бокал и сделала глоток. — Пожалуй, это единственное, в чем мы с тобой сходимся.

И тут Рипли сдалась.

— Я хочу, чтобы ты прочитала защитное заклинание.

— Я уже сделала все, что могла. Но я одна, а для круга нужны трое.

— Сейчас я не могу об этом ни думать, ни говорить.

— Ладно. Тогда давай просто постоим и посмотрим на то, как сильный и хороший человек влюбляется у нас на глазах. Такие мгновения пропускать нельзя. — Майя положила руку на плечо Рипли. — Нелл этого не видит. Хотя любовь окутывает ее, как дуновение теплого воздуха, она еще не в состоянии ее узнать.

Майя с завистью вздохнула, посмотрела в пустой бокал и сказала:

— Пойдем. Я угощаю.

Зак ждал подходящего момента. Он разговаривал с другими гостями, танцевал, пил пиво с Карлом, делал вид, что прислушивается к жалобам жителей поселка, и придирчиво следил за тем, сколько вылакали приехавшие на машинах.

Он смотрел, как Нелл разносит еду, болтает с гостями, наполняет тарелки, стоящие на маленьких спиртовках. Похоже, она была очень довольна.

Хотелось ей помочь, но это выглядело бы смешно. Во-первых, он понятия не имел, что делать; во-вторых, было ясно, что ни в какой помощи она не нуждается.

Когда толпа начала редеть, он для очистки совести сам развез по домам нескольких подвыпивших. Лишь около полуночи Тодд решил, что долг выполнен, и пошел к Нелл на кухню.

Пустые подносы аккуратно стояли на отделанном под мрамор кухонном столе Глэдис. Блюда были сложены в стопку. Нелл загружала грязной посудой моечную машину.

— Вы хоть раз присели за весь вечер?

— Не помню. — Нелл вставляла тарелки в гнезда сушилки. — Устала до смерти, но ужасно счастлива.

— Держите. — Зак протянул ей бокал шампанского. — По-моему, вы это заслужили.

— Кажется, да. — Нелл сделала глоток и отставила бокал. — Несколько недель работы, и вот все позади. На следующую неделю я получила пять заказов. Вы знаете, что весной дочка Мэри Харрисон выходит замуж?

— Слышал. От Джона Байглоу. Моего двоюродного брата.

— Я получила заказ на организацию банкета.

— Голосую за то, чтобы вы включили в меню фрикадельки. Пальчики оближешь.

— Учту. — Составлять планы на будущее было очень приятно. Не на день или неделю, а на несколько месяцев вперед. — Вы видели, как Глэдис и Карл танцевали друг с другом?

Она выпрямилась и прижала ладони к ноющей пояснице.

— Тридцать лет вместе, а они танцевали во внутреннем дворике и смотрели друг на друга так, словно только что увиделись. Ничего лучше я не видела за весь этот вечер. И знаете, почему?

— Почему?

Нелл повернулась к нему.

— Потому что все было затеяно именно ради этого. Не ради гирлянд, фонариков и коктейля с креветками. Ради любви. Любви и веры друг в друга. Что было бы, если много лет назад кто-нибудь из них не ответил на чувство другого? Они лишились бы этого танца во внутреннем дворике и всего хорошего, что случилось с ними за эти тридцать лет.

— А вот я никогда не танцевал с вами. — Зак протянул руку и погладил ее по щеке. — Нелл...

— Вот вы где! — На кухню влетела Глэдис с сияющими глазами. — Я боялась, что вы уже улизнули.

— Да нет... Я хотела помыть посуду, прибраться в доме, чтобы все оставить в порядке.

— Ни в коем случае! Вы и так сделали больше того, на что я рассчитывала. За всю жизнь у меня не было такого праздника. Люди будут вспоминать его несколько лет.

Глэдис обняла Нелл за плечи и поцеловала в обе щеки.

— Я знаю, что замучила вас своими придирками. — Она стиснула молодую женщину так, что та едва не задохнулась. — Все было великолепно. Теперь я поумнела и не собираюсь ждать повторения еще тридцать лет. А сейчас отправляйтесь домой и отдохните.

Она сунула Нелл хрустящую банкноту в сто долларов.

— Это вам.

— Миссис Мейси, ну зачем же... Пег и...

— Они уже получили свое. Если не возьмете, вы меня очень обидите. Купите себе что-нибудь симпатичное. А теперь поторопитесь. Отдых, и только отдых! Все остальное подождет до утра. Шериф, вы не поможете нашей Нелл погрузить в машину подносы?

— Непременно.

— Сегодня было лучше, чем на нашей свадьбе. — Глэдис пошла к двери, но по дороге обернулась и подмигнула. — Посмотрим, не удастся ли нам провести первую брачную ночь.

— Похоже, Карла ждет сюрприз. — Зак взял стопку подносов. — Пора уносить ноги и оставить молодых наедине.

— Иду, иду, — отозвалась Нелл.

Чтобы все унести, понадобилось три захода. Карл, закрывавший за ним дверь, сунул Нелл бутылку шампанского.

— «Вот ваша шляпа, но куда вы так торопитесь?» — хмыкнул Зак, укладывая в багажник «Бьюика» последнюю партию посуды.

— А где ваша машина?

— Моя? Рипли взяла ее, чтобы отвезти домой последнюю подвыпившую пару. Слава богу, большинство пришло пешком.

Наконец Нелл позволила себе взглянуть на Зака.

Он был в пиджаке, но галстук уже слегка оттопыривал его карман. Распахнутый воротник рубашки обнажал загорелую шею.

Слегка улыбаясь, Зак смотрел, как в доме Мейси постепенно гас свет. Его профиль нельзя было назвать точеным, выгоревшие волосы слегка топорщились. Тодд сунул большие пальцы в передние карманы брюк. Его поза была скорее небрежной, чем рассчитанной.

Нелл ощутила желание и не стала с ним бороться. Наоборот, шагнула к Заку.

— Я выпила всего полбокала шампанского, совершенно трезва и нахожусь в ясном уме и твердой памяти.

Зак повернулся к ней.

— Как шериф, я это приветствую.

Не сводя с него глаз, Нелл вынула ключи от машины и позвенела ими.

— И все же отвезите меня домой. Пожалуйста.

Внезапно взгляд его мерцающих глаз стал острым, словно лезвие бритвы.

— Я не стану спрашивать, уверены ли вы, что хотите этого. — Зак взял ключи. — Скажу только одно: садитесь.

У Нелл подгибались колени. Она кое-как залезла в машину. Тодд сел за руль.

Когда Зак рывком притянул ее к себе и жадно поцеловал, Нелл забыла про все на свете и забралась к нему на колени.

— Ну, с богом... — он включил зажигание. Мотор чихнул, завелся, и Зак круто развернул машину. Та протестующе заскрипела, заставив Нелл нервно хихикнуть.

— Мы должны быть готовы к тому, что эта куча металлолома по дороге развалится на части. Зак... — Она ослабила ремень безопасности, который машинально застегнула садясь, слегка приподнялась и укусила Тодда за мочку уха. — У меня такое чувство, словно я вот-вот взорвусь.

— Я когда-нибудь говорил, что у меня слабость к женщинам в коротких черных курточках?

— Нет.

— Я понял это только сегодня вечером. — Зак протянул руку, просунул ее в треугольный вырез курточки и прижал Нелл к себе. Вопиющее нарушение правил уличного движения закончилось тем, что Зак с трудом вписался в поворот и колеса машины чиркнули о бордюр.

— Минуту, — едва переводя дух, пробормотал он. — Еще одну минуту.

«Бьюик» заскрежетал тормозами и резко остановился перед коттеджем Нелл. Не успев выключить зажигание,

Зак снова потянулся к ее губам и наконец-то дал себе волю.

Жгучее желание раздирало Нелл. Забыв о обо всем, она вцепилась в пиджак Зака и выгнулась навстречу жадным мужским рукам, вздрогнув всем телом, когда мозолистые ладони коснулись ее обнаженной кожи.

— В дом. — Зак неловко пытался открыть дверь машины, чувствуя себя неуклюжим и нетерпеливым подростком. — Проклятие, нужно войти в дом...

Задыхаясь, он выдернул Нелл из машины и буквально поволок к коттеджу. По дороге они стаскивали друг с друга одежду. Нелл споткнулась, и пуговицы его рубашки посыпались на дорожку. От ее смеха у Тодда зазвенело в ушах.

— Ох, какие у тебя руки! Я хочу ощущать их... — простонала Нелл.

— За этим дело не станет. Черт бы ее побрал! — Раздосадованный Зак пнул дверь ногой, и та распахнулась настежь.

Они рухнули на пол.

— Прямо здесь. Прямо здесь, — промурлыкала Нелл, потянувшись к ремню Зака.

— Подожди. Дай закрыть. — Он извернулся и пинком захлопнул дверь.

Комнату наполнял лунный свет. Пол был твердым, как кирпич. Но Зак и Нелл, стаскивавшие друг с друга одежду, этого не замечали. Зак видел только эротично белевшую кожу и нежные контуры упругих форм.

Ему хотелось видеть. Хотелось утонуть в этом теле.

И овладеть им.

Когда блузка Нелл повисла на манжетах, обтягивавших запястья, Зак прильнул губами к женской груди.

Нелл дрожала под ним, как вулкан перед извержением. Все ее тело пронзали раскаленные иглы, в промежности было мокро и горячо.

Она выгнулась под Заком, не столько предлагая,

сколько требуя, и вонзила ногти в его спину. Все вокруг стремительно кружилось, как будто она сидела на карусели, и удерживала ее только блаженная тяжесть мужского тела.

— Скорее! — Она стиснула его бедра и широко раздвинула ноги. — Скорее!

Тодд забыл обо всем на свете, и страсть выплеснулась наружу. Нелл стиснула его кольцом горячих, влажных мышц, напряглась, выгнулась как лук, а потом испустила ликующий крик.

Этот крик чуть не свел Зака с ума.

Нелл переполняло наслаждение. Она рухнула в пропасть и крепко обняла Тодда, стремясь увлечь его за собой.

На дно они упали вместе.

ГЛАВА 12

У Зака гудело в ушах. Возможно, это был всего лишь стук его сердца, колотившего по ребрам, как кулак по клавишам рояля. Впрочем, мыслить ясно он не мог. И шевелиться тоже. Если бы у него нашлись силы о чем-то тревожиться, Тодд решил бы, что его разбил временный паралич.

— Вот это да, — наконец сказал он, переведя дух. — Похоже, я отключился.

— Я тоже. — Нелл распласталась под ним, уткнувшись лицом в его шею.

— Ты достигла дна пропасти?

— Нет. Ты помешал. — Она провела зубами по его сильной шее. — Мой герой...

— Да уж. Герой дальше некуда.

— Я торопила тебя. Это ничего?

— Жаловаться грех. — Зак перевернулся на спину, и Нелл оказалась сверху. — Но я надеюсь, что ты дашь мне возможность исправиться.

Нелл подняла голову, отбросила волосы и улыбнулась, глядя на него сверху вниз.

— Что тебя насмешило?

— Просто я вспомнила, каким ты был во время праздника. Стоило мне увидеть тебя, как я начинала облизываться. Большой, красивый шериф Тодд стоит в костюме, который предпочел бы не надевать, весь вечер цедит одну кружку пива, чтобы было кому развозить людей по домам, и терпеливо следит за мной зелеными глазами. В конце концов я не выдержала и ушла на кухню, чтобы немного остыть.

— Правда? — Он провел ладонями по ее плечам, улыбнулся, увидев, что блузка по-прежнему висит на манжетах, и стал расстегивать пуговицы. — А знаешь, о чем думал я, когда следил за тобой?

— Не очень.

— Я думал, что ты похожа на танцовщицу. Такая грациозная, такая уверенная в себе... И пытался не думать о том, что находится под крахмальной белой блузкой и сексуальной черной курточкой.

Он наконец бросил на пол блузку.

— Нелл, у тебя такая точеная фигурка... Я сходил по тебе с ума несколько недель.

— Сама не знаю, что на меня нашло. Как я набралась смелости... — Она откинула голову и подняла руки. — О боже! Я чувствую себя такой... живой. Не хочу останавливаться.

Она крепко поцеловала Зака.

— Хочу шампанского. Хочу напиться и заниматься с тобой любовью всю ночь.

— Эта мысль мне по душе. — Когда Нелл распахнула дверь, Зак вытаращил глаза. — Что ты делаешь?

— Иду к машине за шампанским.

— Дай мне надеть штаны, и я сам схожу за ним, Нелл! — Зак вскочил, но застыл на месте, увидев, что она вышла во двор в чем мать родила. — Ради бога! — Он схватил брюки и шагнул к двери. — Вернись, иначе мне придется арестовать тебя за недостойное поведение.

— Все равно никто не видит. — Прохладный ночной ветерок ласкал обнаженное тело, еще не успевшее остыть после жарких объятий. Это было не просто приятно, но казалось совершенно правильным. Трава щекотала ступни. Счастливая Нелл раскинула руки и закружилась на месте. — Не бойся, выходи. Что за ночь! Луна, звезды и шум прибоя...

От нее нельзя было отвести глаз. Светлые волосы, посеребренные звездным светом, мерцающая молочно-белая кожа и лицо, поднятое к небесам...

А когда их взгляды встретились, у Зака перехватило дыхание. Он готов был поклясться, что от тела Нелл летят искры.

— Воздух сегодня какой-то необычный. — Она подняла руки и сжала пальцы, словно желая поймать ветер. — Он пульсирует во мне, как кровь. Я ощущаю это и чувствую себя способной на все.

Она протянула ему руку.

— Поцелуй меня при лунном свете.

Зак шагнул к ней, поцеловал — скорее нежно, чем страстно.

Эта нежность растопила ее сердце. Когда Зак взял ее на руки, Нелл положила голову ему на плечо, зная, что с ним ей ничто не грозит.

Он отнес ее в дом и положил на старую кровать, негромко скрипнувшую под весом двух тел.

«И как меня угораздило влюбиться в ведьму?» — напоследок успел подумать Зак.

Нелл очнулась на рассвете после короткого сна, ощущая рядом тепло сильного мужского тела. В этом было что-то удивительно нормальное, уютное и возбуждающее одновременно.

Она представила себе лицо Зака, черточку за черточкой. Когда картина была закончена, Нелл выскользнула из кровати. Пора было начинать новый день.

Она приняла душ, надела шорты и безрукавку, быстро собрала одежду, разбросанную в гостиной, и на цыпочках прошла в кухню.

До сих пор она не испытывала такого желания. Желания, которое набрасывается на человека, как хищный зверь, и проглатывает его целиком.

Нелл надеялась испытать его еще раз.

И пришедшую потом нежность, и ненасытное стремление к большему, и темную страсть, заставляющую забыть обо всем на свете. Все сразу.

У Нелл Ченнинг появился любовник. И сейчас он спал в ее кровати.

Он желал ее. Желал такой, какая она есть, и не собирался лепить ее по своему вкусу. Это проливало бальзам на ее раны.

Пока варился кофе, счастливая Нелл замесила тесто — одно для булочек с корицей, другое — для хлеба. За работой она напевала, глядя, как рассвет окрашивает небо в розовый цвет.

Нелл полила палисадник, глотнула кофе и поставила в духовку первый противень с булочками. Держа в одной руке кружку, а в другой карандаш, она начала составлять меню на предстоящую неделю.

— Что ты делаешь?

Заспанный голос заставил ее вздрогнуть так, что кофе пролился на бумагу.

— Я разбудила тебя? Извини. Я пыталась не шуметь.

Зак поднял руку.

— Нелл, перестань. Это выводит меня из себя, — хрипло сказал он.

Когда Тодд шагнул к ней, от страха у Нелл свело живот.

— У меня есть к тебе одна просьба. — Зак взял ее кружку и сделал глоток. — Не путай меня с ним. Никогда. Если бы я рассердился за то, что ты разбудила меня, то так бы и сказал. Но проснулся я, потому что тебя не было рядом, а я соскучился.

— Как ни старайся, но некоторые привычки не забываются, — тихо произнесла Нелл.

— Старайся лучше, — небрежно ответил Зак, подошел к плите и налил себе кофе. — Ты уже успела что-то испечь? — Он потянул носом воздух. — Матерь божья! Неужели булочки с корицей?

У Нелл проступили ямочки на щеках.

— А если так, то что?

— Тогда я твой раб по гроб жизни.

— Добро пожаловать, шериф. — Она вынула из духовки противень. — Присаживайтесь. Я накормлю вас завтраком, и мы обсудим, чего я хочу от своего раба.

В понедельник Нелл впорхнула в кафе «Бук», нагруженная коробками с выпечкой, и весело поздоровалась.

Лулу, сидевшая за стойкой, слегка улыбнулась, взглянув на нее. Майя, расставлявшая книги, обернулась.

— Похоже, у кого-то был счастливый уик-энд.

— Тебя интересуют подробности?

— Конечно. — Майя поставила на место очередную книгу и отряхнула подол платья. — Танцевала в деревьях, как дриада?

Лулу хихикнула.

— Про меня не забудьте. Мне тоже интересно.

Майя поднялась в кафе и почуяла аромат, от которого текли слюнки.

— Вижу, что уик-энд был не только счастливый, но и трудовой, — сказала она, обведя взглядом витрину.

— Да уж.

— И это после потрясающего праздника в субботу... Ты молодец, сестренка.

— Спасибо. — Нелл закончила выкладывать выпечку, а потом налила Майе кофе. — Теперь мне всю неделю придется встречаться с будущими клиентами.

— Поздравляю. Но... — Майя вдохнула аромат кофе. — По-моему, ты сияешь не из-за количества будущих клиентов. Дай-ка мне попробовать булочку.

Пока Нелл выбирала булочку, Майя зашла за стойку.

— Судя по выражению твоего лица, ты в этот уик-энд не только булочки пекла.

— Ухаживала за огородом. Помидоры растут как ненормальные.

— Угу. — Майя поднесла к губам ароматную булочку и откусила. — Думаю, шериф Тодд пришелся тебе по вкусу. Выкладывай. Магазин открывается в десять.

— Я не могу. Это некрасиво.

— Ничего подобного. Ты что, издеваешься? Я давно не занималась сексом, так что у меня слюнки текут. У тебя до невозможности счастливый вид.

— Так и есть. Все было чудесно. — Нелл закружилась на месте, а потом тоже схватила булочку. — Потрясающе. У него столько сил!

— Ох... — Майя облизала губы. — Ну, дальше, дальше!

— Думаю, мы побили несколько рекордов.

— Ну, это ты прихвастнула, но ничего страшного. Ты среди подруг.

— А ты знаешь, что лучше всего?

— Надеюсь, ты сама скажешь.

— Ну, он... он не обращается со мной так, словно я существо хрупкое и беззащитное. Во всяком случае, с ним я не чувствую себя такой. Мы едва успели добраться до дома, упали на пол и стали стаскивать друг с друга одежду. И это было совершенно нормально.

— Дай бог каждому такой «нормы». Да почаще... Он потрясающе целуется, верно?

— О боже, откуда ты... — побледнев, пролепетала Нелл.

— Мне было пятнадцать лет, — объяснила Майя с набитым ртом. — Он подвозил меня домой после вечеринки, и мы удовлетворили взаимное любопытство, пару раз крепко поцеловавшись. Ты не дурочка, поэтому я не стану уверять, что целовала его как брата. Скажу только, что мы не подошли друг другу и решили остаться друзьями. Но поцелуи были что надо. — Она слизнула глазурь с пальца и добавила: — Так что я вполне могу представить себе, как ты провела уик-энд.

— Хорошо, что я этого не знала. Иначе побоялась бы.

— Ну разве ты не прелесть? И что ты собираешься делать с Закарайей Тоддом дальше?

— Наслаждаться им.

— Отличный ответ, — усмехнулась Майя. — У него замечательные руки, правда? — спросила она, выходя из-за стойки.

— Лучше помолчи.

Майя засмеялась и пошла к лестнице.

— Открываемся.

«И ты, сестренка, тоже», — подумала она.

Майя была уверена, что Зак тоже подвергся допросу с пристрастием.

— Я не видела тебя весь уик-энд, — воинственно заявила Рипли.

— У меня были дела. Но я принес тебе подарок.

Рипли жадно вонзила зубы в булочку.

— Ум-м... — простонала она. — Похоже, что дела у тебя были с лучшей поварихой острова, иначе откуда ты мог принести этот пакет с полудюжиной булочек?

— Увы, их осталось всего четыре. — Зак, тоже усиленно работавший челюстями, начал разбирать заваленный бумагами письменный стол. — Джон Мейси еще не заплатил штраф за неправильную парковку. Нужно устроить ему головомойку.

— Я сделаю это сама. Ну что, как потанцевали румбу в постели?

Зак бросил на нее испепеляющий взгляд.

— Рип, ты ужасно романтична. Не знаю, как можно жить на свете с твоей деликатностью.

— Не задавайте риторических вопросов. Инструкция для полицейских, параграф сто первый.

— Разве я интересуюсь твоей сексуальной жизнью?

Рипли подняла палец, прося подождать, пока она закончит жевать, а потом ответила:

— Да.

— Только потому, что я старше и умнее.

— Ага. — Она схватила вторую булочку. — Зато я младше и циничнее. Ты собираешься выяснять ее прошлое?

— Нет. — Зак решительно выдвинул ящик, сунул туда пакет с оставшимися булочками и задвинул снова.

— Зак, если ты относишься к ней всерьез, а, похоже, так оно и есть, то должен заняться этим. Она не с неба свалилась на Три Сестры.

— Нелл приплыла на пароме, — ледяным тоном отрезал брат. — В чем дело? Я думал, она тебе нравится.

— Нравится, даже очень. — Рипли присела на угол стола. — Но по ряду непонятных причин ты мне тоже очень нравишься. Зак, у тебя слабость к людям, попавшим в беду, а такие люди иногда могут попасть тебе в больное место, сами не желая этого.

— С чего ты взяла, что я не способен постоять за себя?

— Ты любишь ее. — Когда Зак растерянно замигал и уставился на нее, Рипли слезла со стола и начала беспокойно расхаживать по кабинету. — По-твоему, я слепая и глухая? Я знаю тебя с рождения, и мне знакомы все твои жесты и выражения глупой физиономии. Ты любишь ее, но толком не знаешь, кто она такая.

— Нелл — именно та женщина, о которой я мечтал всю свою жизнь.

Рипли перестала пинать ножку стола, и ее глаза стали грустными и беспомощными.

— Черт побери, Зак... Зачем ты это говоришь?

— Потому что это правда. У Тоддов всегда так, верно? Живешь, живешь, а потом — бац! — и все кончено. Я попался на крючок и рад этому.

— Хорошо, но вернемся к теме нашего разговора. — Решив непременно настоять на своем, Рипли оперлась о стол и наклонилась к брату. — У Нелл были неприятности. Она сумела сбежать, но это временно. Зак, он может приехать за ней. Если бы я не волновалась за тебя, то ни за что не стала бы просить Майю помочь. Скорее отрезала бы себе язык ржавым кухонным ножом. И все же я попросила. А она ответила что-то невразумительное.

— Радость моя, ты сказала, что прекрасно знаешь меня. И это правда. Как ты думаешь, что я отвечу на твои слова?

Рипли шумно выдохнула:

— Если он приедет за ней, то будет иметь дело с тобой.

— Близко к истине. Ну что, отправишься на обход или предпочитаешь заняться канцелярской работой?

— Меня тошнит и от того и от другого. — Рипли нахлобучила бейсбольную шапочку и продела в отверстие свой «конский хвост». — Послушай, я рада, что ты нашел человека, который тебе подходит. А еще больше рада тому, что она мне нравится. Но Нелл Ченнинг — не просто красивая женщина с мрачным прошлым, которая умеет готовить блюда для ангелов.

— Иными словами, она ведьма, — небрежно сказал Зак. — Да, я думал об этом. И ничего не имею против. — Он уселся за компьютер и только усмехнулся, когда Рипли громко хлопнула дверью.

— Богиня не требует жертв, — сказала Майя. — Она — как мать, требует уважения, любви, послушания и хочет, чтобы ее дети были счастливы.

Вечер был прохладным. Майя ощущала запах приближавшейся осени. Скоро буйная зеленая листва ее деревьев начнет желтеть. Она следила за мохнатыми гусеницами, грызшими листья, и белками, хлопотливо запасавшими орехи. Судя по всему, зима будет долгой и холодной.

Но пока что розы были в цвету, а камни ее сада оплетала душистая трава.

— Магия проистекает из стихий и из глубины сердца. Но ритуалы лучше проводить с помощью подручных средств, а при желании — и с помощью мысленных представлений. У каждого ремесла есть своя технология и инструмент.

Майя подошла к двери кухни, неторопливо открыла ее и пропустила Нелл.

— Я кое-что приготовила.

Здесь стоял тот же аромат, что и в саду. На крючках висели охапки сушившихся трав. На гладкой стойке стояли горшки с цветами. На плите кипел котел, распространявший сильный и сладкий запах гелиотропа.

— Что ты варишь?

— О, всего лишь слабенькое зелье для одной женщины, которой на этой неделе предстоит беседа с работодателем. Она очень нервничает. — Майя провела рукой над паром. — Гелиотроп для успеха, подсолнечник для карьеры, немножко лещины для облегчения общения и еще всякая всячина. Я заряжу этим несколько самоцветов, которые она положит себе в сумочку.

— А работу она получит?

— Это будет зависеть от нее. Ремесло — не волшебная палочка, способная исполнить все наши желания. И не клюка, на которую можно опираться... Вот твои инструменты, — сказала Майя, показав рукой на стол.

Она отбирала их тщательно и именно для Нелл.

— Когда придешь домой, сполоснешь их. Никто не должен прикасаться к ним без твоего разрешения. Им требуется твоя энергия. Волшебная палочка — иными словами, магический жезл — сделана из березовой ветки, срезанной с живого дерева во время дня зимнего солнцестояния. В ручку вставлен кристалл из прозрачного кварца. Ее подарил мне тот, кто учил меня.

Палочка была красивая, тонкая и гладкая. Когда Нелл

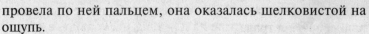

провела по ней пальцем, она оказалась шелковистой на ощупь.

— Разве можно отдавать подарки?

— Эти можно. Так и задумано... А это твое помело, — сказала она и подняла бровь, когда Нелл рассмеялась.

— Извини, я никогда не думала... Помело?

— Садиться на него верхом тебе не придется. Повесишь над дверью для защиты и будешь пользоваться им, когда придется выметать отрицательную энергию. Чашка... В один прекрасный день тебе захочется выбрать собственную, но пока что и эта сгодится. Я купила ее в отделе посуды местного супермаркета. Иногда чем проще, тем лучше. Пентакль[1] сделан из кленового семечка. Он всегда должен стоять вертикально. Этот нож называется «атама», используется для направления энергии. Некоторые предпочитают мечи, но, я думаю, это не для тебя, — добавила Майя, когда Нелл потрогала кончиком пальца резную рукоятку. — Лезвие тупое; так и должно быть. А вот такой нож предназначен как раз для резания. Называется «боллин». Изогнутая рукоять помогает срезать травы и растения, строгать палочки, чертить знаки на свечах и так далее. Есть так называемые кухонные ведьмы, которые режут им еду. Конечно, выбор за тобой.

— Конечно, — согласилась Нелл.

— Котел купи сама. Лучше всего чугунный. В одном из местных киосков, торгующих сувенирами, выберешь курения, запах которых тебе нравится. Лучше всего конические или цилиндрические. Когда-нибудь сможешь сама составить порошок для курений. Тебе понадобится несколько соломенных корзин и кусочков шелка... Может быть, лучше записать?

Нелл вздохнула.

— Да... наверно.

— Свечи, — продолжила Майя, небрежно сунув Нелл

---

[1] Магическая фигура.

карандаш и блокнот. — Я объясню тебе значение цветов и символов. Я приготовила для тебя несколько самоцветов; остальные выберешь сама. Двадцать-тридцать металлических сосудов с крышками, ступка и пестик, морская соль. Можешь взять у меня взаймы доску для таро и несколько деревянных шкатулок, но с возвратом. Для начала хватит.

— Это сложнее, чем мне казалось.

— Кое-что можно делать с помощью умственных и душевных сил, но есть то, что требует инвентаря — как для усиления энергии, так и из уважения к традициям. Теперь, когда у тебя имеется компьютер, ты сможешь пользоваться и им.

— Компьютером... для колдовства?

— А почему бы и нет? Это практично и эффективно... Нелл, ты что-нибудь рассказывала Заку?

— Нет.

— Тебя не волнует его реакция?

Нелл задумчиво потрогала палочку.

— Это серьезная проблема... Не знаю, следует ли вообще говорить ему об этом. Я еще не решила.

— Справедливо. Каждый сам выбирает, что говорить, а что не говорить. Так же, как давать или брать.

— Я знаю, как к этому относится Рипли. Может быть, Заку это тоже не понравится. Во всяком случае, торопиться не следует.

— Дело твое. Давай-ка прогуляемся.

— Мне пора возвращаться. Уже почти стемнело.

— Он подождет. — Майя открыла резной футляр и достала магический жезл. В его ручку был вправлен круглый кристалл кварца, дымчатый, как глаза самой Майи. — Возьми свой. Пора научить тебя чертить круг. Это просто, — заверила она, пропуская Нелл в дверь. — Если все пройдет как надо, гарантирую, что секс будет на ура.

— Дело не только в сексе... — начала Нелл. — Но, конечно, это плюс.

Пока они шли к роще, землю окутал легкий туман.

Длинные тени деревьев на бледно-сером фоне казались черными, как уголь.

— Погода меняется, — сказала Майя. — Последние недели лета всегда нагоняют на меня тоску. Это странно, потому что я люблю осень, ее запахи, цвета и прохладу, которую ощущаешь, когда утром выходишь из дома.

«Ты одинока», — чуть не сказала Нелл, но вовремя прикусила язык.

Если бы Майя услышала такое от женщины, имеющей любовника, то наверняка сочла бы ее сытой, самодовольной дрянью...

— Наверное, это воспоминания детства, — произнесла Нелл вслух. — Конец лета означает возвращение в школу. Первые две недели в школе всегда казались мне пыткой. Если отец служил на базе второй год, было легче, но чаще всего я оказывалась новенькой и попадала в класс, где все уже разбились на группы.

— И как ты выходила из положения? — спросила Майя.

— Училась заводить друзей, пусть временных, но чаще всего варилась в собственном соку. Думаю, это и сделало меня легкой добычей Ивена. Он обещал всегда любить меня, почитать, беречь, холить и лелеять. Мне очень хотелось остаться с кем-то навсегда.

— А теперь?

— Теперь я хочу сама найти себе место под солнцем и пустить корни.

— Вот и еще одна черта, которая нас объединяет, — заметила Майя.

Они вышли на поляну. Туман казался молочно-белым. Между деревьями мерцал правильный шар луны, дразнивший летнюю листву и освещавший пирамиду из трех камней. С ветвей деревьев, окружавших поляну, свисали связки трав. Колокольчики позвякивали на ветру.

Их звуку вторил шум прибоя.

В этом месте чувствовалось что-то первобытное.

— Это одно из моих любимых мест, — тихо произнесла Майя.

— Тут красиво, — согласилась Нелл. — Я сначала хотела сказать «зловеще», но это не так. Мне не страшно. Просто ждешь, что вот-вот увидишь призраков или всадника без головы. И это будет совершенно естественно.

Она неспешно повернулась, разорвав пелену тумана как тонкий шелк, ощутила запах висевших на ветвях вербены, розмарина и шалфея, услышала какое-то негромкое жужжание.

— Именно отсюда ты вышла в ночь летнего солнцестояния, а потом поднялась на скалы, — сказала Нелл, как будто это было ей точно известно.

— Это священное место, — сказала ей Майя. — Говорят, что именно здесь триста с лишним лет назад стояли сестры и читали заклинания, чтобы создать себе убежище. Так это или нет, не знаю, но меня всегда влекло сюда. Сейчас мы вместе начертим круг. Это основной ритуал.

Майя вынула из кармана ритуальный нож и приступила к делу. Нелл как зачарованная повторяла ее слова и движения и ничуть не удивилась, когда туман прорезала тонкая полоска света.

— Мы призываем Воздух, Землю, Воду и Огонь сохранить наш круг и выполнить наше желание. Станьте свидетелями этого обряда и защитите нас. Откройте наш разум магии ночи.

Майя положила нож и палочку и кивнула Нелл, повторившей заклинание.

— Когда будешь готова, сможешь сама начертить круг там, где пожелаешь. И заклинание тоже придумаешь сама. Надеюсь, ты не станешь возражать, я предпочитаю работать обнаженной. Конечно, если погода позволяет.

Когда Майя сбросила с себя платье и аккуратно сложила его, Нелл ахнула и неуверенно произнесла:

— Я не...

— Это необязательно, — прервала ее Майя, чувствовавшая себя совершенно непринужденно. — Просто мне так больше нравится. Особенно во время этого ритуала.

«Это татуировка или родимое пятно?» — подумала Нелл, увидев на молочно-белом бедре Майи маленькую пентаграмму.

— Какого ритуала? — спросила она вслух.

— Мы будем взывать к луне. Большинство делает это, когда им предстоит серьезное дело, но иногда хочется зарядиться дополнительной энергией. Сначала откройся. Разум, дыхание, сердце, чресла. Доверяй себе. Луна правит каждой женщиной и морем. Возьми палочку в правую руку.

Повторяя движения Майи как в зеркале, Нелл вытянула руки, медленно подняла их, а затем взяла палочку в обе ладони.

— В этот вечер, в этот час, мы взываем к силе луны. Перемешай свой свет с нашим. — Палочки неторопливо повернулись, нацелившись в сердца колдующих женщин. — Пресветлая богиня, излей на нас силу и радость. Да будет так.

Нелл ощутила, как вместе со светом в нее вливается сила, истекающая из белого шара, поднявшегося над вершинами деревьев. Она могла поклясться, что видит устремляющиеся вниз и вонзающиеся в нее голубовато-серебряные лучи.

А вместе с силой пришла радость. Когда Майя опустила жезл, Нелл рассмеялась.

— Иногда приятно снова почувствовать себя девочкой, правда? На сегодня все. Сестренка, я верю, что ты найдешь применение этой новой энергии.

Оставшись одна, Майя воспользовалась своей энергией для защитных чар. У Нелл был огромный и практически нетронутый запас природных сил. Майя могла бы помочь ей изучить эти силы, овладеть и научиться управлять ими. Но сейчас на уме у нее было другое.

Стоя в круге посреди деревьев, она увидела то, чего не заметила Нелл. Одинокое темное облако, разрезавшее луну пополам.

ГЛАВА 13

Последние недели лета пролетели незаметно, заполненные работой. Нелл выполняла заказы и получала все новые и новые.

Наступление осени означало потерю заказов дачников. Нелл решила уподобиться предусмотрительному муравью и готовиться к зиме заранее.

Нужно будет перейти на организацию праздничных и воскресных банкетов. Островитяне быстро привыкли обращаться к ней, когда нужно было отметить то или иное событие, и просто не приняли бы отказа.

Почти все ночи она проводила с Заком. Последние теплые дни они отмечали импровизированными обедами при свечах, вечерами плавали под парусом, ежась от холода, которым тянуло от воды, а потом долго и страстно любили друг друга.

Однажды она зажгла в спальне красные свечи. Эффект был поразительный.

По крайней мере два раза в неделю Майя учила ее колдовству.

А на рассвете Нелл принималась печь.

Она наконец нашла то, что искала. И получила даже больше того, на что рассчитывала: силу, которая текла по жилам, как серебро; любовь, сиявшую, как расплавленное золото.

Временами Нелл ловила на себе спокойный и терпеливый взгляд Зака. Ожидающий взгляд. Каждый раз она испытывала чувство неловкости, но трусила и делала вид, что ничего не замечает, разочаровывая и его, и себя.

Конечно, у нее было оправдание. Она была счастлива и хотела как можно дольше наслаждаться миром и покоем. Всего год назад Нелл рисковала жизнью и скорее пожертвовала бы ею, чем согласилась бы вернуться.

Потом она была очень одинока, переезжала с места на место и шарахалась от собственной тени, ночь за ночью просыпалась в холодном поту, видя сны, которые страшно было вспомнить даже при свете дня.

У нее было полное право запереть эти воспоминания в ящик и выкинуть ключ.

Имело значение только настоящее, а это настоящее полностью принадлежало Заку.

К началу осени Нелл убедила себя в собственной правоте и в том, что на Трех Сестрах ей ничто не грозит.

Держа под мышкой последние каталоги кухонного оборудования и подписку на журнал «Гурман», Нелл вышла с почты и направилась к супермаркету. На Хайстрит было многолюдно. Дачников заменили туристы, жаждущие полюбоваться новоанглийской осенью в разгаре.

Понять их было легко. Остров напоминал одеяло из разноцветных лоскутков. Каждое утро Нелл смотрела из окна кухни на рощу и видела, как изменяется цвет охваченной пламенем листвы. Иногда по вечерам она шла на берег, чтобы полюбоваться туманом, медленно затягивавшим воду, окутывавшим буи и глушившим протяжные и монотонные удары колокола.

По утрам землю покрывал красивый тонкий ледок. Он быстро таял под солнечными лучами и превращался в капельки росы, лежавшие на траве, как слезы на ресницах.

Налетали дожди, хлестали струями берег и скалы, и Нелл казалось, что все вокруг мерцает и переливается под хрустальным куполом.

«Я тоже спряталась под этим куполом», — думала Нелл. Она чувствовала себя в полной безопасности от страшного мира, оставшегося за проливом.

Ежась от ветерка, забиравшегося под свитер, Нелл

помахала рукой знакомым, постояла у перекрестка, пережидая поток машин, а потом спокойно вошла в супермаркет. Она собиралась приготовить на обед свиные отбивные.

Памела Стивенс, приехавшая на остров экспромтом, удивленно вскрикнула и опустила стекло взятого напрокат седана «БМВ».

— Памела, я не могу здесь остановиться. Сначала нужно найти место для парковки, — недовольно сказал ей муж.

— Я только что видела призрак! — Памела опустилась на сиденье и прижала руку к сердцу.

— Памела, это остров ведьм, а не призраков.

— Нет, нет, Дональд! Элен, жена Ивена Ремингтона. Могу поклясться, что я видела ее призрак.

— Какого черта ей понадобилось являться в эту дыру и пугать тебя? Тут даже приличной автостоянки нет.

— Я не шучу. Если бы не волосы и одежда, эта женщина могла бы быть ее двойником. Конечно, Элен не надела бы такой свитер даже под страхом смертной казни. — Она вытянула шею, провожая супермаркет взглядом. — Дональд, давай выйдем. Я хочу рассмотреть ее как следует.

— Как только я найду место для парковки.

— Ну просто двойник, — повторила Памела. — Меня как током ударило. Бедная Элен... Я была одной из последних, кто общался с ней перед этой ужасной катастрофой.

— Ты говорила это сто раз за шесть месяцев, прошедшие после того, как она сорвалась в пропасть.

— Но забыть это невозможно. — Обиженная Памела откинулась на спинку сиденья и шмыгнула носом. — Я очень любила ее. Они с Ивеном были чудесной парой. Такая молоденькая, хорошенькая, вся жизнь впереди... Эта трагедия лишний раз напоминает, что все на свете может измениться в любой момент.

Когда Памеле удалось затащить мужа в супермаркет, Нелл уже была дома и выкладывала из пакета продукты, пытаясь одновременно выбрать соус, которым она собиралась приправить картофельное пюре.

В конце концов она отложила решение на потом, включила портативный стереоприемник, оставленный в коттедже Заком, и углубилась в номер «Гурмана», подготовленный Аланис Морисетт.

Грызя взятое из корзины яблоко, Нелл достала карандаш, блокнот и стала записывать мысли, пришедшие ей в голову после прочтения статьи об артишоках.

Потом она перешла к восторженной статье об австралийских винах и сделала у себя соответствующую пометку.

Услышав чьи-то шаги, она не вздрогнула, как случилось бы прежде, а ощутила теплое, радостное чувство. Нелл увидела вошедшего Зака.

— Не рановато ли для местного блюстителя порядка?

— Мы с Рипли поменялись сменами.

— А что в коробке?

— Подарок.

— Мне? — Нелл отложила блокнот, встала, быстро подошла к стойке и ахнула от изумления, переполненная любовью и благодарностью.

— Кухонный комбайн! Коммерческого класса, причем самый лучший. — Она гладила коробку так, как некоторые женщины гладят норковую шубу. — О боже!

— Моя мать считала, что мужчине, который дарит женщине то, что включается в розетку, лучше было бы полностью оплатить собственный страховой полис. Но, по-моему, это не тот случай.

— Я мечтала о таком всю свою жизнь.

— Я видел, с каким вожделением ты смотрела на его фотографию в каталоге. — Нелл бросилась в объятия Тодда и начала целовать его как сумасшедшая. — Тем более что страховой полис мне не понадобится.

— Я его обожаю, обожаю, обожаю! — Нелл еще раз

крепко поцеловала Зака, а потом набросилась на коробку. — Но он ужасно дорогой. Мне не следовало бы принимать такой подарок с бухты-барахты. Но я приму, потому что не могу без него жить.

— Отвергать подарки некрасиво. Тем более что он вовсе не с бухты-барахты. Конечно, еще не вечер, но это не имеет значения. С днем рождения!

— Мой день рождения в апреле, но я не буду спорить, потому что...

Нелл осеклась. Кровь ударила ей в голову. В апреле родилась Элен Ремингтон. А в удостоверении личности Нелл Ченнинг было черным по белому написано: девятнадцатое сентября.

— Не знаю, что на меня нашло... Совсем с ума сошла. — Она вытерла вспотевшие ладони о джинсы. — Я так закрутилась, что забыла про свой день рождения.

Все удовольствие от подарка тут же исчезло. Зак нахмурился.

— Не надо. Молчать о своем прошлом — это одно. А лгать мне в глаза — совсем другое.

— Мне очень жаль... — сгорая от стыда, Нелл опустила взгляд и закусила губу.

— Мне тоже. — Зак взял ее за подбородок и заставил посмотреть себе в глаза.

— Нелл, я ждал, когда ты сделаешь первый шаг, но этого так и не случилось. Ты спишь со мной и ничего не имеешь против. Ты рассказываешь, что собираешься делать завтра, слушаешь, что собираюсь делать я, но никогда не говоришь о своем прошлом.

Он пытался не обращать на это внимания, говорил и Рипли и себе, что это неважно. Но теперь притворяться не имело смысла.

— Ты вошла в мою жизнь с того дня, как приплыла на Три Сестры.

Это была правда, чистая правда. Спорить не приходилось.

— Моя жизнь началась именно здесь. Все, что было

прежде, не имеет никакого значения, — попыталась оправдаться Нелл.

— Если бы это было так, ты не стала бы лгать, — жестко произнес Зак.

Нелл была готова удариться в панику, но вместо этого неожиданно рассердилась.

— Какая разница, когда мой день рождения — завтра, через месяц или полгода? При чем тут это?

— Разница в том, что ты мне не доверяешь. Это тяжело, Нелл, потому что я люблю тебя.

— Ох, Зак, ты не...

— Я люблю тебя, — повторил Тодд, взял ее за руки и притянул к себе. — И ты знаешь это.

Конечно, это была святая правда.

— Но я не знаю, что с этим делать, — растерянно призналась Нелл. — Не знаю, что делать со своим чувством. Довериться другому человеку нелегко. Во всяком случае, для меня.

— Ты хочешь, чтобы я смирился с этим, но не хочешь рассказать, почему это нелегко. Нелл, расскажи мне все.

— Не могу. — По ее щекам покатились слезы. — Прости...

— Если так, не будем морочить друг другу голову.

Он отпустил ее и ушел.

* * *

Постучать в дверь Зака было труднее всего на свете. Когда гнев прошел, Нелл долго приходила в себя. Отступать было некуда; следовало признать свою вину. Сама заварила кашу, сама и расхлебывай...

Поскольку визит носил официальный характер, она не стала подниматься по задней лестнице, а подошла к парадной двери. Прежде чем постучать, Нелл потерла пальцами бирюзу, которую положила в карман. Если верить Майе, это должно помочь делу.

То есть вполне возможно, что это полная ерунда, но на всякий случай...

Нелл подняла руку, опустила ее и обругала себя. На крыльце стояли старая качалка и горшок с замерзшей геранью. Если бы она увидела цветы еще до перемены погоды, то заставила бы Зака отнести горшок в дом.

Бедная герань.

Нелл расправила плечи и постучала.

Она ощутила облегчение, смешанное с отчаянием, когда никто не отозвался.

Не успела Нелл отвернуться, как дверь распахнулась.

На пороге стояла Рипли в протертых на коленях рейтузах и промокшей от пота майке. Она смерила Нелл долгим взглядом и прислонилась к косяку.

— А я чуть не решила, что ослышалась. Поднимала штангу. Да и музыка была включена.

— Я хотела поговорить с Заком.

— Я так и поняла. Ты здорово разозлила его. У тебя талант, дорогая. Мне не удавалось вывести его из себя несколько лет, несмотря на все попытки. Должно быть, у тебя это врожденное.

Нелл сунула руку в карман и потрогала камень. Оказывается, на пути к цели ей предстояло преодолеть заслон.

— Я знаю, он сердится на меня и имеет на это полное право. А у меня есть право попросить прощения, верно?

— Конечно. Но если ты будешь рыдать и распускать сопли, то я сама разозлюсь. Я не такая невозмутимая, как Зак.

— Я не собираюсь рыдать и распускать сопли, — сердито сказала Нелл и шагнула к двери. — К тому же Заку едва ли понравится, что ты встреваешь между нами.

— Вот и ладно. — Рипли кивнула и посторонилась, пропуская ее. — Он на галерее, смотрит в телескоп и пьет пиво. Но прежде чем ты поднимешься к нему, хочу тебя предупредить. У него есть масса возможностей навести справки и выяснить твое прошлое. Лично я на его месте так и поступила бы. Но он не сделал этого.

Чувство вины, которое испытывала Нелл со времени ухода Зака, стало еще тяжелее.

— Он считает, что это некрасиво, — тихо произнесла она.

— Да. А мне было бы на это наплевать. Разберись с ним, иначе будешь иметь дело со мной.

— Понятно.

— Ты мне нравишься. Я с уважением отношусь к людям, которые что-то умеют. Но от Тоддов не так легко отделаться. Предупреждаю заранее.

Рипли шагнула к лестнице, которая вела на второй этаж.

— По дороге загляни на кухню и возьми бутылку пива. Я хочу закончить упражнения.

Нелл пропустила предложение мимо ушей. Лично она предпочла бы стакан холодной воды, чтобы погасить жжение в горле. Пройдя через неприбранную гостиную и такую же неприбранную кухню, она вышла на заднее крыльцо и по лестнице поднялась на галерею.

Зак сидел в большом кресле, выцветшем от непогоды, зажав коленями бутылку «Сэма Адамса», и смотрел на звезды.

Он знал, что Нелл здесь, но не подавал виду. От нее пахло персиками и тревогой.

— Зак, ты сердишься, и правильно делаешь. Но ты человек справедливый и не откажешься выслушать меня.

— Завтра я буду еще справедливее. Так что имеет смысл подождать.

— Ничего, рискну. — Догадывается ли Зак, чем она рискует? — Я лгала. Лгала часто, много и не жалею об этом. Мне приходилось выбирать между честностью и жизнью. И приходится делать это до сих пор, поэтому я не стану рассказывать тебе все, хотя ты этого заслуживаешь. Прости меня.

— Если люди не могут доверять друг другу, им не следует общаться.

— Зак, тебе легко говорить...

Когда Тодд оторвался от лицезрения звезд и взглянул на Нелл, его взгляд опалил ее и заставил сделать шаг вперед. У нее дрогнуло сердце. Нелл не боялась, что ее ударят. Наоборот, она боялась, что Зак больше никогда не захочет к ней прикоснуться.

— Да, тебе легко, — повторила она. — Ты здесь свой. Всегда был своим, и тебе не приходилось завоевывать место под солнцем.

— Мне пришлось заслужить это место, — тщательно выбирая слова, возразил он. — Как и всякому другому.

— Это другое дело. У тебя был прочный фундамент. Несколько месяцев, прожитых здесь, я тоже пыталась завоевать себе место. И завоевала. Но это совсем другое...

— Может быть. Однако в том, что нас связывало, мы были на равных.

«Связывало, — подумала она. — В прошедшем времени. Он хочет, чтобы все осталось в прошлом, за чертой. Что делать? Остаться снаружи или переступить черту?»

Переступить! Это не труднее, чем спрыгнуть со скалы.

— Я жила с одним человеком... Три года. Он причинял мне боль. Дело не в ударах и пощечинах. Синяки от них проходят быстро. Но душевная травма остается на всю жизнь. — Сердце сжалось. Нелл перевела дух и продолжила: — Он ежеминутно подрывал мою уверенность в себе, лишал смелости, отнимал свободу выбора и делал это так искусно, что я не могла защищаться. Снова поверить в себя очень трудно. На то, чтобы сегодня прийти к тебе, ушли все мои силы. Я не должна была влюбляться в тебя. Но то, что я живу здесь и с тобой, заставило меня снова почувствовать себя нормальным человеком.

— Хорошее начало. Дальше.

— Уйдя от него, я сделала то, что должна была сделать. И не собираюсь извиняться за это.

— И не надо.

— В подробности я вдаваться не буду. — Она отвернулась, оперлась о перила и уставилась в вечернее море. — Жизнь моя была похожа на существование в душной норе, которая становится все глубже и все холоднее. А когда я пыталась выползти из нее, у входа меня всегда караулил он.

— Но ты все же нашла способ выбраться.

— Я поклялась, что не вернусь. Пойду на что угодно, убегу на край света, но не вернусь. Именно поэтому я лгала и обманывала. Я нарушила закон. Я причиняла тебе боль. — Нелл обернулась. — Но жалею я только о последнем.

Она сказала это с вызовом, почти злобно, прижавшись спиной к перилам и сжав кулаки так, что побелели костяшки.

«В ней борются страх и смелость», — подумал Зак.

— Ты думала, что я не пойму?

— Зак... — Нелл подняла руки и бессильно уронила их. — Я сама себя не понимаю. Не понимаю до сих пор. Когда мы с ним познакомились, я не была ковриком у дверей, ждущим, что о него станут вытирать ноги. Я выросла в хорошей, крепкой семье, получила образование, была независима и помогала матери руководить собственной фирмой. В моей жизни уже были мужчины. Ничего серьезного, но меня с ними связывали нормальные отношения. А потом я вдруг очутилась в ловушке, где мной помыкали, меня били. Я не могу объяснить, как это произошло.

«Бедная девочка», — подумал Зак и спросил:

— Почему ты все еще винишь в этом себя?

Вопрос удивил ее. Мгновение Нелл смотрела на Зака, собираясь возразить, но потом сказала, хлопая глазами:

— Не знаю.

Она подошла и села рядом.

— В таком случае нужно сделать второй шаг и перестать мучиться, — посоветовал Зак и сделал глоток пива. Он все еще сердился на Нелл, но это чувство постепенно переходило в настоящий гнев. Гнев на мужчину без лица и имени, которого она так боялась.

Ничего, он справится с этим чувством позже, хорошенько поколотив боксерскую грушу.

— Расскажи о своей семье, — предложил он и протянул Нелл бутылку. — Ты знаешь, что моя мать не умеет готовить, а отцу нравится возиться со своей новой игрушкой. Знаешь, что они выросли на острове, поженились и произвели на свет двоих детей. А с моей сестрой ты знакома лично.

— Мой отец служил в армии. Был подполковником.

— Стало быть, военная косточка. — Увидев, что Нелл покачала головой, отказываясь от пива, Зак сделал глоток. — Значит, довелось повидать мир?

— Да. Мы часто переезжали с места на место. Отцу нравилось получать новые приказы. Наверное, он любил новизну. Он был хорошим человеком. Серьезным, но с удивительно доброй улыбкой. Любил старые фильмы братьев Маркс и ореховое масло «Рис». О боже...

В ее голосе зазвучали слезы.

— Его давно нет на свете, а мне кажется, что это случилось только вчера.

— Так всегда бывает, если речь идет о том, кого ты любишь. Я часто вспоминаю бабушку. — Зак взял руку Нелл и слегка сжал ее. — Иногда даже чувствую ее запах. Лавандовой воды и перечной мяты. Она умерла, когда мне было четырнадцать лет.

Как ему удавалось все понимать с полуслова? Может, он тоже колдун?

— Отец погиб во время войны в Заливе. Я считала его непобедимым. Во всяком случае, так мне казалось. Все говорили, что он был хорошим солдатом, но я помню, что он был хорошим отцом. Всегда слушал меня, когда я что-то рассказывала. Он был справедливым человеком и имел свои понятия о чести, которые были для него важнее всех уставов и инструкций. Он... Господи! — Нелл повернулась к Тодду, всматриваясь в его лицо. — До меня только что дошло, что вы с ним очень похожи. Вы бы ему понравились, шериф Тодд.

— Жаль, что мне уже не удастся познакомиться с ним. — Он придвинул ей окуляр телескопа. — Посмотри на небо. Может быть, увидишь что-нибудь интересное.

Она наклонилась и стала рассматривать звезды.

— Ты простил меня?

— Скажем так: мы добились некоторого прогресса.

— Вот и замечательно. Иначе Рипли всыпала бы мне по первое число.

— О, на это она мастер.

— Она любит тебя. Мне очень хотелось иметь брата или сестру. Мы с матерью всегда были близки, а после смерти отца стали еще ближе, но я всегда хотела иметь сестру. Тебе бы понравилась моя мать. Она была умная, сильная и любила пошутить. Когда овдовела, начала собственное дело с нуля и добилась успеха.

— Это мне кого-то напоминает.

Нелл усмехнулась.

— Отец всегда говорил, что я похожа на нее. Сейчас я наконец вновь стала такой, как прежде. А предыдущие три года были наваждением. Ты не можешь себе представить, какой я была еще год назад. Я и сама с трудом это представляю.

— Может быть, тебе требовалось пройти через это, чтобы попасть на остров.

— Может быть. — Ее глаза заволоклись слезами, и изображение в телескопе расплылось. — Теперь мне кажется, что я всю жизнь стремилась сюда. В детстве я сменила много мест, но каждый раз чувствовала: нет, это не то. Еще нет. Но в тот день, когда я прибыла сюда на пароме и увидела остров, плывущий по волнам, мне стало ясно, что я дома.

Зак поднял руку Нелл к губам и поцеловал ее.

— Я понял это, когда увидел тебя за стойкой кафе.

По ее телу побежали мурашки и добрались до самого сердца.

— Зак, на мне лежит бремя, более тяжелое, чем ты думаешь. Ты очень много значишь для меня. Я не хочу усложнять тебе жизнь своими проблемами.

— По-моему, говорить об этом поздно. Я люблю тебя.

Нелл снова пронзила дрожь.

— Ты многого не знаешь. Любой мелочи достаточно, чтобы ты переменил мнение обо мне.

— Ты плохо обо мне думаешь.

— Неправда! Ладно... — Она отняла руку и поднялась, предпочитая встречать удары судьбы стоя. — Я расскажу тебе кое-что. Едва ли ты сможешь с этим смириться.

— Ты клептоманка.

— Нет.

— Шпионка.

Она невольно рассмеялась.

— Нет. Зак...

— Стоп. Я догадался. Ты любительница «Звездных войн», которая помнит наизусть все диалоги из этого фильма.

— Нет. Я помнила их только первый год.

— Ну, раз так, все в порядке... Ладно, сдаюсь.

— Я ведьма.

— Знаю. Ну и что?

— Речь идет не о моем характере, — нетерпеливо сказала она. — Я пользуюсь этим выражением в буквальном смысле слова. Чары, заклинания и так далее. Колдовство.

— Я тоже. Я понял это в ту ночь, когда ты, обнаженная, танцевала на лужайке перед домом и светилась как свеча. Нелл, я прожил на Трех Сестрах всю свою жизнь. Неужели ты всерьез думала, что я смертельно перепугаюсь и стану скрещивать пальцы, чтобы оградиться от зла?

Нелл, не знавшая, радоваться ей или огорчаться, бросила на него мрачный взгляд.

— Я думала, что ты хотя бы удивишься.

— Сначала так и было, — признался он. — Но жизнь с моей сестрицей подготовила меня ко всему. Конечно, она давно забросила это дело. Вот если бы ты сказала, что привораживала меня, я бы почувствовал себя не в своей тарелке.

— Конечно, не привораживала. Я даже не знаю, как это делается. Я только учусь.

— Стало быть, ты ученица ведьмы. — Зак улыбнулся и встал. — Думаю, Майе недолго придется с тобой возиться.

Неужели этого человека ничем не проймешь?

— Пару вечеров назад я собирала силу луны.

— Это еще что за чертовщина? Ладно, не обращай внимания. Я в таких делах не мастак. Я человек простой. — Он снова провел ладонями по ее рукам, возбуждая и успокаивая Нелл одновременно.

— Как же...

— Достаточно простой, чтобы понимать, что мы даром тратим время. Посмотри, какая луна. — Он привлек Нелл к себе и крепко поцеловал.

Когда Нелл покорно закинула голову и обвила руками его шею, Зак прижал ее к стеклянной двери.

— Я хочу видеть тебя в постели. Моей постели. Хочу любить тебя. Дочь военного, которая похожа на свою мать. — Он толкнул дверь и пропустил Нелл в комнату. — Я люблю тебя.

«Это правда, — думала Нелл, когда они легли. — Он любит меня. Он пробуждает во мне желание. Стоит ему прикоснуться ко мне, как я вся дрожу».

Она двигалась медленно, неторопливо и отдалась ему душой и телом.

Кожа Нелл горела от его прикосновений, все внутри плавилось. Нелл негромко вздохнула, и, когда их губы встретились вновь, она вложила в этот поцелуй все. Все то, что нельзя было выразить словами.

Зак провел губами по плечу Нелл, восхищаясь силой и изяществом ее тела. Вкус ее кожи опьянял.

Он ласкал ее грудь, пока у Нелл не заколотилось сердце. Она тяжело вздохнула и выгнулась ему навстречу.

Зак продолжал ласкать ее пальцами и губами. Почувствовав дрожь ее тела, он ощутил нестерпимый жар в крови.

Дыхание Нелл стало судорожным, кожа покрылась испариной. Тело ее превратилось в огненную печь. С терпением, которое казалось неистощимым, он приближал ее к оргазму.

— Зак... — простонала она.

— Нет. Еще рано.

Он сходил с ума по ней, по вкусу ее плоти, по ее жадным рукам. В бледном свете луны, проникавшем через окно, ее тело казалось неземным, изваянным из белого мрамора, раскалившегося от его прикосновений.

Когда Зак чуть прикусил кожу на шее Нелл, ей показалось, что сейчас он проглотит ее целиком. Ее губы жаждали его, тело двигалось само, не подчиняясь рассудку. Пальцы Зака погружались все глубже в ее плоть, безжалостно подталкивая Нелл к краю пропасти. Нелл вскрикнула от острого наслаждения.

Она молниеносно села на него верхом и была готова поклясться, что кровать закружилась в воздухе. Тяжело дыша, она овладела им и бешено задвигалась, пытаясь поскорее заставить его кончить. Потом стремительно наклонилась, впилась губами в его рот и упала навзничь, закинув руки за голову и ощутив прилив чудовищной силы.

Его руки скользнули по ее бешено двигавшимся бедрам. Кровь застучала в висках, голова закружилась. Какое-то мгновение он видел только ее глаза, горевшие синим огнем, словно сапфиры.

Он прижался губами к ее груди, и пропасть страсти развернулась перед ними.

ГЛАВА 14

Рипли остановила патрульную машину. Совсем рядом Нелл разгружала багажник своего «Бьюика». Солнце зашло, остров хлестали порывы холодного северо-восточного ветра, туристы забились в гостиницу, согреваясь кто горячим, кто горячительным.

Большинство местных жителей благоразумно сидели дома. Кто-то смотрел телевизор, кто-то заканчивал обедать. Рипли не могла дождаться, когда сможет сделать то же самое.

Поговорить наедине подругам не удавалось с того вечера, когда Нелл приходила к Заку.

— Для конца трудового дня слишком поздно, а для начала — слишком рано, — заметила Рипли.

Нелл подхватила коробку и зябко повела плечами. Отороченный мерлушкой жакет, который она выписала по почте с материка, от холода не спасал.

— Второе начало. В книжном клубе, которым руководит Майя, закончились летние каникулы. Сегодня первое заседание.

— Понятно. — Рипли вылезла из машины. На ней были любимая старая летная куртка и туристские ботинки. Бейсболка уступила место гладкой шерстяной шапочке. — Тебе помочь?

— Не откажусь. — Довольная тем, что отношения их не испортились, Нелл локтем показала на вторую коробку. — Это угощение. Примешь участие?

— Ни в коем случае.

— Разве ты не любишь читать?

— Нет, читать я люблю, но терпеть не могу сборищ. Клубы состоят из людей, — объяснила она. — А люди эти в основном женщины.

— Но ты же их всех знаешь, — возразила Нелл.

— В том-то и дело. Эти наседки главным образом сплетничают. А обсуждение книг — для них только благовидный предлог, под которым можно удрать из дома.

— Откуда ты знаешь, если не ходишь на заседания?

— Шестое чувство.

— Ладно. — Нелл подхватила коробку поудобнее, и они направились к черному ходу. Несмотря на непогоду, шалфей Майи цвел так же пышно, как в разгар лета. — Именно поэтому ты и отвергаешь Ремесло? Потому что для этого нужно принимать участие в сборищах?

— Было бы достаточно и этого. Кроме того, я не люблю, когда мне постоянно талдычат, что я, мол, не имею права прерывать то, что началось за триста лет до моего рождения. Чушь.

От порыва ветра ее «конский хвост» взметнулся, как толстый кожаный кнут. Однако Рипли не обратила внимания ни на это, ни на холодные пальцы ветра, упрямо пытавшиеся забраться под ее летную куртку.

— Лично я предпочитаю заниматься настоящим делом, а не хихикать над котлом с колдовским варевом. Не хватало еще, чтобы люди думали, будто я надеваю остроконечный колпак и летаю на помеле.

— Насчет двух первых причин спорить не стану. — Нелл открыла дверь и нырнула в уютное тепло. — Но последние критики не выдерживают. Я никогда не слышала, чтобы Майя хихикала над котлом. И разве кто-нибудь полагает, что она вот-вот вскочит на помело.

— А если бы вскочила, я бы ничуть не удивилась. — Рипли вошла в магазин и кивнула Лулу. — Привет, Лу.

— Привет, Рип. — Лулу продолжала расставлять складные стулья. — Решила присоединиться к нам?

— А что, рак на горе уже свистнул?

— Не слышала. — Она потянула носом воздух. — Неужели имбирные пряники?

— Только одна коробка, — ответила Нелл. — Как, по-твоему, лучше разложить угощение?

— Решай сама. Майя еще наверху. Если не понравится, она скажет.

Нелл поставила благоухавшую коробку на заранее приготовленный стол. Настороженность Лулу по отношению к ней уменьшилась, но еще не исчезла. Приручить ее было для Нелл делом чести.

— Как ты думаешь, я могу остаться на обсуждение?

Лулу подозрительно посмотрела на нее поверх очков.

— Ты читала эту книгу?

Черт побери... Нелл поставила на стол блюдо с пряниками, надеясь, что запах станет ее союзником.

— Вообще-то нет. Я только на прошлой неделе узнала про заседание клуба.

— Час в день на чтение может выделить каждый. Даже самый занятой из нас.

— Лулу, не будь сукой.

Реплика Рипли заставила Нелл онеметь. Но когда она украдкой покосилась на Лулу, то увидела, что та довольно улыбается.

— Не могу. Это моя сущность. Если она останется, — Лулу показала большим пальцем на Рипли, — то можешь остаться тоже.

— Какой мне интерес якшаться с выводком баб, которые болтают о том, кто с кем спит? Кроме того, я еще не обедала.

— Кафе закроется только через десять минут, — сказала ей Лулу. — Сегодняшний гороховый суп с ветчиной удался на славу. А провести время с представительницами своего пола пошло бы тебе на пользу. Ты могла бы изучить свою женскую сущность.

Рипли фыркнула. Однако мысль о супе — точнее, о любой еде — оказалась слишком соблазнительной.

— Моя женская сущность не требует никакого изучения. С ней все в порядке. Но изучить суп я не откажусь.

Рипли резво потопала к лестнице.

— Ладно, на первые двадцать минут меня хватит, — обернувшись, сказала она на ходу. — Но тогда первый имбирный пряник будет мой.

— Лулу, — Нелл выкладывала на стеклянное блюдо печенье в форме звездочек.

— Что?

— Я тоже буду называть тебя сукой, если это поможет нам подружиться.

Лулу хмыкнула:

— При случае ты за словом в карман не лезешь, держишься достойно и выполняешь свои обещания. На мой взгляд, этого вполне достаточно.

— Кроме того, я умею печь отличные имбирные пряники.

Лулу подошла и отломила кусочек.

— Сейчас проверим. К следующему заседанию постарайся прочитать какую-нибудь книгу, которая вышла в октябре.

У Нелл появились ямочки на щеках.

— Непременно.

Когда Рипли поднялась в кафе и за несколько минут до закрытия потребовала тарелку супа, Пег очень расстроилась.

— У меня свидание. Если ты не успеешь доесть суп до окончания моей смены, то будешь мыть тарелку сама.

— Я могу сунуть ее в мойку так же, как и ты. Утром Нелл вымоет... И чашку горячего шоколада. Ты все еще встречаешься с Миком Бармингемом?

— Верно. Мы ложимся и устраиваем кинофестиваль. Смотрим «Крик-один», «Крик-два» и «Крик-три».

— Очень сексуально. Так и быть, беги, если нужно. Я ябедничать не стану.

Пег не заставила себя упрашивать.

— Спасибо. — Она стащила с себя фартук. — Я пошла.

Обрадовавшись тому, что кафе опустело, Рипли села за столик и приготовилась насладиться супом в полном одиночестве. Но удовольствие было испорчено цоканьем каблуков Майи.

— Где Пег?

— Я ее отпустила. Она опаздывала на свидание.

— Пожалуйста, не распоряжайся моими служащими.

До закрытия кафе еще четыре минуты, а ее должностные инструкции предусматривают, что после этого она обязана вымыть посуду, стойку и убрать кухню.

— Ну, раз уж я ее выгнала, ругай меня, а не ее. — Рипли помешивала суп и с удивлением смотрела на Майю.

Сдержанная мисс Девлин обычно редко выходила из себя. Но сейчас она теребила цепочку висевшего на шее амулета, расхаживала вдоль витрины и кипела от злости.

— К санитарному состоянию предприятий общественного питания предъявляются повышенные требования! Если уж ты такая добренькая, то наведи здесь порядок сама!

— Черта с два, — пробормотала Рипли, ощутив чувство вины, которое угрожало начисто лишить ее аппетита. — Какая муха тебя укусила?

— Мой бизнес не чета твоему. Тебе лишь бы слоняться по поселку с важным видом!

— Сразу видно, что ты давно ни с кем не трахалась, а напрасно. Это пошло бы на пользу твоему чувству юмора.

Майя резко обернулась.

— В отличие от тебя, я не трахаюсь с первым встречным!

— Ну да, ты притворяешься Снежной королевой, потому что Сэм Логан бросил тебя... — Лицо Майи побелело, и Рипли сразу опомнилась. — Извини. Просто с языка сорвалось. Честное слово...

— Ладно, проехали.

— Когда я ненароком обижаю кого-то, то прошу прощения. Даже если этот человек сам напрашивался на ссору. А я не только извиняюсь, но и спрашиваю, что случилось.

— А тебе какое дело?

— Никакого. Просто я давно не видела тебя в таком состоянии. Что случилось?

Когда-то они были подругами. Близкими. Почти сестрами. Теперь это затрудняло задачу Майи. Ей легче было бы открыть душу незнакомому человеку.

Но вспоминать старые счеты было не время. Она села напротив Рипли.

— На луне кровь, — сказала Майя, глядя в сторону.

— Ну и...

Майя быстро схватила Рипли за руку, не дав ей закончить фразу.

— Приближается беда. Большая беда. Темная сила. Ты меня знаешь. Если бы я не была уверена, то не стала бы говорить об этом, а тебе особенно.

— Ты знаешь меня. И знаешь, что именно я думаю о всяких приметах и предзнаменованиях. — И все же по спине Рипли побежали мурашки.

— Беда придет после листопада, но еще до первого снега. Я это вижу, однако не вижу ни черной силы, ни того, откуда она явится. Что-то прикрывает ее.

Когда глаза Майи стали темными, как глубокие озера, Рипли бросило в дрожь. Казалось, на нее смотрят тысячелетия.

— Какая бы темная сила ни явилась на остров, мы с Заком справимся с ней.

— Этого мало. Рипли, Зак любит Нелл, а ты любишь его. Беда грозит им обоим. Я чувствую это. Надежда только на тебя. Иначе все рухнет и больше никогда не будет прежним. Я не могу справиться с этим одна, а Нелл еще не готова.

— Ничем не могу помочь...

— Не можешь или не хочешь?

— Иногда это одно и то же.

— Да. — Майя поднялась со стула. В ее глазах стоял не гнев, к этому Рипли привыкла, а усталость. — Продолжай отрицать свою сущность. Продолжай не признавать ее. Только не пожалей потом.

Майя пошла встречать членов своего книжного клуба и заниматься насущными делами.

Оставшись одна, Рипли подперла подбородок кулаком и задумалась. Чувство вины не исчезало. Если Майя не язвила, то нагоняла на нее тоску. Но Рипли Тодд, этим не проймешь. Если луну затянуло красным туманом, это объясняется какими-нибудь изменениями в атмосфере и к ней, Рипли, никакого отношения не имеет.

Пусть Майя сама занимается приметами и предзнаменованиями, если это ей так нравится.

Нет, она не даст воли своим чувствам, не позволит Майе взять верх. Они только и делают, что раздражают друг друга. Уже больше десяти лет.

Но так было не всегда.

До того как повзрослеть, они были неразлучными подругами. Рипли помнила, что мать называла их духовными двойняшками. Они делились всем. Может быть, в этом и заключалась проблема.

Когда люди взрослеют, у них появляются другие интересы. Поэтому вполне естественно, что друзья детства со временем расходятся. Но Рипли и Майя не разошлись. Скорее их дружбу разрубил меч. Резко и быстро.

У нее было полное право выбрать свой путь. Она поступила правильно. Она не собиралась возвращаться к пройденному только потому, что Майя писала кипятком из-за какого-то пусть даже и необычного атмосферного явления.

А если Майя права и неведомая беда действительно приближается, справиться с этой бедой можно, соблюдая закон, а не устраивая спектакль с чарами и заклинаниями.

Она давно рассталась с детством и бросила старые игрушки. Как все взрослые и разумные люди. Теперь она — Рипли Тодд, помощник шерифа, солидная, уважаемая женщина, занятая серьезным делом, а не какая-то местная жрица, которая варит молодым островитянкам приворотное зелье, позволяющее получить большее удовольствие от секса...

Недовольная ходом собственных мыслей, Рипли собрала грязную посуду и отнесла ее на кухню. Чувство вины было таким сильным, что она сполоснула тарелки, сунула их в моечную машину и выскребла раковину.

Что ж, долг выполнен.

Из магазина, где собирался книжный клуб, доносились женские голоса. Она ощущала запах курений, зажженных Майей для защиты. Рипли повернулась спиной к лестнице. Никакие курения не заставят ее спуститься к этому шумному выводку.

Выйдя с заднего крыльца, она увидела толстую черную свечу, пламя которой должно было отгонять зло. Рипли чуть не фыркнула, но что-то заставило ее посмотреть вверх.

Серебряный лунный диск был затянут тонкой кровавой пеленой.

Рипли сунула руки в карманы летной куртки, уставилась на собственные ботинки и зашагала к машине.

Когда ушел последний член клуба, Майя начала запирать замки. Нелл собирала посуду, а Лулу заканчивала писать протокол.

— Было весело! — сказала Нелл, звякая фаянсовыми кофейными кружками. — И очень интересно. Я никогда не участвовала в таких обсуждениях. Когда я что-то читала, то только думала, нравится мне или нет, но никогда не говорила почему. Обещаю в следующем месяце прочитать что-нибудь из последних поступлений и внести свой вклад в обсуждение.

— Нелл, я сама займусь посудой. Ты, наверно, устала.

— Нет! — Нелл подняла поднос. — Я чувствую прилив сил. Похоже, что в воздухе скопилось много энергии.

— А разве Зак не ждет тебя?

— Нет. Я сказала ему, что у нас будет вечеринка.

— Что произошло? — спросила Майю Лулу, когда Нелл убежала наверх.

— Толком не знаю. — Майя, не находившая себе места, взялась складывать стулья. — В этом все дело. Что-то приближается, а я не могу понять, что именно. Но сегодня все будет в порядке. — Она понесла стулья на склад, но по дороге остановилась и посмотрела наверх. — Сегодня с ней ничего не случится.

— Да, это имеет прямое отношение к Нелл. — Лулу принесла еще несколько стульев. — Наверное, я относилась к ней с недоверием, потому что чувствовала это. Она славная девочка и большая труженица. Неужели кто-то хочет причинить ей вред?

— Уже причинил, но я не позволю, чтобы это повторилось. Попробую составить предсказание, только к этому нужно подготовиться. Очистить сознание. Время еще есть, не знаю, много ли. Надеюсь, что достаточно.

— Ты скажешь ей?

— Пока нет. Ей тоже нужно подготовиться и пройти очищение. Она любит, и это делает ее сильной, и слава богу. Потому что силы ей понадобятся.

— А что делает сильной тебя, Майя?

— Цель. Любовь никогда не помогала мне.

— Я слышала, что он в Нью-Йорке.

Майя демонстративно пожала плечами. Она знала, о ком говорит Лулу, и злилась из-за того, что ей напомнили о Сэме во второй раз за вечер.

— Нью-Йорк — большой город, — бесстрастно сказала она. — Без компании он там не останется. Я хочу поскорее закрыть и уйти. Пора спать.

— Идиот, — проворчала себе под нос Лулу.

По ее мнению, идиотов-мужчин на свете было слишком много. Как и упрямых женщин.

Нелл решила, что изучение чар сродни изучению кулинарных рецептов. В чем, в чем, а в рецептах она разбиралась. Для успеха требовалось время, тщательность и хорошие продукты в нужных пропорциях. Плюс немного воображения, и фирменное блюдо готово.

Она выкроила время, чтобы проштудировать книгу о чарах, взятую у Майи. Наверное, Майю позабавило бы сравнение этой книги с поваренной. Во всяком случае, ничего оскорбительного в этом не было.

Кроме того, требовалось найти время для медитации, зрительного представления, сбора и изготовления собственного инвентаря. И ведьме, и поварихе позарез необходим хороший инструмент.

Сейчас Нелл собиралась вознаградить себя за усилия и провести первый самостоятельный сеанс магии.

— Любовные чары, отгоняющие чары, защитные чары, — напевала Нелл, листая страницы. — Приворотные чары, денежные чары, исцеляющие чары...

«В общем, на все случаи жизни», — подумала она и вспомнила предупреждение Майи о том, что нужно быть осторожнее в желаниях. Беспечность или эгоизм могли привести к последствиям неприятным и непредсказуемым.

Нужно было начать с чего-то простого, выбрать то, что не могло никому причинить вреда.

Она взяла помело, вымела отрицательную энергию, а потом поставила его у кухонных дверей, чтобы зло не вернулось. Все это время Диего терся о ее ноги. Нелл нацарапала на свечах нужные символы. Решив использовать все, что есть под рукой, она выбрала самоцветы, чтобы усилить энергию, разложила их в нужном порядке и поставила на стол горшок с побитой морозом геранью, взятый с крыльца Зака.

Так — выдох, вдох, — пора.

Нелл заглянула в пергамент, на котором Майя тушью написала исцеляющее заклинание, закрыла глаза и повторила слова в уме.

— Ну, начали, — прошептала она. — Я хочу исцелить этот поврежденный цветок, чтобы к его высохшим лепесткам вернулась былая красота. Гм-м... время его расцвета миновало слишком быстро. Он несет всем радость и никому не причиняет вреда. Пусть он расцветет снова. Да исполнится моя воля.

Она закусила губу и стала ждать. Но упрямая герань слушаться не желала. Нелл склонилась над ней и стала искать хотя бы одно зеленое пятнышко.

Потом она выпрямилась.

— Не вышло... А жаль. Похоже, мне еще рано колдовать самостоятельно.

Наверное, следовало сделать еще одну попытку. Нужно было использовать зрительное представление, увидеть растение зеленым и цветущим. Ощутить запах его листьев и лепестков, передать ему свою энергию. Или пробудить энергию самого растения? Как бы там ни было, сдаться после первой попытки могла только никуда не годная ведьма.

Она снова закрыла глаза, попыталась сосредоточиться, тут раздался короткий стук в заднюю дверь. Нелл повернулась так быстро, что задела Диего. Бедный котенок пролетел полкомнаты, плюхнулся на пол и тут же стал умываться, делая вид, что только об этом и мечтал.

Нелл, смущаясь, впустила Рипли.

— Я проезжала мимо и увидела, что у тебя горят свечи. Что, проблемы с электричеством? — Тут она посмотрела на стол и увидела ритуальные свечи. — Вот это да!

— Я упражняюсь, но результатов что-то не видно. Проходи, не стесняйся.

— Не хочу мешать. — После заседания книжного клуба Рипли взяла за правило каждый вечер останавливаться у коттеджа Нелл или хотя бы проезжать мимо. — Никак, это засохший цветок с нашего крыльца?

— Да. Я попросила его у Зака. Хочу попробовать, может, он еще расцветет.

— Тратить чары на мерзкую герань? О боже, ты меня с ума сведешь.

— Если я сделаю какую-нибудь ошибку, это никому не повредит. Хочешь чаю? Я только что заварила.

— Не откажусь. Зак велел передать, что он немного задержится. Пьянство и нарушение общественного порядка, — объяснила она. — Мальчишка выблевал шесть бутылок пива, которые стянул из холодильника родителей. Зак повел его домой.

— Я знаю этого мальчика?

— Старший сын Стьюбенсов. Вчера его бросила подружка, и он решил напиться с горя. Судя по результату, в следующий раз он выберет другой способ утешить свое разбитое сердце... Чем это пахнет?

— Я жарю свиное филе. Может быть, останешься обедать?

— Нет, спасибо. Небольшое удовольствие — смотреть, как вы строите друг другу глазки. Не буду возражать, если ты пришлешь мне с Заком остатки.

— С удовольствием. — Нелл протянула Рипли чашку. — Только мы не строим друг другу глазки.

— Ну коне-ечно, — язвительно протянула Рипли.

Нелл вынула из холодильника блюдо с закусками.

— Вот черт... Неужели вы едите так каждый вечер? — спросила Рипли.

— Я ставлю на Заке опыты.

— Повезло ублюдку. — Рипли взяла кусочек брускетты. — Если после него что-то останется, присылай мне. Я прямо скажу, вкусно это или нет.

— Спасибо за предложение. Попробуй тушеные грибы. Зак к ним не притрагивается.

— Он не знает, от чего отказывается, — заявила Рипли, проглотив кусочек. — Ну что, твое дело идет в гору, верно?

— Да. — Теперь Нелл мечтала о конвекционной плите и морозильнике. Конечно, такое оборудование — слишком большая роскошь для маленькой домашней кухни. Да и финансовые трудности давали о себе знать. — В субботу будут крестины, и мне заказали сандвичи и торт.

— Бармингемы решили окрестить новорожденного?

— Верно. А на следующей неделе к Лулу из Балтимора приедет сестра с семьей. Лулу хочет удивить их. Похоже, они с сестрой соперничают не на жизнь, а на смерть. — Нелл показала большим пальцем на плиту. — Она заказа-

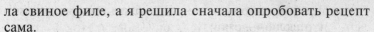

ла свиное филе, а я решила сначала опробовать рецепт сама.

— На Лулу ты много не заработаешь. Она трясется над каждым пенни.

— Это что-то вроде бартера. Взамен она свяжет мне пару свитеров на зиму. Поскорее бы. А то в последнее время у меня зуб на зуб не попадает.

— Ничего, скоро потеплеет. Нам еще предстоит бабье лето.

— Будем надеяться.

Рипли наклонилась и взяла на руки Диего.

— Гм-м... Как поживает Майя?

— Хорошо. Правда, в последнее время она немного рассеянна. — Нелл подняла брови. — А что?

— Да так... Наверное, строит планы на Хэллоуин. Для нее это самый главный праздник в году.

— Мы собираемся украсить магазин. Меня предупредили, что в этот день вся местная детвора ринется в кафе «Бук» за подарками и угощением.

— Кому не захочется получить конфетку от настоящей ведьмы? — Рипли почесала Диего за ухом и спустила котенка на пол. — Зак придет с минуты на минуту. Если хочешь, я могу забрать горшок с собой и... — Она подняла взгляд и осеклась на полуслове.

На упругих зеленых стеблях красовались пышные розовые цветы.

— Ах ты, сукин сын...

— У меня получилось. Получилось! Ура! — Нелл подбежала к столу и уткнулась носом в душистые лепестки. — Не могу поверить... То есть я верила, но сомневалась, что сумею сделать это сама. Красиво, правда?

— Ага...

Рипли знала, что это такое: ощущение собственной силы, радостное возбуждение, удовольствие, небольшое и огромное одновременно. Ее тоже задело эхо этих чувств, когда ликующая Нелл подняла цветок в воздух и радостно закружилась с ним по комнате.

— Нелл, это не только цветы и лунный свет...

— Что случилось? — Нелл опустила цветок. — Почему ты сердишься на свой дар?

— Я не сержусь. Просто он мне не нужен.

— Раньше я была бессильна. Так намного лучше.

— Лучше всего заботиться о самой себе, а не тратить время на какие-то засохшие цветы. И для этого не нужны никакие колдовские книги.

— Одно другого не исключает.

— Может быть. Но жить без колдовства намного проще. — Рипли пошла к двери. — Не оставляй свечи без присмотра.

К приходу Зака Нелл прибрала на столе. На кухне стоял запах жареной свинины и аромат свеч.

Ей нравилось слышать размашистые шаги Зака, подходившего к задней двери, останавливавшегося и вытиравшего ноги о коврик. Нравилось ощущать дуновение ветра, врывавшегося в комнату, когда он открывал дверь. Нравилось видеть улыбку, с которой Зак подходил к ней, чтобы поцеловать.

— Я немного запоздал.

— Ничего страшного. Рипли заехала по дороге и объяснила, что произошло.

— Раз так, это было необязательно. — Он вынул из-за спины букет гвоздик.

— Тебе нет, а мне да. — Нелл взяла у него цветы. — Спасибо. Может быть, попробуем австралийское вино? Если хочешь, открой.

— Отлично. — Зак снял куртку, потянулся к вешалке и вдруг увидел горшок с распустившейся геранью, который Нелл поставила на столик. Тодд слегка вздрогнул, но после секундного замешательства повесил куртку на крючок. — Похоже, удобрения тут ни при чем...

— Ни при чем. — Нелл стиснула стебли гвоздик. — Тебя это волнует?

— Нет. Но слышать — это одно, а видеть — совсем другое. — Чувствуя себя на кухне как дома, Зак полез в ящик за штопором. — Как бы там ни было, меня ты можешь не стесняться.

— Зак, я люблю тебя.

Переполненный чувствами, Зак застыл на месте, держа в одной руке бутылку, а в другой штопор.

— Наконец-то дождался...

— Сказать это раньше я не могла.

— А почему сказала сейчас?

— Потому что ты принес мне гвоздики. Потому что я могу тебя не стесняться. Потому что, когда я слышу, как ты подходишь к двери, у меня сжимается сердце. И потому что любовь — это самое большое волшебство на свете. Я хочу любить тебя.

Зак осторожно поставил бутылку на стол, положил рядом штопор и шагнул к Нелл. Нежно погладил ее по щеке.

— Я ждал тебя всю свою жизнь. — Зак бережно поцеловал Нелл в лоб и в щеки. — И хочу провести ее остаток с тобой.

У Нелл засосало под ложечкой, но она не обратила на это внимания.

— Лучше думать о настоящем. Дорожить каждой минутой. — Нелл положила голову на его плечо. — Потому что каждая минута бесценна.

ГЛАВА 15

Ивен Ремингтон бродил по роскошным комнатам своего дома в Монтерее. Он скучал, не находил себе места и рассматривал свои сокровища. Каждое из них было тщательно выбрано — либо самим Ивеном, либо декоратором, получившим подробные указания.

Ивен всегда знал, чего хотел. И всегда получал то, чего хотел. Каких бы денег и усилий это ни стоило.

Все, что его окружало, соответствовало его вкусу. Вкусу, которым восхищались родственники, знакомые и те, кому хотелось стать либо тем, либо другим.

И все это не удовлетворяло его.

Ивен подумывал устроить аукцион. Найти какое-нибудь модное благотворительное общество и сообщить знакомым журналистам, что он хочет избавиться от надоевших вещей. Можно было бы намекнуть, что эти вещи вызывают у него болезненные воспоминания о покойной жене.

Любимая, безвозвратно потерянная Элен!

Может быть, заодно продать и дом? Дом тоже напоминал о ней, в отличие от дома на Беверли-Хиллз. Элен ведь умерла не в Лос-Анджелесе.

После катастрофы он приезжал в Монтерей всего несколько раз. Всегда ненадолго и всегда один. Слуги были не в счет. Ивен считал их чем-то вроде мебели.

Первое время он ощущал скорбь. Плакал как сумасшедший, лежа поперек кровати, на которой спал с ней в последний раз. Сжимал в руках ночную рубашку Элен и вдыхал ее запах.

Его любовь была алчной, и теперь боль грозила сожрать его заживо.

Элен принадлежала ему. Как она посмела умереть?!

Когда приступ заканчивался, Ивен бродил по дому как привидение, прикасался к вещам, которые трогала она, слышал эхо ее голоса и повсюду чувствовал ее запах. Словно носил его с собой.

Однажды он просидел час в шкафу Элен, гладя ее платья. Он совершенно забыл про вечер, когда запер ее в этом самом шкафу за позднее возвращение домой.

Когда Ивен больше не мог находиться в четырех стенах, он уезжал на место ее гибели. Долго стоял на скалах и плакал.

Врач прописал ему покой и прием лекарств. Друзья окружали заботой и сочувствием.

Это начинало ему нравиться.

Через месяц он забыл и о том, что сам заставил Элен поехать в Биг-Сур. Он убедил себя, что уговаривал ее никуда не ездить, остаться дома, отдохнуть и полечиться.

Но, конечно, она его не послушалась. Как всегда.

Скорбь сменилась гневом, который он пытался одолеть с помощью крепких напитков и одиночества. Она предала его, пошла наперекор его желаниям, настояла на том, что поедет на какое-то увеселительное сборище, наплевав на просьбу мужа!

Она оставила его одного. Простить это нельзя.

Но все проходит, даже гнев. Оставленную Элен пустоту он заполнял фантазиями о ней, об их счастливом браке и о самом себе. Он слышал, что люди называли их идеальной парой, которую разлучила трагедия.

Он читал об этом. Он думал об этом — и наконец поверил.

Он носил на цепочке ее сережку и намекнул знакомому журналисту, что это знак скорби. Говорили, что Кларк Гейбл сделал то же самое после смерти Ломбард.

Ивен хранил одежду Элен, ее книги и флаконы с духами. Поставил на ее могиле, где не было тела, памятник — фигуру ангела из белого мрамора и каждую неделю клал к его подножию дюжину красных роз.

Чтобы не сойти с ума, он погрузился в работу. К нему вернулся нормальный сон. И не так уж часто он видел во сне Элен. Постепенно с помощью друзей Ивен снова стал появляться на людях.

Но женщины, жаждущие утешить вдовца, его не интересовали. Ивен встречался с ними только для того, чтобы его имя не исчезло со страниц газет. И спал с некоторыми только потому, что иначе могли распространиться нежелательные слухи.

Секс никогда не привлекал его. Его привлекала власть.

Он не собирался жениться снова. Все равно другой Элен не будет. Судьба предназначила их друг другу. Она послала ему эту женщину, чтобы он расплавил ее и отлил заново. И если временами приходилось ее наказывать — что ж, учебы без наказаний не бывает. Он должен был учить ее.

В последние недели, которые они провели вместе, Ивен наконец поверил, что она чему-то научилась. Она уже почти не допускала ошибок — и на людях, и дома, вела себя так, как положено жене, уважающей мнение мужа. Ивен был доволен ею.

Он убедил себя в том, что в награду хотел свозить ее на Антигуа. Она любила океан, его Элен. И в первые недели любви и узнавания друг друга говорила ему, что всегда мечтала жить на острове.

В конце концов океан ее и забрал...

Почувствовав приближение депрессии, он налил в стакан воды и достал таблетку.

«Нет, продавать дом не стану, — решил Ивен, настроение которого менялось с быстротой молнии. — Наоборот, устрою в нем роскошный прием по первому разряду. Один из тех знаменитых приемов, которые мы устраивали вместе с Элен. Это поможет мне вновь почувствовать ее близость. Должно помочь».

Зазвонил телефон, но Ивен не обратил на это внимания. Он стоял и рассеянно поглаживал золотую сережку в форме подковы, лежавшую на его груди.

— Сэр, на проводе миссис Риз. Она очень хочет поговорить с вами.

Ивен молча протянул руку и взял портативный телефон. Он даже не посмотрел на горничную в форме, которая принесла ему аппарат. Просто открыл стеклянную дверь и вышел на продуваемый ветром балкон, чтобы поговорить с сестрой.

— Да, Барбара.

— Ивен, я очень рада, что застала тебя. Мы с Диком надеемся встретить тебя в клубе. Можем сыграть в теннис, съесть ленч, поплавать в бассейне... Я давно тебя не видела, братишка.

Ивен хотел отказаться. Члены сельского клуба сестры

не представляли для него интереса. Но он быстро передумал, вспомнив, что Барбара умеет устраивать приемы и с радостью избавит его от утомительных хлопот.

— С удовольствием. Я сам собирался позвонить тебе. — Он поднял запястье и посмотрел на свой «Ролекс». — Как насчет половины двенадцатого?

— Подходит. Подготовься как следует. В последнее время я много работала над ударом слева.

Он безнадежно проигрывал. Барбара снова взяла его подачу и как дурочка прыгала по корту в своей теннисной юбочке от модного дизайнера. Конечно, ей хватало времени. Она могла играть в теннис неделями и якшаться с профессионалами, пока ее болван муж вкалывал в поте лица.

А он, Ивен, человек занятой. Он имеет собственное дело и влиятельных клиентов, которые начинают хныкать, если он не может уделить им достаточно внимания.

У него нет времени на какие-то дурацкие игры.

Он с силой послал мяч через сетку и чуть не заплакал, когда Барбара легко парировала. Пот заливал лицо Ивена и тек по спине. Он носился по корту, оскалив зубы.

Это выражение лица было хорошо знакомо Нелл. Именно его она боялась больше всего.

Барбара, тоже прекрасно знавшая, что к чему, промазала.

— Ты меня загонял! — крикнула она, покачала головой и, выигрывая время, неторопливо пошла на место.

Ивен всегда был вспыльчивым. Обожал выигрывать и ненавидел проигрыши. В детстве у него было два способа мести. Либо ледяное молчание, с помощью которого можно было сверлить сталь, либо физическое насилие.

«Ты старше, — всегда говорила ей мать. — Будь хорошей девочкой и хорошей сестрой. Дай малышу выиграть».

По старой, въевшейся привычке она проиграла ему и следующий мяч. В конце концов, день будет куда приятнее, если Ивен выиграет. Зачем ссориться из-за какого-то тенниса?

Она смирила спортивный дух и отдала брату свою подачу, проиграв сет.

Выражение его лица тут же изменилось.

— Отлично играешь, Ивен. Мне до тебя далеко.

Барбара добродушно улыбнулась брату, и они приготовились к следующему сету. Мальчики не любят проигрывать девочкам. Еще один материнский урок.

А что такое мужчины, как не большие мальчишки?

Когда все закончилось победой Ивена, он был в прекрасном настроении. Чувствовал себя сильным, гибким и ловким. Он обнял Барбару за плечи и поцеловал в щеку.

— А над ударом слева тебе еще нужно поработать, — заносчиво сообщил он.

Сестра ощутила досаду, но по инерции подавила ее.

— Зато твой левый просто смертелен. — Она взяла сумку. — Раз уж ты победил, то ленч за твой счет. Встретимся на веранде. Через тридцать минут.

В отместку она всегда заставляла его ждать. Однако на это он смотрел сквозь пальцы, потому что сестра была неизменно привлекательна и ухоженна. Ивен ненавидел неряшливых женщин, но Барбара никогда не разочаровывала его.

Хотя она была старше брата на четыре года, никто не давал ей больше тридцати пяти. У нее была упругая, гладкая кожа, густые пышные волосы и стройная фигура.

Они сидели под зонтиком, и от сестры слегка пахло ее любимыми духами «Белые бриллианты».

— Меня утешит только коктейль с шампанским. — Она скрестила ноги, обтянутые слаксами из тонкого сырого шелка. — Коктейль и общество самого красивого члена нашего клуба тут же поднимут мне настроение.

— А я только что подумал, что мне повезло. Моя сестра — настоящая красавица.

Лицо Барбары засияло.

— Ты всегда говоришь комплименты.

«Это правда, — подумала она. — Говорит. Когда выигрывает».

Может быть, именно поэтому она отдала ему матч.

— Давай не будем ждать Дика, — продолжая улыбаться, сказала она. — Один бог знает, когда он закончит свою встречу.

Барбара заказала коктейль, салат и театрально застонала, когда Ивен выбрал скампи из креветок.

— Как я завидую твоему обмену веществ! У тебя никогда не было ни одной лишней унции. Я съем кусочек твоего скампи, а завтра прокляну этот день, потому что тренер сгонит с меня семь потов.

— Барбара, чуть больше дисциплины, и ты сможешь сама сохранять фигуру без помощи человека, которому приходится платить за то, что он тебя мучает.

— Поверь мне, эта женщина стоит каждого заплаченного ей пенни. Настоящая садистка. — Барбара довольно вздохнула и откинулась на спинку стула, стараясь, чтобы ее лицо оказалось в тени. — Милый, о чем ты собирался со мной поговорить?

— Я хочу устроить прием в своем монтерейском доме. Думаю, пора...

— Да. — Барбара наклонилась и слегка сжала его руку. — Да, пора. Ивен, я ужасно рада, что ты снова в форме и строишь планы. Тебе пришлось нелегко.

Глаза Барбары наполнились слезами. Ее любовь к брату была так велика, что она запретила себе плакать не из страха за косметику, а из-за нежелания расстраивать Ивена.

Он ненавидел публичные сцены.

— В последние месяцы ты вновь стал появляться на людях. И правильно сделал. Элен бы это одобрила.

— Конечно, ты права. — Когда принесли напитки, Ивен воспользовался этим и убрал руку.

Ивен не любил, когда к нему прикасались. Особенно если эти прикосновения не были случайными. Конечно, в деловом мире без объятий и поцелуев не обойдешься, но это совсем другое дело.

— После случившегося я практически никуда не выезжал. Деловые мероприятия не в счет. Мы с Элен подробно обсуждали каждую деталь наших приемов. Она сама придумывала приглашения и меню — конечно, с моего одобрения. Я подумал, что ты не откажешься мне помочь.

— Конечно, не откажусь. Только скажи мне, чего ты хочешь и когда. На прошлой неделе я посетила один прием. У Памелы и Дональда. Было пышно, но весело. Пожалуй, я использую кое-какие идеи. Памела, конечно, гвоздь в стуле, однако устраивать приемы она умеет. Кстати, о Памеле... Я чувствую, что должна сказать тебе... Надеюсь, ты не расстроишься. Впрочем, рано или поздно ты все равно это услышишь.

— Что именно? — Ивен насторожился.

— Ты же знаешь, какая она болтушка.

Ивен едва помнил эту женщину.

— Ну и что?

— Пару недель назад они с Дональдом летали на восток, сначала в Кейп-Код, а потом она уговорила его проехаться по побережью, останавливаясь во всяких пансионатах с завтраком, как кочевники. Она рассказывала, что в каком-то поселке увидела женщину, очень похожую на Элен.

Ивен судорожно стиснул стакан.

— Этого не может быть.

— На приеме она отвела меня в сторону и затараторила. Сказала, что сначала приняла ее за призрак. Но сходство было просто поразительным, и она решила, что это двойник. Спрашивала, нет ли у Элен сестры. Я сказала, что нет. Лично я думаю, что она встретила стройную блондинку того же возраста, что и Элен, и дала волю фантазии. Это вполне в ее духе. Я бы не хотела, чтобы какой-то дурацкий слух причинил тебе боль.

— Эта женщина — идиотка.

— Да нет. Просто у нее слишком развитое воображение, — ответила Барбара. — Ну а сейчас, когда мы с этим покончили, скажи мне, сколько человек ты собираешься пригласить.

— Человек двести — двести пятьдесят, — рассеянно ответил Ивен. — И где же Памела видела этот призрак?

— На каком-то острове у Восточного побережья. Названия и не запомнила, потому что изо всех сил пыталась сменить тему. Что-то про сестер... Торжественный или непринужденный?

— Что?

— Прием, милый. Торжественный или непринужденный?

— Торжественный, — пробормотал Ивен и отключился. Голос сестры жужжал у него в ушах, как гудение пчелы.

Домик Лулу, двухэтажный с фасада и одноэтажный с тыла (на острове их называли «солонками»), стоял в двух кварталах от Хай-стрит. Он сильно отличался от консервативных соседних домов с кроваво-красными крылечками и ставнями. На ее крыльце стоял диван-качалка, расписанный пятнами и полосами всех цветов радуги; этот безумный узор мог соперничать с холстами знаменитого абстракциониста Джексона Поллока.

На узком газоне разместился огромный пурпурный шар. В его тени сидела на корточках химера, показывавшая прохожим язык.

Конек крыши украшал зеленый крылатый дракон, игравший роль флюгера; рядом с ним вился на ветру полосатый вымпел. На короткой подъездной аллее стояли почтенный седан практичного черного цвета и оранжевый «Дей-Гло» образца 1971 года.

На его зеркале заднего вида висели бусы примерно той же эпохи.

Следуя полученным указаниям, Нелл припарковалась

у соседнего дома и понесла заказ к черному ходу. Лулу распахнула дверь еще до того, как Нелл успела постучать.

— Скорее! — Она схватила Нелл за локоть и втащила в дом. — Я отправила всех на прогулку. Они вернутся через двадцать минут. Если повезет, то задержатся. Сил с самого рождения была у меня бельмом на глазу.

— Это же твоя сестра.

— Так говорят родители, но у меня есть большие сомнения. — Как только Нелл поставила коробку на круглый стол, Лулу сунула туда нос. — Мысль о том, что я состою с этой напыщенной, ограниченной, злобной маленькой грубиянкой в кровном родстве, доводит меня до белого каления. Я старше ее всего на восемнадцать месяцев, так что в шестидесятых мы практически были на равных. Но, в отличие от меня, Сил помнит это время, что говорит само за себя.

— Угу... — Нелл попыталась представить себе Лулу бродягой-хиппи, исповедующей свободную любовь, и поняла, что это не так уж трудно. Для семейного обеда Лулу надела бесформенный свитер, красноречиво заявлявший, что она не желает иметь ничего общего с женским полом и на том стоит.

«Хорошо, что предупредила», — подумала Нелл.

— Гм-м... И все же очень хорошо, что вы регулярно встречаетесь.

— Черт побери, она приезжает сюда каждый год распускать передо мной хвост. Согласно евангелию от Сильвии, если у женщины нет мужа и детей, если она не является членом какого-нибудь вшивого благотворительного комитета и не умеет быстро состряпать какой-нибудь шедевр кулинарного искусства из консервной банки, то она не женщина.

— Ну, тогда мы быстро утрем ей нос. — Нелл сунула мясо в духовку и включила ее. — Свинина в собственном соку, так что просто вынешь ее и положишь на блюдо. Сначала подашь осенний салат. А когда станешь вынимать пирог с сыром и тыквой, велишь им выйти из комнаты.

— То-то она вытаращит глаза... — Лулу быстро налила себе бокал красного вина, купленного специально для этого случая. — А муж у меня был!

Эти слова прозвучали так злобно, что Нелл повернулась и уставилась на Лулу во все глаза.

— Да?

— Не знаю, что заставило меня вступить в законный брак. Я не была влюблена в него. Просто какое-то затмение нашло. Наверное, хотела что-то доказать и себе, и другим. Ничего хорошего в этом человеке не было. Смазливый, но совершенно никчемный. Считал, что семья — это место, куда можно возвращаться после очередной интрижки.

— Извини...

— Не за что. Учись на моем примере. Я выгнала его в восемьдесят пятом. И вспоминаю об этом лишь тогда, когда Сил приезжает и начинает хвастаться своим мужем, каким-то мелким клерком, детьми, сопливыми подростками в кроссовках за двести долларов, и домиком в пригороде, который составляет радость всей ее жизни. Я бы не согласилась жить там даже под страхом смертной казни.

Интересно, что развязало ей язык — вино или обида на Сил?

— Так вы с сестрой росли не здесь?

— Нет, черт побери. Мы обе родились в Балтиморе. Но в семнадцать лет я ушла из дома и примкнула к хиппи. Какое-то время жила в коммуне в Колорадо, путешествовала, накапливала опыт. Когда я приехала сюда, мне не было и двадцати. Я живу здесь уже тридцать два года. О боже...

Эта мысль заставила ее вновь наполнить бокал.

— Сначала я работала у бабушки Майи на подхвате, а когда родилась Майя, ее мать наняла меня в няньки.

Карли Девлин — женщина неплохая, но факт остается фактом: растить своего ребенка ей было неинтересно.

— Так вот оно что... А я и не знала.

«Ничего удивительного, что она так защищает Майю», — подумала Нелл.

— Что бы ни думала твоя сестра, а дочь у тебя все-таки есть. Хоть и не родная.

— Верно, черт побери, — Лулу слегка кивнула и отставила бокал. — Занимайся своим делом. Я сейчас вернусь. — Она пошла к двери, но на пороге обернулась. — Если эта зануда придет до моего возвращения, скажешь ей, что работаешь в книжном магазине и пришла ко мне по делу.

— Не волнуйся. — Посмотрев на таймер, Нелл вынула блюдо из духовки, сунула в холодильник салат и заправку и обложила кусок мяса мелкими картофелинами и зелеными бобами.

Заглянув в столовую, она увидела, что стол еще не накрыт, и стала искать тарелки и салфетки.

— Первая часть твоего гонорара, — объявила Лулу, вернувшись с мятым фирменным пакетом.

— Спасибо... Послушай, я не знаю, какую посуду ты хотела поставить на стол, но думаю, что эта подойдет. Простенько и непринужденно. Как раз для семейного праздника.

— А ничего другого у меня и нет.

Лулу дождалась, когда Нелл заглянула в пакет, и довольно улыбнулась, услышав радостный вздох:

— Ох, Лу!

Там лежал свитер с воротником «хомут», который можно носить с чем угодно. Но цвет у свитера был необычный — ярко-голубой, а ткань казалась мягкой, как пух.

— Ничего подобного я не ожидала. — Нелл быстро приложила к себе свитер и потерлась о него щекой. — Просто чудесно!

— Вся твоя одежда нейтральных тонов. — Довольная

собой, Лулу подошла ближе, расправила свитер, пригладила его, потом немного отступила и полюбовалась результатом. — Они тебя убивают. А голубой, наоборот, подчеркивает прекрасный цвет лица. Я начала еще один — красивую длинную тунику, ярко-красную.

— Не знаю, как тебя благодарить. Ужасно хочется поскорее примерить и...

— Они возвращаются! — прошипела Лулу и подтолкнула Нелл к двери. — Уходи! Скорее!

— Не забудь заправить салат перед тем, как...

— Да, да! Все, счастливо!

Нелл едва успела схватить свитер, как Лулу захлопнула дверь перед ее носом.

— ...подать на стол, — закончила фразу Нелл и, смеясь, пошла к машине.

Едва переступив порог коттеджа, она стащила с себя тренировочную куртку и влезла в великолепный свитер. Чтобы в полной мере насладиться зрелищем, она поставила перед зеркалом стул и встала на него.

Когда-то у нее были десятки свитеров — кашемировых, шелковых, из тончайшего хлопка и мягчайшей шерсти. Но ни один из них не доставлял ей большей радости, чем этот, связанный подругой.

«Ну, почти подругой, — подумала она, — в благодарность за хорошо сделанное дело».

Нелл снова сняла свитер и аккуратно положила его в ящик. Нужно будет надеть его в понедельник, а пока что и тренировочная куртка сойдет. Ей предстояла нешуточная работа.

На кухонном столе, застеленном газетами, лежали три тыквы. Кусок самой большой она уже использовала для десерта Лулу. Остатки ждали своей очереди.

«Можно испечь хлеб с тыквой, — думала она, берясь за вторую. — Пирог, печенье. А коркой можно будет украсить крыльцо. Жуткими толстыми харями на радость соседской детворе».

Когда в дверь вошел Зак, руки Нелл были по локоть испачканы тыквенной мякотью и семечками.

— Третью оставь мне. — Он подошел сзади, обнял и уткнулся носом ей в шею. — Я большой специалист по фонарям из тыквы.

— Никогда бы не подумала.

— Выкинуть сердцевину? — спросил Зак.

— Выкинуть? А из чего я буду делать пирог?

— Из консервов, — Зак нахмурился, увидев в миске тонко нарезанные ломтики. — Ты хочешь сказать, что используешь это барахло?

— Конечно. А как, по-твоему, это барахло попадает в банки? — насмешливо осведомилась Нелл.

— Понятия не имею. Наверное, есть какие-то тыквенные фабрики, — пожал плечами Зак.

Пока Нелл мыла руки, Зак взял нож и занялся третьей тыквой.

— Шериф Тодд, похоже, вы вели очень уединенную жизнь.

— Оно и к лучшему. По крайней мере, никто не пытался меня подкупить. Как ты относишься к тому, чтобы поскорее закончить с этим делом, сесть в патрульную машину, уехать куда-нибудь подальше и нарушить парочку законов?

— С удовольствием. — Нелл взяла маркер и стала рисовать на первой тыкве страшную рожу. — В поселке все спокойно?

— В это время года неспокойно бывает только по воскресеньям. Ну как, помогла Лулу накрыть на стол?

— Да. Я не знала, что она была замужем.

— Очень давно. Я слышал, что это был приезжий, какое-то время работавший на пристани. Кажется, они не прожили вместе и полугода. Думаю, этот опыт внушил ей стойкое отвращение к мужчинам, потому что с тех пор она ни с кем не встречалась.

— Она работала сначала у бабушки Майи, а потом у ее матери.

— Верно. Лу руководила Майей, сколько я себя помню. Пожалуй, она единственная, кому Майя позволяла руководить собой. У Майи было что-то с Сэмом Логаном. Его родители — владельцы гостиницы. Но у Сэма с Майей ничего не вышло, и он уехал с острова. С тех пор прошло больше десяти лет.

— Понятно.

«Сэм Логан, — подумала Нелл. — Человек, которого Майя когда-то любила».

— В юности мы с Сэмом дружили, — продолжил Зак, вырезая тыкву. — Правда, потом потеряли друг друга из виду. Но я помню, что в ту пору, когда Сэм встречался с Майей, Лулу следила за ним как ястреб.

Вспомнив это, Тодд улыбнулся и вынул нож из сердцевины тыквы.

Лезвие блеснуло в свете висевшей на потолке лампы, и Нелл увидела, что с него падают капли. В ее ушах засвистел ветер. Кровь текла по рукам Зака, по рубашке и скапливалась в красной луже у его ног.

Не успев вымолвить ни слова, она вяло сползла со стула.

— Эй, эй... Нелл, очнись. Ну, очнись же!

Голос звучал еле слышно, как будто из-под воды. Что-то холодное коснулось ее лица. Казалось, она медленно всплывает на поверхность из бездонной пропасти. Когда Нелл открыла глаза, белый туман начал разматываться, как бинт, и наконец она увидела лицо Тодда.

— Зак! — Перепуганная Нелл вцепилась в его рубашку и стала неловко расстегивать ее. Он ранен, там кровь. Пальцы дрожали и не слушались.

— Успокойся. — Зак рассмеялся бы, если бы лицо Нелл не было белым как мел. — Ляг и отдышись.

— Кровь... Сколько крови...

— Тсс...

Когда Нелл неожиданно потеряла сознание, Зак совершенно растерялся, но быстро справился с паникой своим обычным способом — делая то, что положено. Он поднял Нелл, отнес на диван и помог очнуться. Но сейчас от нее исходил такой страх, что Зак встревожился.

— Держу пари, что за сегодняшний день ты и кусочка не проглотила, верно? Профессиональный повар должен знать, что есть нужно регулярно. Если тебе не станет лучше, я вызову врача.

— Я не больна. Ты истекал кровью. — Она провела руками по его груди. Руки все еще тряслись. — Кровь была повсюду. На твоей рубашке, на руках, на полу... Нож. Я видела...

— Милая, я не истекаю кровью. На мне нет ни царапины. — Зак поднял руки и показал ей. — Просто тебе что-то почудилось, вот и все.

— Нет, нет! — Нелл стиснула его в яростных объятиях. — Я видела кровь. Не трогай нож. Ради бога, не прикасайся к нему!

— Хорошо, хорошо. — Зак поцеловал ее в макушку и погладил по голове. — Не буду. Нелл, все в порядке.

Нелл сжала в руке медальон и мысленно прочитала защитное заклинание.

— Я хочу, чтобы ты носил это. — Почувствовав себя бодрее, она откинулась на спинку дивана и сняла с себя цепочку. — Всегда. Не снимая.

Зак изучил взглядом резное сердечко, болтавшееся на конце цепочки, и отреагировал как типичный мужчина:

— Спасибо, Нелл. Большое спасибо, но это женская вещь.

— Носи ее под рубашкой, — настаивала она. — Никто не должен ее видеть. Я хочу, чтобы ты носил ее днем и ночью. — Она надела цепочку на шею Зака; тот скорчил гримасу. — Обещай, что так и будет.

Предчувствуя дальнейшие возражения, Нелл обхватила ладонями его лицо.

— Этот медальон принадлежал моей матери. Единственная вещь, которая осталась у меня на память о ней.

Единственная вещь, которую я взяла с собой. Зак, пожалуйста, сделай это ради меня. Обещай, что не снимешь его, что бы ни случилось.

— Ладно, обещаю, — неохотно согласился Зак. — Но только если ты пообещаешь поесть.

— Мы будем есть тыквенный суп. Тебе понравится.

В ту ночь Нелл снилось, что она бежит по дремучему лесу и не может найти дорогу.

Ее преследовал запах крови и смерти.

ГЛАВА 16

Нелл старалась забыть о своих страхах, сосредоточившись на работе. Она отпускала булочки и кофе, шутила с постоянными посетителями. Стояла в новом голубом свитере и помешивала тыквенный суп. Приближалось время ленча.

По совету Майи она положила рядом с кассой пачку своих визитных карточек.

Все было нормально, как всегда. Если не считать того, что Нелл уже в десятый раз тянулась за медальоном, которого у нее больше не было. И каждый раз перед ее внутренним взором представал Зак, покрытый кровью.

Утром он отправился на материк, и мысль о том, что Тодда нет на острове, только увеличивала ее страх. Его могли ударить ножом на улице и бросить умирать.

К концу смены Нелл решила, что сделанного ею недостаточно и нужно просить помощи.

Майя помогала покупательнице выбирать детские книги. Нелл, не находившая себе места, дождалась, когда женщина, взяв понравившийся томик, пошла к кассе.

— Я знаю, ты занята, но нам нужно поговорить.

— Ладно. Сейчас я схожу за жакетом, и мы прогуляемся.

Через минуту Майя вернулась в замшевом жакете, надетом поверх короткого платья. И жакет, и платье были цвета орехового масла; на этом фоне ее волосы казались пламенными.

Она подошла к двери и помахала Лулу.

— Перерыв на ленч... Отличный свитер, — добавила Майя, когда они вышли на улицу. — Работа Лулу, верно?

— Да.

— Ты взяла барьер. Она не стала бы вязать такую красивую вещь, если бы не признала тебя. Поздравляю.

— Спасибо. Ты действительно хочешь есть?

— Нет. — Майя откинула волосы и сделала глубокий вдох. Время от времени книжный магазин вызывал у нее приступ клаустрофобии, и ее начинало тянуть на улицу. — Хочу прогуляться.

Рипли не ошиблась: бабье лето действительно наступило. Холодный ветер сменился теплым и влажным бризом, который пах морем и лесом одновременно. Небо было затянуто свинцовыми тучами, подчеркивавшими яркость осенней листвы. Деревья стояли как маяки. Океан отражал небо; покрытые барашками волны предвещали бурю.

— Через час пойдет дождь, — предсказала Майя. — Посмотри-ка. — Она показала на море. Через секунду, словно повинуясь ее приказу, стальное небо расколола бледная молния. — Гроза приближается. Я люблю грозы. Воздух наполняется электричеством, и эта энергия поступает в кровь. Правда, тогда я становлюсь беспокойной. Мне хочется вернуться к себе в скалы.

Майя сняла нарядные туфли, подцепила их пальцами правой руки и пошла по песку босиком.

— Берег почти опустел, — заметила она. — Самое подходящее место для разговора по душам. Что тебя тревожит?

— Я... я не знаю, что это было. Наверное, видение. Оно меня пугает.

— Рассказывай.

Когда Нелл закончила, Майя спросила:

— Почему ты отдала ему медальон?

— Ничего другого я не могла придумать. Подчинилась порыву. Наверное, потому что эта вещь очень дорога мне.

— Он был на тебе, когда ты умерла. Ты взяла его с собой в новую жизнь. Это символ твоей связи с матерью. Твой талисман. Сильная магия. Зак будет носить его, потому что ты попросила, и это делает талисман еще сильнее.

— Майя, это всего лишь дешевый медальон. Отец как-то подарил его матери на Рождество.

— Не говори глупостей. Ценность этой вещи определяется ее значением для тебя, твоей любовью к родителям и к Заку.

— По-твоему, этого достаточно? Боюсь, что нет. Майя, я знаю, что это значит. — От ужаса у Нелл сводило живот. Казалось, там поселилось чудовище. — Я видела его серое лицо и кровь. Море крови. Он был мертв. — Она заставила себя повторить последнее слово. — Мертв... Ты можешь что-нибудь сделать?

Майя уже сделала все, что было в ее власти.

— По-твоему, я могу сделать то, чего не сумела ты?

— Не знаю. Уверена: того, что сделала я, недостаточно... Это было предчувствие?

— А ты сама веришь в это?

— Да. Да! — От одной мысли об этом у Нелл перехватывало дыхание. — Я видела ясно. Его хотят убить, но я не знаю как.

— Нелл, мы видим только то, что может случиться. Это не абсолютное знание. Может случиться, а может и нет. У тебя было видение, и ты приняла меры.

— Существует способ остановить того, кто хочет причинить ему вред? Какое-нибудь заклинание?

— Заклинания — не панацея на все случаи жизни. Помни, энергия, которую ты посылаешь, может бумерангом ударить по тебе самой или твоим близким. Ждешь опасности с одной стороны, а она приходит совсем с другой, причем становится втрое сильнее.

Майя не высказала мысль, которая вертелась у нее в голове. «Спасаешь человека от ножа, а его убивают из пистолета», — мрачно думала она.

— Гроза приближается, — повторила она. — Но сегодня небо будут полосовать не только молнии.

— Ты что-то знаешь.

— Точнее, чувствую. Внутреннее зрение мне изменяет. Похоже, там стоит какая-то защита. — Это препятствие вызывало у Майи досаду, как и понимание того, что ей в одиночку с этим не справиться. — Могу обещать тебе только одно: я сделаю все, что в моих силах.

И тут она увидела стоявшую на берегу Рипли.

— Позови ее. Тебя она послушается. Расскажи Рипли то, что рассказала мне.

Звать не понадобилось, достаточно было обернуться и просто посмотреть. Рипли, на которой были практичные легкие брюки и туристские ботинки, спустилась к ним.

— Если побудете здесь еще немного, промокнете до нитки.

— Гром, — сказала Майя, и над морем разнесся глухой гул. — Молнии. — Запад озарила мощная вспышка. — Но еще полчаса дождя не будет.

— Предсказываешь погоду? — любезно осведомилась Рипли. — Тогда тебе нужно работать на телевидении.

— Перестаньте. Сейчас же. — Нелл ждала, что небо вот-вот расколется, но это ее не остановило. — Я волнуюсь за Зака.

— Да? Я тоже. Меня взволновало, что он стал носить женские украшения. Должна сказать тебе спасибо. Ты помогла мне пронять его.

— Он сказал тебе, почему носит медальон?

— Нет. Но зато сказал такое, что я не решаюсь повторить в присутствии дам. Выходной получился на славу.

— У меня было видение, — начала Нелл.

— С чем тебя и поздравляю. — Рипли хотела уйти, но Нелл схватила ее за руку. — Нелл, ты мне нравишься, но

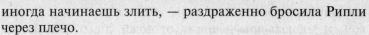

иногда начинаешь злить, — раздраженно бросила Рипли через плечо.

— Отпусти ее, Нелл. Она боится слушать, — сказала Майя.

— Ничего я не боюсь! — Майя знала, чем ее взять, и это раздражало Рипли больше всего. — Валяй, выкладывай, что ты там видела в своем хрустальном шаре.

— Я смотрела не в хрустальный шар, а на Зака. — Нелл быстро повторила то, что уже знала Майя.

Хотя Рипли насмешливо фыркала и беспечно пожимала плечами, рассказ потряс ее до глубины души.

— Зак может постоять за себя. — Она ходила по песку взад и вперед. — Послушай, может, ты этого до сих пор не заметила, но он грамотный и хорошо подготовленный полицейский, знающий, как обращаться с оружием, и умеющий при необходимости пускать его в ход. Если этого до сих пор не требовалось, то лишь потому, что он и так справляется. Я бы доверила ему свою жизнь.

— Но можно ли доверить его жизнь тебе? — резко спросила Майя.

— У меня есть значок, оружие и хороший хук с правой. Как-нибудь справлюсь, — злобно сказала Рипли. — Если кто-то будет угрожать Заку, можете быть уверены, этому гаду придется иметь дело со мной!

— Рипли, одна голова хорошо, а три лучше. — Майя решительно положила ладонь на ее плечо. — Только так мы сможем справиться с этим делом.

— Я не стану в этом участвовать!

Майя усмехнулась. Они стояли в круге под яростным небом.

— Уже участвуешь.

Рипли инстинктивно отшатнулась и разорвала связь.

— Не рассчитывайте на меня. Тут я вам не помощница. — Она демонстративно повернулась к ним спиной и, разбрасывая песок, затопала к поселку.

— Теперь она задумается. Правда, башка у нее чугунная, и на это уйдет слишком много времени. И все же Рипли заколебалась впервые за долгие годы. — Майя похлопала Нелл по плечу, успокаивая ее. — Она не станет рисковать Заком.

Женщины не спеша вернулись в магазин. Едва за ними закрылась дверь, дождь хлынул как из ведра.

Нелл зажгла свечи и вставила их в тыквенные фонари с дырками вместо глаз и рта. На сей раз не для украшения, а для использования по прямому назначению. Она повесила фонари на крыльце, чтобы те отпугнули зло.

С помощью сведений, почерпнутых из книг Майи, и собственной интуиции она пыталась изо всех сил превратить коттедж в надежное убежище.

Вымела отрицательную энергию, зажгла свечи для спокойствия и защиты. Положила на подоконники красную яшму и поставила туда же горшочки с шалфеем. Под подушками лежали лунный камень и веточки розмарина.

Потом она сварила кастрюлю куриного бульона.

Бульон кипел, за окном лил дождь, а коттедж превратился в уютный кокон.

И все же Нелл не могла успокоиться. Она ходила от окна к окну, от двери к двери. Пыталась заняться делом, но не могла найти его. Заставила себя пойти в кабинет и составить объявление с предложением своих услуг. Но через несколько минут снова встала; ее сосредоточенность разлеталась на куски так же, как исполосованное молниями небо.

Наконец Нелл сдалась и позвонила в полицейский участок. Конечно, Зак уже вернулся с материка. Она поговорит с ним, услышит его голос и почувствует себя лучше.

Но трубку сняла Рипли и холодно сказала, что Зака еще нет и, когда он появится, неизвестно.

Тревога Нелл удвоилась. Гроза превратилась в какую-то адскую бурю. Свист ветра перестал быть музыкальным, перейдя в буйную какофонию. Дождь стал ливнем, а молнии — метательным оружием.

Темнота давила в окна так, словно хотела разбить стекло и ворваться внутрь. Сила, которую Нелл научилась принимать и даже любить, трепетала, как пламя свечи на ветру.

В мозгу возникали тысячи вариантов, один страшнее другого. В конце концов Нелл не выдержала и схватила жакет. Нужно идти на пристань, ждать паром и заставить его приплыть.

Когда она распахнула дверь, ударила молния — и вновь полная темнота. Нелл увидела чью-то тень. Она хотела закричать, но сквозь запах дождя, мокрой земли и озона пробился иной запах, родной и любимый.

— Зак! — Она бросилась к нему, чуть не сбила с ног, и Зак поймал ее, с трудом сохранив равновесие. — Я так волновалась!

— А теперь еще и вымокла. — Тодд занес ее в дом. — Ну и денек я выбрал, чтобы уехать с острова! Этот проклятый паром еле вернулся назад. — Он поставил Нелл на ноги и стащил с себя мокрую куртку. — Я бы позвонил по мобильнику, но связи не было. Хорошо, что рейс не отменили вообще.

Он провел рукой по волосам, стряхивая капли.

— Ты промок до костей. — Нелл с облегчением увидела под влажной рубашкой очертания медальона. — И замерз, — добавила она, взяв его за руку.

— Должен признаться, последние полчаса я мечтал о горячем душе.

«И сейчас уже принял бы его, — подумал он, — если бы в дверях меня не встретила Рипли и не сказала, что ты в панике».

— Ступай в душевую. А потом выпьешь чашку горячего куриного бульона.

— Самое лучшее предложение за весь день. — Зак взял ее лицо в ладони. — Прошу прощения за то, что заставил тебя волноваться. Напрасно ты это делала.

— Я уже успокоилась. Ну, иди под душ, а то простудишься.

— Нас, островитян, такими пустяками не проймешь. — Он поцеловал ее в лоб и пошел в ванную.

Зак бросил мокрую одежду на пол, открыл до отказа горячую воду и с блаженным вздохом встал под струю.

Душевая кабинка была крошечная, не рассчитанная на мужчину ростом метр восемьдесят шесть. Воронка душа находилась на уровне его шеи, а стоило Заку пошевелить руками, как он ударялся локтями о стенки.

Но за время, проведенное с Нелл, он к этому привык.

Зак уперся руками в стенку, нагнулся и подставил под струю голову и спину. Поскольку Нелл пользовалась душистыми мылом и шампунями, он принес свои и небрежно поставил их на полку.

Никто из них не упоминал об этом, как и о смене белья, которую Зак положил на полку ее шкафа.

Они не говорили и о том, что теперь проводят вместе почти каждую ночь, зато говорили другие. Зак часто замечал всяческие ужимки и подмигивания и начинал привыкать к тому, что жители острова произносят их имена вместе.

Но сами они об этом не говорили, скорее всего, из суеверия. Не говори вслух о том, что боишься потерять.

Впрочем, это можно было назвать и трусостью.

Зак понимал: пора сделать еще один шаг вперед.

В тот день на материке он и сделал этот шаг, самый решительный в его жизни.

Следовало признать, что получилось неплохо. Сначала он немного волновался, но волнение быстро прошло. Даже многотрудное возвращение на остров не смогло испортить ему настроение.

Услышав какие-то звуки за занавеской, Зак поднял голову, резко повернулся и ударился локтем о стену. Душевую огласило громкое эхо, вслед за которым послышались ругательства.

— Ты цел? — Нелл, которой ужасно хотелось рассмеяться, плотно сжала губы, собрала с пола его мокрую одежду и стояла, прижав ее к груди.

Он вылез из-под воронки и отдернул занавеску.

— Не душ, а мышеловка какая-то. Я... Зачем ты взяла это?

— Ну, я... — Нелл осеклась, пораженная тем, что голый Зак решительно отобрал у нее одежду. — Я хотела отнести вещи в сушилку.

— Я сам. Тут у меня есть во что переодеться. — Зак снова бросил все на пол, заставив Нелл поморщиться.

— Тогда уж повесь на вешалку. Если одежда будет лежать в куче, она покроется плесенью.

— Ладно, ладно. — Он схватил полотенце и начал вытирать голову. — Ты пришла за мной?

— Вообще-то да... — Нелл обвела взглядом его мокрую грудь с блестящим медальоном, плоский живот и узкие бедра, обмотанные полотенцем. — Но сейчас у меня ум зашел за разум.

— Серьезно? — Один взгляд Нелл согрел его кровь сильнее, чем целый океан горячей воды. — А о чем ты думаешь?

— Я думаю, что человека, который попал в шторм, лучше всего уложить в постель. Пойдем со мной.

Зак позволил взять себя за руку и увести в спальню.

— Что, будем играть в больницу?

Нелл хихикнула и откинула одеяло.

— Ложись.

— Есть, мэм.

Не успел Зак ахнуть, как с него стащили полотенце. Он попытался поймать Нелл, но та ускользнула и подтолкнула его к кровати.

— Тебе следовало бы знать, — сказала она, взяла спички, зажгла свечи и начала обходить комнату, — что во всех легендах ведьмы лечат людей.

Пламя дрожало и покачивалось.

— Кажется, я уже выздоравливаю.

— Это мы еще проверим.

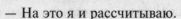
— На это я и рассчитываю.

Нелл повернулась к нему:

— Ты знаешь, чего я никогда не делала?

— Не знаю, но надеюсь услышать.

Она медленно взялась за подол свитера и вспомнила, как стояла в той же позе на берегу принадлежавшей Заку бухточки.

— Я хочу, чтобы ты смотрел на меня. — Она медленно стягивала с себя свитер. — И хотел меня.

Зак видел бы ее даже в том случае, если бы был слепым от рождения. Ее кожа слегка светилась.

Она сбросила туфли так грациозно, словно исполняла какой-то танец. Простой белый лифчик с низким вырезом подчеркивал полную грудь. Она подняла руку к передней застежке, но, увидев, что Зак проводил это движение взглядом, погладила ладонью живот и потянулась к крючку слаксов.

Когда ткань соскользнула с ее бедер, у Зака подскочил пульс. Слаксы упали на пол, и Нелл одним гибким движением переступила их.

— Может быть, дашь мне закончить работу? — хрипло спросил Зак.

Нелл слегка улыбнулась и подошла к нему, но не слишком близко. Она еще никогда не соблазняла мужчину, и ей хотелось продлить это ощущение.

Представив себе, как бы Зак прикасался к ней, она провела по телу ладонями и заставила Тодда испустить тяжелый вздох.

Все с той же обольстительной улыбкой она расстегнула лифчик и сбросила его. Ее налившиеся груди заныли. Нелл сняла с себя трусики и почувствовала, что в промежности стало горячо и влажно.

— Я хочу овладеть тобой, — прошептала она. — Медленно. А потом ты овладеешь мной. — Нелл встала над ним на четвереньки. — Медленно. — Ее тело таяло от истомы. — Как будто это никогда не кончится.

Ее рот был теплым и нежным, ищущим. Вкус губ Зака

подействовал на нее как наркотик. Зак повернулся и положил ее навзничь.

Она водила кончиками пальцев по спине Тодда, наслаждаясь игрой мускулов и возбуждая его.

Нелл утопала в новых для нее ощущениях, однако продолжала игру. Пламя свеч качнулось, но затем выровнялось, и воздух наполнился благоуханием.

Они поднялись одновременно и начали пляску над душистой пустотой. Зак и Нелл стояли на коленях в середине кровати, прижавшись туловищем к туловищу и губами к губам.

Если бы тут и присутствовали какие-то чары, Зака это не испугало бы. Он не стал бы сопротивляться, не стал бы задавать вопросов. Ведьма, женщина или то и другое одновременно, она принадлежала ему.

Его рука казалась смуглой на фоне ее кожи. Ее груди лежали в его ладонях, соски затвердевали под лаской его больших пальцев.

Они прикасались друг к другу. Сначала пригубливали, делали первый маленький глоток, смакуя вкус, а затем долго и неторопливо пили.

Когда он наконец овладел ею, их тела начали мерно вздыматься и опускаться, как волны в штиль. Они смотрели друг на друга, и в этот миг ничто остальное для них не существовало. Сердце к сердцу... Это было настоящей магией, чем-то куда большим, чем простое совокупление, жгучее желание и знойная страсть.

Чувство, которое испытывала Нелл, заливало ее, как расплавленное золото.

Ее губы. Зак опустил голову и прильнул к ним. Любовники взялись за руки, сплели пальцы и вместе воспарились над этим миром.

Нелл лежала, прижавшись к Заку, ощущала мерное биение его сердца и думала, что им ничто не грозит. В ее тихой обители царят мир и покой.

Сейчас все ее страхи и тревоги казались глупыми.

Они любили друг друга, лежали в теплой постели и слушали, как стихает гроза.

— Может быть, когда-нибудь я все-таки научусь управлять предметами.

— Милая, по-моему, ты и так неплохо управляешься, — хмыкнул Зак.

— Нет. — Она игриво шлепнула его. — Я имею в виду перемещение вещей из одной точки в другую. Если бы я это умела, то прочитала бы какое-нибудь заклинание и мы бы ели куриный бульон прямо в постели.

— А разве такое возможно?

— Держу пари, что у Майи получилось бы. А начинающим вроде меня придется встать, пойти на кухню и сделать все традиционным способом.

Она вздохнула, повернула голову, поцеловала Зака в плечо и поднялась.

— Я сам мог бы сходить за супом.

Нелл не торопясь пошла к шкафу за халатом (который в конце концов все-таки решилась купить), но эти слова заставили ее обернуться.

— Хитрый какой... Предложил, когда я уже встала.

— Ты меня опередила. Но раз так, сейчас я что-нибудь накину и помогу.

— Тогда отнеси в ванную свою мокрую одежду.

Мокрую одежду? Пока Зак вспоминал, о чем идет речь, Нелл вышла. Опомнившись, он соскочил с кровати, схватил лежавшие на полу сырые брюки, полез в карман и с облегчением вздохнул, нащупав маленькую коробочку.

Когда Зак вошел на кухню, Нелл уже положила на стол круглую буханку и разливала бульон в пиалы. Уютный розовый халатик, босые ноги и слегка встрепанные волосы делали ее очень хорошенькой.

— Нелл, давай отвлечемся на минутку.

— Давай... Хочешь вина?

— Всего на одну минутку.

«Странно, — подумал Зак. — Мне следовало бы нервничать. Хотя бы немного. Но я совершенно спокоен».

Он положил руки на ее плечи и повернул Нелл к себе.

— Я люблю тебя, Нелл.

— Я...

Но губы Зака зажали ей рот.

— Я хотел сделать это по-другому. Как-нибудь вечером пригласить покататься на машине или прогуляться по берегу. Может быть, пригласить на шикарный обед в ресторан. Но, по-моему, сейчас и здесь самое подходящее время и место.

Нелл почувствовала легкий холодок под ложечкой. Но деваться было некуда, тем более что она не могла пошевелиться.

— Я пытался найти нужные слова и решить, как их сказать. Но сейчас мне приходит на ум только одно. Я люблю тебя, Нелл. Выходи за меня замуж.

Нелл ахнула. В ее душе боролись радость и скорбь.

— Зак, мы слишком мало прожили вместе.

— Если хочешь, со свадьбой можно подождать. Хотя я не вижу в этом смысла.

— Почему бы нам не оставить все как есть?

Зак ожидал от Нелл чего угодно, но только не страха, нотка которого прозвучала в ее голосе.

— Потому что нам обоим нужны дом и семья. Довольно жить врозь.

— Брак — это формальность. Только и всего. — Она отвернулась и начала шарить в буфете, разыскивая бокалы.

— Для кого-то — да, — негромко ответил Зак, — но не для нас. Нелл, мы с тобой люди серьезные. А когда серьезные люди по-настоящему любят друг друга, они женятся и заводят семью. Я хочу делить свою жизнь с тобой, вместе стареть и воспитывать детей.

Нелл проглотила комок в горле. Именно этого она и желала. Желала всей душой.

— Ты слишком торопишься.

— Вряд ли. — Он вынул из кармана коробочку. — Я купил это сегодня, потому что мы уже начали свою совместную жизнь. Пора узаконить наши отношения.

Нелл опустила взгляд, и ее пальцы невольно сжались. Он купил ей простое золотое кольцо с теплым ярко-синим сапфиром. Словно чувствовал, что она нуждается именно в простоте и тепле.

Ивен когда-то выбрал для нее квадратный бриллиант, оправленный в платину и напоминавший огромную глыбу льда. От его кольца ломило палец.

— Прости меня, Зак... Мне очень жаль, но я не могу выйти за тебя.

У Тодда едва не разорвалось сердце, но он не подал виду и спросил, пристально глядя на нее:

— Нелл, ты любишь меня?

— Да.

— Тогда я имею право знать, почему ты мне отказываешь.

— Имеешь. — Она постаралась взять себя в руки. — Зак, я не могу выйти за тебя, потому что уже замужем.

Никакая другая новость не заставила бы его остолбенеть.

— Замужем? Ты замужем? О боже, Нелл, ведь мы вместе уже несколько месяцев!

— Я знаю.

«Это не просто шок, — подумала она. — И не просто гнев. Он смотрит на меня как на чужую».

— Понимаешь, я ушла от него больше года назад.

С первым препятствием Зак кое-как справился. Она была замужем и молчала об этом. Но второй барьер оказался непреодолимым. Она продолжала быть замужем.

— Ушла от него, но не развелась?

— Да. Я не могла этого сделать. Я...

— И ты позволяла прикасаться к себе, спала со мной, позволяла любить себя, зная, что не свободна?

— Да. — Внезапно на кухне стало холодно, так холодно, что Нелл затрясло. — У меня нет никаких оправданий.

— Я не спрашиваю, когда ты собиралась об этом рассказать. Скорее всего, никогда. — Тодд со стуком захлопнул коробочку и снова сунул ее в карман. — Нелл, я не сплю с чужими женами. Черт побери, если бы ты хоть раз заикнулась об этом, между нами бы ничего не было.

— Знаю. Это моя вина.

Лицо Зака окаменело, и Нелл почувствовала, что бледнеет. Силы ее таяли.

— По-твоему, этого достаточно? — бросил он, борясь с гневом и отчаянием. — Думаешь, признание вины снимает с тебя ответственность за случившееся?

— Нет.

— Проклятие! — Зак резко отвернулся, но успел заметить, что это движение заставило ее вздрогнуть. — Да, я кричу, если меня к этому принуждают! Но когда ты стоишь с таким видом, словно ждешь, что тебя ударят, это сводит меня с ума. Я не собираюсь бить тебя ни сейчас, ни потом. Если ты думаешь по-другому, пусть тебе будет стыдно.

— Ты не знаешь, что это такое.

— Не знаю, потому что ты ничего не хочешь рассказывать! — Он сдерживался из последних сил, но гнев все же прорывался наружу. — Или рассказываешь самый минимум, чтобы от меня отвязаться!

— Наверное, ты прав. Но я с самого начала говорила, что не могу рассказать тебе все. И не стану вдаваться в подробности.

— Ничего себе подробность! Ты все еще замужем за человеком, который бил тебя.

— Да.

— Ты собираешься разорвать этот брак?

— Нет.

— Ну что ж, все ясно. — Он схватил куртку и ботинки.

— Я не могу позволить ему узнать, где я нахожусь. Нельзя, чтобы он нашел меня.

Зак, уже взявшийся за ручку двери, остановился на пороге.

— Тебе никогда не приходило в голову, что я сделал

бы для тебя все, что нужно? Нелл, я сделал бы это даже для совершенно незнакомого человека, потому что такова моя работа. Неужели ты всерьез считала, что я не стану помогать тебе?

«Нет, не считала, — подумала Нелл, когда Зак ушел. — В том-то и дело, что не считала...» Не в силах плакать, она сидела в доме, который изо всех сил старалась защитить. Но теперь дом опустел.

ГЛАВА 17

— Я потеряла его. Я все разрушила.

Нелл сидела в огромной гостиной Майи, напоминавшей пещеру, грелась у камина, в котором можно было зажарить быка, и пила лечебный чай с корицей. Исида лежала на ее коленях, теплая, как одеяло.

Но ничто не могло улучшить ее настроение.

— Нет. Любую потерю можно вернуть.

— Майя, я ничего не могу сделать. Он прав. Я не хотела видеть этого, но он совершенно прав. Нельзя было заводить дело так далеко.

— У меня нет под рукой власяницы, но мы что-нибудь придумаем. — Увидев ошарашенный взгляд Нелл, Майя изящно пожала плечом. — Не думай, что я не сочувствую вам. Очень сочувствую. Но дело в том, что вы любите друг друга. Вы дали друг другу то, что способен дать далеко не каждый. Так что жалеть не о чем.

— Я не жалею о том, что люблю его. И о том, что он любил меня. Жалею о многом, но не об этом.

— Вот и ладно. Если так, то нужно сделать следующий шаг.

— Нет его, этого следующего шага! Я не могу выйти замуж за Зака, потому что официально считаюсь замужем за другим. Но даже если Ивен расторгнет брак по причине отсутствия или как-нибудь еще, я все равно не смогу выйти за Зака. У меня фальшивое удостоверение личности.

— Это мелочь.

— Но не для него.

— Да, ты права. — Майя задумчиво постучала пальчиком по чашке. — Зак есть Зак. Кое-что он видит только в черном и белом свете. Жаль, что я не подумала об этом заранее, иначе предупредила бы. Я его знаю. — Майя встала и потянулась. — Просто не ждала, что он так быстро предложит тебе руку и сердце. В любовных делах я не знаток.

Майя налила себе еще чаю и стала задумчиво расхаживать по комнате, время от времени делая глоток.

В гостиной стояли два темно-зеленых дивана, так и манивших присесть. На диванах лежали подушки, обтянутые дорогой мягкой тканью ярких цветов. Майя дорожила своим досугом и не жалела для этого ничего.

Все предметы в комнате были антикварными; Майя любила старину во всем, кроме оргтехники. Широкие половицы из каштана скрывались под поблекшими коврами. Цветы стояли и в драгоценных хрустальных вазах, и в простых, ярко раскрашенных бутылках.

Майя любила окружать себя свечами. Сейчас в столовой горели белые свечи, приносящие спокойствие.

— Нелл, ты обидела его дважды. Во-первых, тем, что не упала в его объятия, когда он сделал предложение. — Она остановилась и подняла бровь. — Я говорила, что в таких вещах не знаток, но, когда мужчина предлагает женщине руку и сердце, едва ли он будет доволен, если ему ответят: «Нет, спасибо».

— Майя, я не полная идиотка.

— Нет, милая. Извини. — Майя приняла вид кающейся грешницы, но в глубине души забавлялась. Она остановилась у дивана и погладила Нелл по голове. — Конечно, нет. Но я ошиблась. Ты обидела его трижды. Вторая обида — ты оскорбила его гордость. Он внезапно почувствовал себя браконьером, вторгшимся на чужую территорию.

— Перестань. Я же не какой-нибудь паршивый кролик.

— Но Зак считает, что нарушил табу. А третья обида — то, что он не смог ничего предпринять, потому что ничего не знал. Если бы ты рассказала ему, он все уладил бы, потому что любит тебя. Он вздохнул бы с облегчением, если бы избавил тебя от опасности. Но Заку нелегко смириться с тем, что ты промолчала и позволила ему влюбиться без памяти.

— Почему он не понимает, что мой брак с Ивеном ничего не значит? Я больше не Элен Ремингтон.

— Что ты предпочитаешь? Утешение или правду? — прямо спросила Майя.

— Поскольку одно с другим несовместимо, я выбираю правду.

— Ты солгала ему, поставив в невыносимое положение. Более того, ты сказала ему, что не собираешься разрывать этот брак.

— Я не могу...

— Подожди. Ты не хочешь положить конец этому браку, а значит, не может быть и нового начала. Нелл, выбор за тобой. Никто другой сделать этого не может. И ты помешала Заку помочь тебе.

Она снова села и взяла Нелл за руки.

— Ты думаешь, что он носит значок для развлечения или потому что любит власть?

— Нет. Но он не знает, на что способен Ивен. Майя, в этом человеке живет безумие. Холодное, расчетливое безумие, которого я не понимаю и не могу объяснить.

— Люди считают слово «зло» слишком театральным, хотя на самом деле оно вполне применимо во многих случаях, — сказала Майя.

— Да. — Напряжение, владевшее Нелл, немного ослабело. Она должна была знать, что Майе ничего объяснять не надо. — А Зак не понимает, что я не вынесу, если снова увижу Ивена или услышу его голос, просто не вынесу. Это убьет меня.

— Ты не из слабеньких, — возразила Майя.

Нелл покачала головой.

— Он... При нем я съеживаюсь. Не знаю, можешь ли ты меня понять.

— Да, могу. Тебе нужны поддерживающие чары или заклинания? Чтобы защититься от одного мужчины и получить возможность выйти за другого? — Майя протянула руку и погладила Исиду. Кошка подняла голову, обменялась с хозяйкой красноречивым взглядом и снова свернулась клубком. — Кое-что сделать можно, — бодро сказала Майя. — Защитить, заставить себя сконцентрироваться, накопить энергию. Но самое главное — это твои внутренние силы. В данный момент...

Она сняла с шеи серебряную цепочку с прикрепленным к ней серебряным диском.

— Ты отдала Заку свой талисман, а я отдам тебе свой. Он принадлежал моей прабабушке.

— Я не могу принять его...

— Потом вернешь, — перебила Майя, надевая цепочку ей на шею. — Моя прабабушка была очень искусной ведьмой. Она была счастлива в браке, нажила большое состояние на торговле скотом и сохранила его, за что я ей очень благодарна. Не люблю бедность. Пока на остров не приехал дипломированный врач, она исполняла его обязанности. Сводила бородавки, принимала роды, накладывала швы и лечила половину жителей острова во время эпидемий гриппа, не говоря обо всем остальном.

— Очень красивая вещь. А что на ней выгравировано?

— Это древнеирландский алфавит, который называется «огам». Такие надписи друиды делали на камнях. Тут написано «смелость». А теперь, когда моя смелость перешла к тебе, выслушай один совет. Усни. Дай ему справиться со своими чувствами, а тем временем проверь свои. Когда ты пойдешь к нему — а он сам не вернется, потому что любит тебя, — тебе будет нужно хорошо знать, чего ты хочешь и на что способна ради этого.

— Зак, ты засранец.

— Пусть так. Может быть, теперь ты замолчишь?

Но Рипли считала, что сестрам молчать необязательно.

— Послушай, я знаю, что она взбрыкнула. Но почему ты не хочешь узнать причину? — Она уперлась ладонями в его стол, наклонилась и посмотрела Заку в глаза. — Почему не хочешь узнать, что помешало ей подать на развод?

— Если бы она хотела рассказать, у нее была для этого уйма времени. — Зак упрямо уставился в свой компьютер. Покупка кольца была не единственной причиной его поездки на материк; Тодду пришлось выступать свидетелем в суде. Сейчас, когда дело было закончено, он вносил дополнения в досье.

Рипли не то вскрикнула, не то застонала.

— Ты сводишь меня с ума. Удивительно, как ты сам еще не рехнулся. Надо же, втрескался в замужнюю женщину!

Зак смерил ее испепеляющим взглядом.

— Я отлично это помню. А теперь отправляйся патрулировать остров.

— Послушай, этот парень ей не нужен. Она его бросила. Ежу понятно, что она без ума от тебя, а ты от нее. Сколько Нелл прожила здесь, пять месяцев? И, судя по всему, уезжать не собирается. С тем, что было прежде, покончено.

— Официально она замужем.

— Ну да, ты у нас чистоплюй. — Хотя Рипли восхищалась моральными устоями брата, это не значило, что они ее не раздражали. — Раз так, не гони волну. Пусть все идет своим чередом. Какого черта тебе понадобилось жениться на ней? Тьфу... Я забыла, с кем имею дело. Но если тебя интересует мое мнение...

— Не интересует. Ни капельки.

— Ну и ладно. Раз так, можешь вариться в собственном соку. — Рипли схватила куртку, но тут же бросила ее. — Извини. Я не могу видеть тебя в таком состоянии.

Поскольку Зак знал это, он перестал притворяться, что занят работой, и потер лицо руками.

— Я не могу жить с человеком, который не расстался с прошлым. Не могу спать с женщиной, которая официально замужем за другим. Нельзя любить так, как я люблю Нелл, и при этом не хотеть семьи и детей. Рип, я не могу по-другому.

— Не можешь. — Рипли подошла к нему сзади, обняла за шею и уперлась подбородком ему в голову. — Я, наверно, могла бы... — Впрочем, она не представляла себе, что может полюбить мужчину до такой степени, чтобы захотеть стать его женой. — Но я понимаю, что ты не можешь. Я не понимаю другого: если ты по-настоящему любишь ее, то почему не хочешь заставить ее объясниться? Ты имеешь право знать.

— Я не хочу заставлять ее делать что бы то ни было. Во-первых, это не мой стиль. Во-вторых, я уверен, что мужчина, за которым она была замужем, именно заставлял ее жить так, как он считал нужным.

— Зак... — Рипли повернула голову и положила щеку на его макушку. — Тебе никогда не приходило в голову, что она просто боится подать на развод?

— Приходило. Сегодня в три часа ночи. Если я прав, то у меня есть еще один повод поколотить «грушу». Только это ничего не меняет. Она замужем, но не сочла нужным сказать об этом мне. Значит, Нелл не доверяет мне.

Он положил ладонь на руку Рипли.

Нелл, открывшая дверь участка как раз в этот момент, заметила, что Рипли посмотрела на нее осуждающе, а глаза Зака приобрели ледяное выражение.

— Мне нужно поговорить с тобой. Наедине, — сказала Нелл, обращаясь к Заку.

Зак слегка сжал руку сестры.

— Рип отправляется объезжать остров.

— Так. Стоит делам пойти на поправку, как ты меня выставляешь... — Рипли надела куртку. Но тут в щель просунулась голова Бетси.

— Шериф... Привет, Нелл, привет, Рипли. Шериф, Билл и Эд Саттеры сцепились у входа в гостиницу. Похоже, сейчас начнется драка.

— Я займусь этим.

— Нет, — Зак поднялся, не обращая внимания на слова Рипли. — Мы займемся этим.

Билл и Эд Саттеры были родными братьями и люто ненавидели друг друга. А поскольку оба были упрямыми и здоровенными как быки, Зак не мог позволить Рипли оказаться в ситуации «двое на одного». Он поднялся и исподлобья посмотрел на Нелл.

— Тебе придется подождать.

«Сказал как отрезал», — подумала Нелл, растирая руки. А совсем недавно все было по-другому... Нет, он не собирался облегчать ей задачу. Как ни странно, даже после вчерашнего вечера, худшего в ее жизни, она убедила себя, что Зак выслушает ее. Поймет, посочувствует и поддержит.

Брошенная в одиночестве на полицейском участке, она ощущала, что надежда растаяла как дым.

Она пришла, проглотив свою гордость, пожертвовав душевным спокойствием, а он... Он только и сделал, что смерил ее ледяным взглядом.

Раз так, ей нечего здесь делать.

Обидевшись, она распахнула дверь, вышла на улицу и увидела Зака и Рипли в деле. Нелл застыла на месте, обхватив себя руками.

Один здоровенный, коротко стриженный мужик обзывал последними словами другого коротко стриженного мужика. Тот не оставался в долгу. На безопасном расстоянии собралась толпа зевак, поддерживавшая криками кто одного, а кто другого из братьев.

Зак и Рипли были уже рядом и силой оттаскивали братьев друг от друга. Нелл не слышала, что они говорили, но заметила, что, хотя толпа слегка успокоилась, уговоры на братьев не подействовали.

Они готовы были вцепиться друг другу в глотку.

Когда в воздухе мелькнул кулак, Нелл поморщилась, но инстинктивно шагнула вперед. Поднявшийся крик напомнил ей шум прибоя. Все последующее слилось в одно туманное пятно.

Зак схватил одного из мужчин за руку, Рипли схватила второго, оба вынули наручники. Тычки, толчки, ругательства и грозные предупреждения.

Потом один из братьев как следует двинул другому, но промахнулся и заехал Заку кулаком в челюсть.

Нелл увидела, что голова Зака дернулась, и услышала, как толпа дружно ахнула. Все застыли на месте, как в стоп-кадре.

Способность говорить и двигаться вернулась к людям только тогда, когда Нелл побежала на другую сторону улицы.

— Ну, черт побери, Эд, ты арестован. — Зак защелкнул наручники на запястьях одного из братьев, а Рипли тем временем заковала второго. — И ты, Билл, тоже. Петухи проклятые... А вы, все, отправляйтесь по своим делам! — крикнул Тодд в толпу.

Тут он заметил Нелл, застывшую на тротуаре, как олень, ослепленный фарами автомобиля, и выругался снова.

— Кончай, шериф... Ты знаешь, что я метился не в тебя, — примирительно заявил один из братьев.

— Мне плевать, куда ты метился, — огрызнулся Зак, ощутив вкус крови во рту. — Ты оказал сопротивление представителю закона.

— Он первый начал! — тут же завопил виновник.

— Черта с два! — вскинулся Билл, и Рипли быстро оттащила его в сторону. — Но я непременно закончу это дело, как только появится возможность.

— Только если приведешь с собой целую армию.

— Замолчите сейчас же! — приказала Рипли. — Сорокалетние мужики, а ведете себя как сопливые мальчишки.

— Это Эд его ударил. А меня за что?

— За беспорядки в общественном месте. Если вам хочется проломить друг другу башку, делайте это у себя дома, а не на улице.

— Не надо сажать нас в тюрьму. — Поняв, что его ждет, Эд тут же опомнился и начал уговаривать Зака: — Слушай, если я окажусь за решеткой, жена спустит с меня шкуру. В конце концов, это было семейное дело.

— Дело не в моей физиономии, а в том, что вы устроили драку на моей улице. — У Зака дико болела челюсть. Он привел Эда на участок и загнал в одну из двух клеток. — Остынь немного, а потом я позвоню твоей жене. Пусть сама решает, будет ли она брать тебя на поруки.

— К тебе это тоже относится, — весело сказала Рипли Биллу, сняв с него наручники и засунув во второй «обезьянник».

Как только замки на дверях клеток захлопнулись, она отряхнула руки.

— Я печатаю медленнее тебя, а потому сама составлю отчет. И женам тоже позвоню. Хотя уверена, что они все узнают еще до того, как я возьмусь за оформление документов.

— Угу... — Недовольный Зак провел тыльной стороной ладони по губе, вытирая кровь.

— Тебе нужно приложить лед к челюсти. И к губе тоже. У Эда Саттера кулачище размером со штат Айдахо... Слушай, ты не могла бы увести нашего героя к себе и дать ему лед?

Зак, не знавший, что Нелл вошла следом и стоит на пороге, медленно обернулся.

— Да... Ладно.

— У нас тут есть лед. Я сам могу сделать это.

— Тебе лучше держаться подальше от Эда, — посоветовала Рипли. — Иначе ты захочешь отпереть клетку и дать ему сдачи.

— Может быть.

Нелл заметила, что его глаза перестали быть холодными. Теперь они напоминали расплавленное темно-зеленое стекло. Нелл облизала губы.

— Лед помогает при опухолях, а чай с розмарином снимает боль.

— Ладно. Идет. — У него звенело в ушах, и вообще, какая разница? — Штраф в двести пятьдесят долларов. Каждому, — бросил он Рипли. — Или двадцать дней ареста. Если им это не понравится, составишь протокол и передашь дело в суд.

— Есть, сэр! — Когда Зак шагнул к двери, Рипли широко улыбнулась.

«Замечательно», — подумала она. Случившееся изрядно подняло ей настроение.

Они шли к коттеджу молча. Все заранее приготовленные слова вылетели у Нелл из головы. Этот мужчина, доведенный до белого каления, был для нее так же незнаком, как и тот ледяной и холодный, каким Зак был несколько минут назад. Нелл не сомневалась, что в данный момент ему не хочется иметь с ней дела. Она знала, сколько времени нужно, чтобы восстановить душевное равновесие после удара по лицу.

Но Зак, совсем недавно получивший кулаком в физиономию и кипевший от злости, держался удивительно спокойно.

О некоторых говорят, что они круче, чем кажутся на первый взгляд. Видимо, Закарайя Тодд был как раз из таких.

Нелл открыла дверь коттеджа, прошла на кухню, положила лед в пластиковый пакет и обернула его полотенцем.

— Спасибо. Полотенце верну.

Она, уже успевшая взять чайник, недоуменно спросила:

— Ты куда?

— Туда, где я смогу успокоиться.

Нелл пришлось поставить чайник на место.

— Я пойду с тобой.

— Сейчас тебе не до меня, а мне не до тебя, — резко сказал Зак.

Вот и еще одно открытие. Оказывается, иногда слова бьют больнее, чем руки.

— Нет. Нам нужно поговорить, и чем дольше мы будем откладывать, тем хуже, — решительно произнесла Нелл.

Она открыла дверь кухни.

— Пойдем в рощу. Будем считать, что это нейтральная территория.

Зак не взял куртку. А прошедший накануне дождь принес с собой похолодание, но казалось, что Тодду нет до этого никакого дела. Когда они вошли в тень деревьев, Нелл посмотрела на него снизу вверх.

— От льда не будет никакого проку, если ты им не воспользуешься.

Зак прижал пакет к пострадавшей челюсти и хмыкнул. Наверное, со стороны он выглядит посмешищем.

— Я приехала сюда в начале лета и думала о том, какими красивыми эти деревья будут осенью, когда ударят первые заморозки. Когда я жила в Калифорнии, то скучала по морозу и смене времен года.

Она перевела дыхание.

— Я прожила в Калифорнии три года. Главным образом в Лос-Анджелесе, хотя мы много времени проводили в нашем доме в Монтерее. Там мне нравилось больше, но я не показывала виду. Если бы он узнал, то нашел бы предлог не ездить туда. Ему нравилось придумывать для меня наказания.

— Но ты вышла за него.

— Вышла. Он был красив, романтичен, умен и богат. Я думала: вот он, мой принц, с которым я буду счастлива. Я влюбилась в него. Он сделал для этого все. Описывать подробности нет смысла. Ты и сам это знаешь. Он был жестоким человеком, даже в мелочах. Он заставил меня почувствовать себя ничтожеством. Я становилась меньше и меньше, пока не исчезла совсем. Когда он ударил меня... в первый раз я была потрясена. Меня никогда не били. Я должна была уйти от него немедленно. Конечно, он ни за что бы не отпустил меня, и все же попытаться следовало. Но тогда я была замужем всего несколько месяцев, и он как-то сумел убедить меня, что я заслужила это, потому что я была глупой, или неуклюжей, или забывчивой. Предлог находился всегда. Он дрессировал меня, как щенка. Тут нечем гордиться. Это было ужасно.

— Ты не обращалась за помощью?

В роще было тихо. Так тихо, что были слышны их шаги по палой листве.

— На первых порах нет. Конечно, я и раньше знала о домашнем насилии. Читала в журналах и книгах. Но это не имело ко мне отношения. Я выросла в хорошей, дружной семье, где ничего такого не случалось. Я вышла замуж за умного, образованного человека, жила в прекрасном доме, у нас были слуги...

Нелл сунула руку в карман. Она сделала магический мешочек для смелости и завязала его семью узлами, как учила Майя. Эти прикосновения помогали ей успокоиться.

— Я делала ошибки, и он меня учил и наказывал. Я думала, что, когда научусь делать все, как следует, все опять будет хорошо. Но становилось только хуже, и я перестала обманывать себя. Однажды вечером он потащил меня наверх за волосы. Тогда у меня были длинные волосы, — объяснила Нелл. — Я думала, он убьет меня. Изобьет, изнасилует и убьет. Ничего такого он не сделал. Однако я понимала, что он способен на все, а я не смогу остановить его. Я обратилась в полицию, но он — человек влиятельный, с очень большими связями. А тут всего несколько синяков. Подумаешь! Они не сделали ничего. Не ударили палец о палец.

Эти слова возмутили Зака.

— Они были обязаны принять меры! Были обязаны отправить тебя в убежище!

— Насколько я знаю, они сочли меня интриганкой, вышедшей замуж по расчету и решившей шантажировать богатого мужа. Но это неважно, — еле слышно добавила она. — Даже если бы они меня куда-нибудь отправили, он нашел бы меня. Однажды я убежала, но он меня отыскал. Я дорого заплатила за это. Он сделал все, чтобы заставить меня понять: я принадлежу ему и никуда от него не денусь. Никогда. Он любил меня.

Собственные слова заставили ее вздрогнуть. Она остановилась и повернулась лицом к Заку.

— По-своему: без всяких правил, без взаимных обязательств. Его любовь была эгоистичной, холодной и властной. Он скорее убил бы меня, чем позволил уйти. Я не преувеличиваю.

— Я верю тебе. И все же ты ушла.

— Для этого мне понадобилось умереть. — Она холодно и бесстрастно рассказала, каким образом сумела разорвать свои цепи.

— О боже, Нелл! — Зак бросил пакет со льдом на землю. — Это просто чудо, что ты не погибла.

— Как бы там ни было, а я убежала и приехала сюда. Теперь я совершенно уверена, что с той минуты, как машина полетела с обрыва, начался мой путь на остров. К тебе.

Заку мучительно хотелось прикоснуться к ней. Но он боялся, что схватит Нелл за плечи и начнет трясти, а потому предпочел сунуть руки в карманы.

— Когда наши отношения изменились, ты была обязана все рассказать. Я имел право знать правду.

— Я не думала, что наши отношения изменятся.

— Но они изменились. А если ты не понимала, что к чему, — значит, ты дура.

— Я не дура! — ощетинилась Нелл. — Может быть, я ошибалась, но я не дура. Я не ожидала, что полюблю тебя, не хотела любить тебя и даже просто вступать с тобой в связь. Ты преследовал меня.

— Какая разница, как именно это случилось? Факт есть факт. Ты все знала, но не захотела рассказать мне.

— Я лгунья, — почти спокойно произнесла Нелл. — Мошенница. Сука. Но не дура. Больше никогда не называй меня так.

— О господи... — Он отошел в сторону и поднял глаза к небу.

— Мне надоели унижения. Я не хочу, чтобы на меня смотрели как на игрушку, которую можно отложить в сторону, а потом, когда захочется, взять снова.

Удивленный Зак обернулся и посмотрел на нее.

— Ты так думаешь?

— Не думаю, а знаю. После твоего вчерашнего ухода я много думала. Как бы ты ни сердился на меня, я не собираюсь уползать в угол и хныкать. Это было бы оскорблением для нас обоих.

— Ай, браво!

— Перестань...

Зак шагнул к ней. У Нелл свело живот, ладони взмокли, но она не отпрянула.

— Значит, ты собираешься ссориться со мной даже тогда, когда не права?

— Я не права только в одном. Я причинила тебе боль, но с этим я ничего не могу поделать. Вернуть прошлое нельзя.

— Нельзя. Поэтому не будем на нем зацикливаться. Ты хочешь рассказать еще что-нибудь?

— Женщину, которая сорвалась в пропасть, звали Элен Ремингтон, миссис Ивен Ремингтон. Но на это имя я больше не отзываюсь. Я — не она.

— Ремингтон... — вполголоса повторил Зак. Казалось, он перебирает в уме какие-то досье. — Голливудская шишка.

— Да.

— Ты убежала от него на другой конец света.

— И никогда не вернусь. О такой жизни я мечтала всегда.

— Со мной или без меня?

Впервые за все время их разговора у Нелл засосало под ложечкой.

— Это решать тебе.

— Нет. Ты давно знаешь, что мне нужно. Теперь очередь за тобой.

— Я люблю тебя. Сам знаешь.

— Тогда ты должна закончить то, что начала. Должна окончательно порвать с ним и подать на развод.

— Не могу. Разве ты не слышал меня?

— Слышал, каждое слово, даже то, чего ты не говорила. — Заку хотелось привлечь ее к себе, приласкать, успокоить. И сказать, что все кончилось.

Но ничего не кончилось.

— Ты не можешь прожить всю жизнь, боясь оглянуться или делая вид, что этих трех лет не было, и я тоже. Во-первых, страх разъест тебе душу. Во-вторых, мир не так уж велик. Ты не можешь быть уверена, что он не найдет тебя. И что ты тогда сделаешь? Снова ударишься в бега?

— Я исчезла больше года назад. Он думает, что я умерла, и не станет искать меня.

— Ты никогда не будешь в этом уверена. Нет, нужно положить этому конец. Но тебе не придется делать это в одиночку. Я не позволю ему прикоснуться к тебе. Это не его территория, — сказал он, приподняв лицо Нелл за подбородок. — А моя.

— Ты недооцениваешь его.

— Не думаю. И вряд ли переоцениваю себя, Рипли, Майю и многих жителей острова, которые захотят и сумеют заступиться за тебя.

— Не знаю, смогу ли я исполнить твою просьбу. Я больше года старалась делать все, чтобы убедить Ивена в моей смерти. Чтобы ему не пришло в голову искать меня. Не знаю, хватит ли мне сил вновь заявить о себе. Я должна хорошенько подумать. Дай мне время, ладно?

— Ладно. Когда надумаешь, скажешь... — Он наклонился и взял пакет со льдом. Лед почти растаял. Зак, который и думать забыл о больной челюсти, развязал мешочек и вылил воду. — Нелл, если ты не захочешь выйти за меня замуж, я это переживу. Но когда ты хорошенько подумаешь, мне будет нужно знать, что ты решила.

— Я люблю тебя. Тут и думать нечего.

Нелл стояла среди деревьев, листва которых горела как пламя. Воздух еще сохранял слабый запах вчерашнего дождя.

Зак долго смотрел на нее, а потом протянул руку:

— Я отведу тебя домой.

ГЛАВА 18

Рипли посмотрела на Зака несчастными глазами. И захныкала, дабы усилить впечатление.

— Я не хочу идти к Майе!

Но Зак прожил со своей сестрицей почти тридцать лет и привык к этой тактике. Спасибо и на том, что сестра все-таки согласилась выполнить его просьбу.

— Когда-то ты там дневала и ночевала.

— То тогда, а то теперь. Улавливаешь разницу? Почему ты не хочешь пойти туда сам?

— Потому что у меня есть пенис. Но я промолчу и не стану спрашивать, улавливаешь ли ты разницу. Рип, будь хорошей девочкой, ладно?

В детстве Рипли упала бы на пол и заколотила пятками по полу; теперь она только закружилась на месте.

— Если сегодня вечером за Нелл нужно приглядывать, то Майя сама справится. Господи, Зак, не корчи из себя заботливую мамочку! Этот урод из Лос-Анджелеса даже не знает, что она жива.

— Если я и перестраховываюсь, вреда от этого не будет. Я не хочу, чтобы она вечером ехала на скалы одна. — При мысли о том, что в пяти тысячах километров отсюда машина Нелл рухнула в пропасть, у Зака начинало сосать под ложечкой. — Пока это дело не закончится, я не спущу с нее глаз.

— Раз так, приглядывай за ней сам. Пора бы вам решить, кто вы такие — страдающие в разлуке Ромео и Джульетта или примерные супруги.

Он пропустил оскорбление мимо ушей. Рипли нарочно затевала ссору, чтобы потом вихрем вылететь в дверь и не исполнить его поручение.

— Я никогда не считал, что знаю о женщинах больше твоего. В конце концов, это представительницы твоего пола.

— Жулик ты, вот ты кто.

Тут Зак решил, что пора притвориться оскорбленным.

— Нелл не нуждается в моей опеке. Не нуждается в том, чтобы ее сопровождал даже такой суровый мужчина, как я. Она умеет принимать самые нелегкие решения. Я пытаюсь держаться на расстоянии. Точнее, делаю вид, что держусь на расстоянии, а сам жду ее решения.

— Я вижу, ты очень долго думал. Аж голова распухла...

Если называть вещи своими именами, то Зак просто припер ее к стенке. Он хотел, чтобы Рипли приглядывала за Нелл, в то время как Рипли собиралась приглядывать за Заком. После того как Зак рассказал ей историю Нелл, бедная Рипли два дня не находила себе места.

«Кровь на луне», — думала она.

Видение Нелл: Зак, покрытый кровью. Муж — потенциальный убийца. Ее собственные беспокойные сны. Рипли не хотелось признаваться, что она вновь ступает на запретную территорию, но... черт побери, дело действительно принимало дурной оборот.

— Что ты собираешься делать, пока я буду нянчить твою ненаглядную у Главной Ведьмы?

За тридцать лет знакомства Зак научился еще кое-чему. Он знал, что на Рипли можно положиться.

— Дважды объеду остров, куплю что-нибудь на вынос, вернусь домой и пообедаю в одиночестве.

— Если думаешь, что я тебя пожалею, то сильно ошибаешься. Я бы не глядя поменялась с тобой местами. — Она пошла к двери. — Я заеду за Нелл и скажу, что на сегодняшний вечер составлю ей компанию. А ты... будь поосторожнее.

— Прости, не понял.

— Не хочу говорить об этом. Просто следи за своей тенью и почаще оборачивайся, ясно?

— Ясно.

— И купи пива. Ты вылакал последнюю бутылку.

Она хлопнула дверью, потому что... Потому что «потому» кончается на «у».

Майя обновила чары. Казалось, воздух с каждым днем становился немного тяжелее. Словно что-то тащило его вниз. Она выглянула наружу. Было уже темно. В конце октября ночь еще не так длинна. Просто слишком долго до рассвета.

Существовали вещи, о которых ночью не то что говорить — думать не следовало. Ночь — это открытое окно.

Она зажгла курение из шалфея, чтобы прогнать отрицательную энергию, надела серьги с аметистами, чтобы усилить интуицию. Подумывала, не положить ли под подушку немного розмарина, помогающего избавиться от беспокойных снов. Нет, ей требовалось смотреть и видеть.

Она надела на шею цепочку с кулоном из яшмы, укрепляющей силу и снимающей стресс.

Майя давно не испытывала такого продолжительного, изматывающего стресса.

Но сегодня вечером унывать было нельзя. Нелл предстояло подняться на новую ступень, а такие вещи нужно делать с радостью или не делать вообще.

Она сунула руку в карман и потрогала магический мешочек, наполненный самоцветами и травами и так же, как у Нелл, завязанный семью узлами. Майя терпеть не могла нервничать, даже перед лицом приближавшейся катастрофы.

В самом деле, глупо волноваться, если ты всю жизнь готовился к этой катастрофе и учился тому, как ее предотвратить.

Услышав гул мотора и увидев свет фар, ворвавшийся в окна, Майя встала и пошла к двери, по дороге представив себе, что она выливает стресс в маленькую серебряную коробочку и запирает ее.

Обычное хладнокровие на мгновение вернулось к ней, но исчезло, едва Майя увидела Рипли.

— Помощник шерифа решил нанести благотворительный визит в трущобы?

— Не нашла ничего лучшего. — Рипли удивилась, увидев Майю в длинном черном платье: та редко носила черное. Впрочем, следовало признать, что эта женщина была сама себе указ. — Что, особый случай?

— Раз Нелл так хочет, я не стану возражать против твоего присутствия. Только ни во что не вмешивайся.

— Вот еще! Стану я вмешиваться...

— Послушайте, вам не надоело? — любезно спросила Нелл. — Я бы с удовольствием выпила бокал вина.

— Устроим. Входите, и добро пожаловать. Мы возьмем вино с собой.

— С собой? Мы куда-то идем?

— В круг. Ты принесла все, что я велела?

— Да. — Нелл похлопала по большой кожаной сумке, висевшей на плече.

— Хорошо. Я сейчас только возьму остальное.

Пока Майя готовилась, Рипли непринужденно расхаживала по дому. Она всегда любила этот дом. Большие комнаты, наполненные мебелью, тайные уголки, толстые резные двери и натертые до блеска полы.

Лично ей для счастья хватало и одной комнаты с походной койкой, но следовало признать, что жилищу Майи был свойствен шик и совершенно особая атмосфера.

Тут всегда было уютно. Можно было опуститься в мягкое кресло и задрать ноги вверх.

Когда-то она чувствовала себя здесь легко и вольготно, как балованный щенок. Господи, как много она потеряла... От этой внезапно пришедшей мысли у Рипли сжалось сердце.

— Ты еще пользуешься мансардой? — небрежно спросила Рипли, пока Майя рылась в баре, выбирая бутылку красного вина.

Майя подняла голову, и их взгляды встретились.

— Да. Там осталось кое-что из твоих вещей.

— Они мне не нужны.

— Значит, пусть полежат еще... Раз уж ты здесь, то возьми это. — Майя показала ей на одну сумку, а сама подхватила вторую, с вином и бокалами.

Когда хозяйка открыла заднюю дверь, Исида пулей выскочила наружу. Нелл захлопала глазами; обычно кошка за ними не увязывалась.

— Сегодняшний вечер особый. — Майя завернулась в плащ и подняла капюшон. Плащ был черный, с темно-красной оторочкой. — Эта тварь — ясновидящая. Она догадывается, что Нелл предстоит зажигать костер.

Рипли вскинула голову.

— Не рановато ли?

Вместо ответа Майя посмотрела на небо. Луна напоминала обрезок ногтя и скоро должна была исчезнуть совсем. Вокруг белого полумесяца сгущалась тьма.

— Нет.

Раздосадованная тем, что Майя вновь заставила ее ощутить неловкость, Рипли пожала плечами.

— Хэллоуин. Мертвецы выходят из могил. Ночь кишит злыми духами, и только глупые или слишком смелые бродят в темноте.

— Чушь, — небрежно ответила Майя. — Если ты стараешься напугать Нелл, то зря.

— Окончание третьего и последнего сбора урожая, — произнесла Нелл из темноты. — Время поминовения

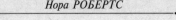

усопших и празднования вечного обновления. Говорят, что в эту ночь граница между жизнью и смертью особенно тонка. Время не мрачное, а скорее веселое, тем более что это день рождения Майи.

— Тридцать лет — это не жук начихал, — откликнулась Рипли.

— Можешь не радоваться, — довольно злобно огрызнулась Майя. — Через шесть недель и тебе предстоит то же самое.

— Да, но ты всегда будешь старше меня.

Исида уже сидела посреди поляны, как сфинкс.

— У нас есть несколько свеч. Рипли, можешь поставить их на камни и зажечь.

— Нет! — Рипли демонстративно спрятала руки в карманы летней куртки. — Тащить сумку с вашим барахлом еще куда ни шло, но участвовать в ваших глупостях я не собираюсь.

— Ай, брось! Едва ли ты нарушишь свое магическое целомудрие, если зажжешь пару свеч. — Тем не менее Майя выхватила у нее сумку и пошла к камням.

— Я сама, — решительно сказала Нелл. — Зачем сердиться? Пусть каждый из вас делает то, что хочет.

— И в самом деле, с чего ты так разошлась? — вполголоса спросила Рипли, когда Майя вернулась и начала разбирать содержимое сумок. — Обычно мне нужно куда больше времени, чтобы залезть к тебе под шкуру.

— Может быть, в эти дни у меня шкура тоньше.

— У тебя усталый вид.

— Я действительно устала. Что-то надвигается, подходит все ближе и ближе. Не знаю, сколько времени я смогу сдерживать это. И даже не знаю, смогу ли сдержать вообще. Будет кровь.

Она схватила Рипли за руку.

— Боль. Ужас и скорбь. А без круга дело может кончиться смертью.

— Если ты в этом так уверена, то почему не позвала кого-нибудь? Ты знаешь других.

— Другие тут не помогут, и тебе об этом хорошо известно. — Майя оглянулась на Нелл. — Может быть, у нее хватит сил.

Она выпрямилась и откинула капюшон.

— Нелл, давай начертим круг.

Что бы ни говорила Рипли, но при виде древнего ритуала и звуке знакомых слов, эхом отдававшихся в мозгу, ее охватила тоска.

Она напомнила себе, что отказалась от этого. Навсегда. Решительно и бесповоротно.

Рипли следила за мерцавшими палочкой и атамом. Лично она всегда предпочитала меч.

Когда Майя зажгла свечи деревянными спичками, Рипли задумчиво выпятила губы. Но едва она открыла рот, как Майя бросила на нее грозный взгляд.

«Вечно она так», — недовольно подумала Рипли и воздержалась от комментариев.

— Земля, ветер, огонь, вода, четыре стихии, услышьте зов своих дочерей. Пока по небу плывет луна, явитесь в магический круг.

Майя откинула голову, подняла руки и принялась ждать. Поднялся и чуть слышно зашелестел ветер, пламя свеч выпрямилось как по команде «смирно», несмотря на кругообразное движение воздуха. Земля под ногами слегка дрогнула, а в котле забурлила ароматная жидкость.

Когда Майя опустила руки, все стихло.

Нелл с трудом перевела дух. За последние месяцы она видела, слышала и сама делала поразительные вещи. Но до сегодняшнего вечера быть свидетельницей столь величественного зрелища ей не приходилось.

— Сила ждет, — сказала Майя и протянула ей руку.

Нелл приняла ее. Рука была теплой, почти горячей.

— Она ждет тебя. Твоя стихия — воздух, и взывать к нему тебе было легче всего. Но их четыре. Сегодня вечером ты будешь взывать к огню.

— Разводить костер? Но мы не принесли дров.

Майя негромко хмыкнула и сделала шаг назад.

— Дрова нам не понадобятся. Сосредоточься. Проясни разум. Этот огонь не жжет. Этот огонь никому не причиняет вреда. Он освещает тьму и загорается от заклинаний. Когда ты воздвигнешь его золотую башню, то узнаешь свою силу и власть, но они тоже никому не причинят вреда.

— Она еще не готова, — сказала Рипли, стоявшая за кругом.

— Помолчи. Ты обещала, что не будешь вмешиваться. Смотри на меня, Нелл. Ты можешь доверять мне и себе самой. Следи и запоминай.

— Держитесь за шляпы, — пробормотала Рипли, но на всякий случай отступила подальше.

Майя раскрыла ладони, пустые ладони. Раздвинула пальцы. Повернула ладони вниз и выпрямила руки, как будто пыталась до чего-то дотянуться.

Вспыхнула искра, голубая, как вольтова дуга. Затем вторая, третья, десятая... Вскоре их стало невозможно сосчитать. Они шипели как угольки в воде и заливали круг густым сапфировым светом.

А там, где прежде была голая земля, возникла яркая золотая колонна.

У Нелл подкосились ноги, и она шлепнулась на землю. Сознание помутилось, мысли спутались; она лишилась дара речи.

— Я тебя предупреждала. — Рипли вздохнула и покачала головой.

— Замолчи! — Майя отвернулась от огня, протянула руку и помогла Нелл встать. — Сестренка, ты уже видела, как я занималась магией. И сама делала то же самое.

— Но не так, — потрясенно прошептала Нелл.

— Это азы.

— Азы? Брось, Майя. Ты сотворила огонь. Из ничего.

— Она хочет сказать, что это похоже на потерю девственности, — готово подсказала Рипли. — В первый раз бывает не так приятно, как ожидаешь, но потом осваиваешься.

— Похоже, — согласилась Майя. — А теперь соберись, Нелл. Ты знаешь, как это делать. Очисти разум. Представь себе все зрительно, собери энергию. И зажги огонь.

— Наверное, я не...

Майя прервала ее, подняв руку:

— Откуда ты знаешь, если еще не попробовала? Сосредоточься. — Она встала за спиной Нелл и положила руки ей на плечи. — Внутри тебя есть свет, тепло и энергия. Ты знаешь это. Собери их вместе. Почувствуй. Это похоже на мурашки в животе, которые бегут к сердцу. Они распространяются и заполняют тебя.

Она бережно взяла руки Нелл и подняла их.

— Сила течет у тебя под кожей, как река, бежит вверх по рукам, доходит до кончиков пальцев. Выпусти ее. Пора.

Рипли следила за ними во все глаза. В этом было что-то странно-приятное. Как будто Майя учила Нелл кататься на двухколесном велосипеде, подбадривала, успокаивала и внушала уверенность в себе.

Рипли знала, что в первый раз приходится нелегко и ученику, и учителю. На лице Нелл проступили капельки пота, мышцы рук дрожали от усилий.

Поляна, на которой никогда не было тихо, вибрировала. Воздух, никогда не стоявший на месте, негромко вздыхал.

Потом возникла слабая, судорожная искра. Нелл отпрянула, но Майя удержала ее и подбодрила, негромко, но решительно.

Появилась вторая искра, более яркая.

Рипли следила за тем, как Майя сделала шаг назад и дала сестренке самой поехать на двух колесах. Рипли ругала себя за слабость и сентиментальность, но в ее глазах стояли слезы. А когда вспыхнул вызванный Нелл огонь, она заплакала от гордости.

Наконец Нелл вновь почувствовала биение собственного сердца, почувствовала, что ее грудь вздымается и опадает. В ее крови пульсировала сила, яркая, как серебро.

— Это куда приятнее, чем терять девственность. Очень красиво и очень торжественно, — прошептала она. — Теперь для меня все изменилось...

Счастливая Нелл обернулась. Но Майя смотрела не на нее, а на Рипли.

— Нас должно быть трое.

Рипли мгновенно ощетинилась:

— Поищите себе третью в другом месте!

Но Майя видела ее слезы и понимала их причину. Она понимала, что чувствует Рипли.

— Что ж, ладно. — Майя обернулась к Нелл и уронила: — Наверное, она разучилась.

— С чего это ты взяла? — взвилась Рипли.

— Она ни за что в этом не признается. Тем более сейчас, увидев, как быстро ты освоила это искусство.

— Ненавижу, когда ты говоришь обо мне в третьем лице, как будто меня здесь нет!

— А разве ты есть? — с досадой ответила Майя. — Ладно, мы с Нелл общими усилиями заменим третью. — Так она и собиралась поступить, пока не увидела, что вместе с Нелл пришла Рипли. — Обойдемся без тебя и твоих неуклюжих попыток. Она всегда мне в подметки не годилась, — сказала Майя Нелл. — И всегда злилась, что мне все дается легко, а ей с трудом.

— Неправда! Ни в чем я тебе не уступала! — воскликнула Рипли.

— Пой, ласточка, пой...

— Даже превосходила.

«Ага, — подумала Майя. — Взять Рипли на «слабо» всегда было легче легкого».

— Докажи.

Рипли, расчувствовавшаяся, растревоженная воспоминаниями и разозленная брошенным вызовом, вошла в круг.

«Нет, — подумала Нелл. — Она только хвастается...»

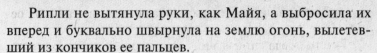

Рипли не вытянула руки, как Майя, а выбросила их вперед и буквально швырнула на землю огонь, вылетевший из кончиков ее пальцев.

В ту же секунду она опомнилась и зашипела как змея:

— Ты сделала это нарочно!

— Может быть, но и ты тоже. И ничего, небо не рухнуло. Рипли, ты сделала выбор. Я не смогла бы тебя заставить. Ты сама захотела этого.

— Один раз ничего не меняет.

— Как знаешь. Но раз уж ты здесь, то, по крайней мере, выпей вина. — Майя взяла бутылку и посмотрела на три огненных столба. Поскольку Рипли владел гнев, ее столб был выше всех, но зато элегантностью сильно уступал остальным. Это доставило Майе большое удовлетворение.

Разливая вино, она почувствовала пламя внутри самой себя. Это была надежда.

Вернувшись в дом, они выпили еще по бокалу.

Рипли беспокойно ходила от окна к окну и звенела мелочью в кармане. Майя не обращала на нее внимания. Рипли всегда была беспокойной, а сейчас для этого были все основания. Майя понимала, что творится в душе у старой подруги.

— Ты уже решила, как быть с Заком? — резко спросила Рипли, обращаясь к Нелл.

Нелл, сидевшая на полу и глядевшая в огонь как зачарованная, посмотрела на Рипли.

— Нет. Одна часть моей души надеется, что Ивен разведется со мной и выпустит из рук. А вторая твердит, что проблема вовсе не в этом.

— Если не давать отпора всякой шпане, она сядет тебе на голову.

Нелл восхищалась Рипли — сильной, решительной и бесстрашной.

— Я все понимаю, но теория и практика — разные вещи. Ивен никогда бы не справился с тобой.

Рипли пожала плечами.

— Так дай ему сдачи.

— Даст, когда будет готова, — возразила Майя. — Ты лучше всех знаешь, что изменить мировоззрение человека силой невозможно, как и вылечить его от страха.

— Она злится на меня, потому что я причинила боль Заку. Я не могу ее осуждать, — сказала Нелл.

— Он большой мальчик. — Рипли села на ручку кресла. — И что ты собираешься с этим делать?

— Делать? — удивилась Нелл.

— Да, делать. Будешь спокойно смотреть, как он киснет? Эта фаза обычно наступает у него после фазы злобы. И, поверь мне, вытерпеть ее куда труднее. За эти месяцы мы с тобой более или менее подружились. Так вот, окажи мне дружескую услугу и постарайся вывести Зака из этого состояния, если не хочешь, чтобы я задушила его сонного.

— Мы уже поговорили.

— Я имею в виду не разговоры, а поступки. — Рипли повернулась к Майе. — Слушай, она действительно такая наивная или только притворяется?

— Похоже, действительно... Нелл, Рипли в свойственной ей деликатной манере советует тебе заманить Зака в постель и решить все ваши проблемы с помощью жаркого секса. Именно так она избавляется от всех неприятностей, включая заусеницы.

— Не слушай ее. Майя отказалась от секса. Именно поэтому она и стала ведьмой.

— Я не отказалась от секса. Просто не так неразборчива, как мартовская кошка.

— Секс тут совершенно ни при чем. — Это быстрое и решительное заявление казалось Нелл единственным средством предотвратить новую ссору.

— Ага, как же! — насмешливо фыркнула Рипли.

Майя вздохнула:

— Мне больно соглашаться с Рипли, даже частично. Что бы она ни говорила, твоя связь с Заком — это не только секс. Но физическая близость является очень важной ее частью. Она выражает ваши взаимные чувства и доставляет радость вам обоим.

— Секс есть секс. Даже если тебе при этом дарят цветы. — Рипли отсалютовала Нелл бокалом. — Каким бы благородным ни был Зак, он все-таки мужчина. Быть с тобой и не завалить тебя в...

— Рипли, пожалуйста...

— И не вступить с тобой в физическую близость, — жеманно произнесла Рипли, вняв реплике Майи, — выше его сил. Это его нервирует. А если Заку придется иметь дело с твоим лос-анджелесским засранцем, он должен быть в хорошей форме.

— Если уж на то пошло, он изо всех сил старается держаться от меня на расстоянии.

— Раз так, сократи это расстояние, — просто сказала Рипли. — Вот что мы сделаем. Ты довезешь меня до своего коттеджа. Я заночую у тебя. А ты пойдешь к нам и уладишь дело. Ты достаточно хорошо его знаешь, чтобы все вышло отлично.

— Это низко, некрасиво и недостойно, — сердито буркнула Нелл.

Рипли склонила голову набок и спросила:

— Ты действительно так думаешь?

Нелл волей-неволей рассмеялась.

— Может быть, я и схожу к нему. Поговорить, — добавила она.

— Называй это как хочешь. — Рипли допила вино. — Будь добра, отнеси бокалы на кухню и собери свое барахло.

— Конечно. — Нелл встала и взяла бокалы. — Я сейчас.

— Можешь не торопиться.

Майя дождалась ухода Нелл.

— Это не займет много времени. Поскорее выкладывай то, что не хотела говорить при ней.

— То, что я сделала сегодня, ничего не меняет.

— Это и так ясно.

— Пожалуйста, помолчи. — Рипли вновь стала расхаживать взад и вперед. Она раскрылась. Совсем ненадолго, но и этого было достаточно. В воздухе ощущались тяжесть и напряжение. — Ты права, приближается беда. Не буду притворяться, что я этого не чувствую. И не буду притворяться, что я не пыталась придумать, как ее предотвратить. Может быть, я и притворилась бы, но дело касается Зака. Майя, я согласна помочь вам. — Она обернулась. — Но только один раз.

Майе и в голову не пришло требовать дополнительного подтверждения.

— Мы зажжем огонь в полночь Дня всех святых. Встретимся в десять на шабаше. Зак уже носит талисман Нелл, но на твоем месте я бы защитила ваш дом. Ты помнишь, как это делается.

— Прекрасно помню, — отрезала Рипли. — Но как только с этой историей будет покончено, все пойдет по-прежнему. Это...

— Да, знаю, — ответила Майя. — Только на один раз.

* * *

Зак махнул рукой на возню с документами, на телескоп и почти потерял надежду, что ему удастся уснуть. Оставалось последнее средство: почитать что-нибудь скучное. Он взял один из журналов Рипли, посвященных оружию.

Люси, растянувшаяся рядом с кроватью, спала мертвым сном. Зак завидовал собаке. Ее ноги слегка подергивались. То ли она гоняла во сне чаек, то ли плавала в бухте. Но Люси быстро подняла голову и негромко тявкнула за несколько секунд до того, как Зак услышал щелканье замка.

— Успокойся, девочка. Это всего лишь Рипли.

Услышав знакомое имя, собака встала, пошла к двери спальни и завиляла хвостом.

— Прекрати. Нашла время играть.

Стук в дверь заставил ее радостно залаять. Зак чертыхнулся:

— В чем дело?

Когда дверь открылась, Люси от полноты чувств завертелась волчком и прыгнула на Нелл.

Зак стремительно сел.

— Люси, лежать! Извини. Я думал, это Рип. — Он едва не сбросил покрывало, но вовремя вспомнил, что на нем даже трусов нет. — Что-нибудь случилось?

— Нет. Ничего. — Нелл нагнулась и погладила Люси, пытаясь понять, кто из них смутился сильнее. Задача оказалась выше ее сил. — Я просто хотела увидеть тебя. И поговорить.

Зак посмотрел на часы. Было около полуночи.

— Может быть, спустишься? Я сейчас приду.

— Нет. — Он что, собирается обращаться с ней как с гостьей? — Тут лучше. — Нелл подошла и села на край кровати. Зак так и не снял ее медальон. Это кое-что значило. — Знаешь, сегодня вечером я развела огонь...

Он посмотрел ей в лицо.

— Отлично.

— Нет. — Она негромко засмеялась и почесала Люси за ухом. — Я зажгла его без дров и спичек с помощью магии.

— Ох... — У Зака засосало под ложечкой. — Не знаю, что и сказать. Поздравить? Или выразить сочувствие?

— Это возбудило меня. Я почувствовала себя сильной. И захотела рассказать об этом тебе. Я испытывала подобное чувство только тогда, когда была с тобой, когда ты прикасался ко мне. Но ты больше не хочешь это делать, потому что я официально принадлежу другому.

— Нелл, от желания это не избавляет.

Она кивнула и почувствовала облегчение.

— Ты не хочешь прикасаться ко мне, потому что я официально принадлежу другому. Зак, но на самом деле я принадлежу только тебе. Когда я убежала, то поклялась, что больше никогда не буду принадлежать мужчине. Никогда не рискну пойти на это. А потом появился ты. И моя магия. — Нелл подняла руку, сжала ее в кулак и прижала к груди. — Это странно, удивительно и очень приятно. Но ничего не стоит по сравнению с тем, что дал мне ты.

Все благие намерения Зака тут же пошли прахом.

— Нелл...

— Я тоскую по тебе, по твоей близости. Я не прошу, чтобы ты занялся со мной любовью, хотя и хотела. Я пришла соблазнить тебя.

Зак провел рукой по ее волосам.

— И что же заставило тебя передумать?

— Я больше не хочу лгать тебе, даже если это ложь во спасение. Я просто хочу быть с тобой, вот и все. Не прогоняй меня, ладно?

Тодд привлек Нелл к себе, положил ее голову себе на плечо и услышал протяжный вздох, ставший эхом его собственного.

ГЛАВА 19

Солидному и влиятельному человеку нелегко тайно уехать на несколько дней. Пришлось переносить совещания, откладывать встречи, договариваться с клиентами, будоражить служащих.

От него зависело великое множество людей.

Еще утомительнее было организовывать поездку самому, без помощи секретарши.

Но по зрелом размышлении Ивен решил, что другого выхода у него нет. Никто не должен был знать, где он и что делает: ни его служащие, ни клиенты, ни пресса. Естественно, в случае какого-нибудь кризиса с ним можно будет связаться по сотовому телефону. Но пока дело не завершится, он будет оставаться недоступным.

Он должен был знать.

Он не мог выбросить из головы небрежные слова сестры.

Двойник Элен. Призрак Элен.

Элен.

Он просыпался среди ночи в холодном поту. Элен, его Элен идет по какому-то живописному пляжу. Живая, смеясь над ним, отдаваясь каждому мужчине, который поманит ее пальцем.

Это было невыносимо.

Страшная боль, которую ему причинила ее смерть, медленно, но верно сменялась холодным убийственным гневом.

Неужели она обманула его? Неужели она инсценировала собственную смерть?

Элен не хватило бы ни ума, ни смелости даже на попытку побега, не говоря об успехе. Она знала о последствиях. Он ясно дал ей это понять.

«Пока нас не разлучит смерть».

Ясно, она сделала это не одна. Кто-то ей помог. Мужчина. Любовник. Женщина — а особенно такая, как Элен, — никогда не смогла бы составить подобный план в одиночку. Сколько раз она тайком убегала из дома, чтобы переспать с этим подлым похитителем чужих жен, а заодно обсудить подробности будущего побега?

Смеялась и трахалась, строя планы и плетя интриги.

Ну что ж, она за это заплатит.

Он продолжал жить и работать, словно ничего не случилось. Он почти убедил себя, что слова Памелы — вздор. В конце концов, она всего лишь женщина. А женщины от природы глупы и склонны к фантазиям.

Призраков не существует. Была только одна Элен Ремингтон, единственная, которая имела для него значение.

Но временами большой, красивый дом в Беверли-Хиллз наполнялся шепотом призраков или дразнящим смехом его покойной жены.

А вдруг она не умерла?

Он должен знать. Ему следует быть умным и осторожным.

— Посадка началась.

Глаза, прозрачные, как вода, мигнули.

— Простите, что?

Увидев его взгляд, паромщик опустил чашку с кофе и инстинктивно отшатнулся. Потом он вспоминал, что глаза этого человека были пустыми, как море.

— Посадка началась, — повторил он. — Вы ведь плывете на Три Сестры, верно?

— Да. — Улыбка красивого незнакомца была еще страшнее его взгляда. — Да, плыву.

Согласно легенде, та, которую звали Воздух, покинула остров ради мужчины. Он поклялся любить ее и заботиться о ней. Когда он нарушил клятвы и превратил ее жизнь в ад, она ничего не сделала. Рожала детей в скорби и растила их в страхе. Согнулась, сломалась.

А потом умерла.

Перед смертью она отослала детей на остров, чтобы защитить их. Но ничего не сделала для собственного спасения. Она даже не воспользовалась своей силой.

Так было выковано первое звено в цепи проклятия.

Нелл снова и снова думала об этой легенде: о выборе, ошибках и судьбе. Она вспоминала ее, когда шла по улице острова, который стал ей домом. И должен был остаться им навсегда.

Когда она вошла, Зак распекал какого-то незнакомого мальчика. Она сделала шаг назад, решив не мешать, но Зак поднял палец, останавливая ее, и продолжил монолог:

— Ты не только отправишься к миссис Демира, отскребешь от стен остатки тыквы и извинишься за свою глупость, но и заплатишь пятьсот долларов штрафа за хранение запрещенных взрывчатых веществ и нанесение ущерба чужой собственности.

— Пятьсот долларов! — Понурившийся мальчик, которому, по мнению Нелл, было лет тринадцать, поднял голову. — Шериф Тодд, у меня нет пятисот долларов. Мама убьет меня.

Зак только поднял брови и принял грозный вид.

— Разве я сказал, что закончил?

— Нет, сэр, — пробормотал мальчик, снова приняв позу побитого щенка. Нелл захотелось погладить его по голове.

— Ты можешь отработать штраф, убирая полицейский участок. Два раза в неделю, три доллара за час.

— Три? Но на это понадобится... — Мальчик вовремя спохватился. — Да, сэр. Вы еще не закончили.

Зак чуть не улыбнулся, но успел сжать губы в ниточку.

— Кроме того, по субботам ты станешь убирать у меня дома.

«Да, это жестокий удар, — подумал Тодд. — На свете нет ничего хуже, чем выполнение домашних обязанностей в субботу».

— Расценки те же. Можешь начать в субботу у меня, а в понедельник после школы придешь сюда. Но если я услышу, что ты снова что-то натворил, мать спустит с тебя шкуру. Ясно?

— Да, дядя Зак... то есть да, шериф.

— Дуй отсюда.

Мальчишка вскочил и пулей пролетел мимо Нелл.

— Дядя Зак?

— На самом деле он мой троюродный брат. Дядей он называет меня в знак уважения.

— И чем он заслужил каторжные работы?

— Засунул петарду в тыкву своей учительницы истории. Тыква была здоровенная и забрызгала весь дом от фундамента до крыши.

— Похоже, ты им гордишься.

Зак постарался сделать бесстрастное лицо.

— Ты ошибаешься. Этому идиоту могло оторвать руки, как чуть не вышло со мной в его возрасте. Только я взорвал тыкву своего учителя математики. Но это к делу не относится. Если бы я посмотрел на подобную шалость сквозь пальцы, завтра нам пришлось бы мыть весь остров.

— По-моему, ты с честью вышел из трудного положения. — Нелл села на стул. — Шериф, у вас есть время на другие дела?

— Думаю, что сумею выкроить несколько минут. — Зака удивило, что Нелл не поцеловала его. Вид у нее был строгий и мрачный. — Что случилось?

— Мне нужны помощь и совет. Речь идет о нарушении закона. Я подделала удостоверение личности, сообщила о себе ложные данные, заполняя анкеты, и подписала их фамилией, которая мне официально не принадлежит. Думаю, что инсценировка собственной смерти — это тоже преступление. Во всяком случае, мне может предъявить иск страховая компания. Наверное, были какие-то полисы...

Зак не отвел глаз.

— Уверен, что адвокат сможет уладить это дело. Когда выяснятся все факты, никто тебя ни в чем не обвинит. Нелл, но... почему ты решила заварить эту кашу?

— Я хочу выйти за тебя замуж. Хочу прожить с тобой жизнь и рожать от тебя детей. Но сначала нужно расторгнуть мой прежний брак, и я сделаю это, только не знаю, с чего начать. Как по-твоему, меня посадят в тюрьму?

— Никто тебя не посадит. Думаешь, я это позволю?

— Зак, это будешь решать не ты.

— Фальшивые документы и все остальное — еще не преступление. Честно говоря... — Он думал над этим день и ночь. — Честно говоря, Нелл, как только люди услышат эту историю, ты станешь героиней.

— Какая там героиня...

— Ты знаешь статистику насилия в семье? — Он открыл нижний ящик стола, вынул папку и положил ее на стол. — Я тут свел кое-какие данные. Почитай как-нибудь на досуге.

— У меня все было по-другому.

— Как и у всех. То, что ты выросла в крепкой семье и жила в богатом и просторном доме, ничего не меняет. Многие женщины, считающие, что они ничего не могут сделать, узнают о тебе. И кое-кто из них последует твоему примеру, то есть сделает шаг, на который раньше не решился бы. Тогда ты действительно станешь героиней.

— Дайана Маккой. Ты все еще переживаешь из-за того, что не смог ей помочь. Что она не позволила тебе сделать это.

— На свете много таких Дайан.

Нелл кивнула.

— Ладно. Возможно, общественное мнение будет на моей стороне. Но есть еще и закон.

— Мы справимся с этим. Постепенно. Что касается страховой компании, то она вернет свои деньги. Если понадобится, мы вернем их сами. Мы вместе сделаем все, что нужно.

У Нелл гора свалилась с плеч.

— Но что же все-таки мне нужно делать?

Зак поднялся, подошел к ней и присел на корточки.

— Я хочу, чтобы ты сделала это для меня. Конечно, я эгоист. Но я хочу, чтобы ты сделала это и для себя тоже. Можешь не сомневаться.

— Я стану Нелл Тодд... А что, мне нравится!

Она увидела, что выражение его лица и глаз изменилось, и поняла, что сомневаться действительно не в чем.

— Я боюсь его и ничего не могу с собой поделать. Этому пора положить конец. Я хочу жить с тобой. Хочу по вечерам сидеть на галерее и смотреть в телескоп на звезды. Хочу носить на пальце красивое кольцо, которое ты мне купил. Хочу многого, о чем раньше не позволяла себе даже мечтать. Я боюсь, но хочу перестать бояться.

— В Бостоне у меня есть знакомый адвокат. Мы можем ему позвонить.

— Хорошо. — Она перевела дух. — Отлично.

— Но есть одна вещь, которую я могу сделать прямо сейчас. — Он встал, обошел стол и медленно выдвинул ящик. При виде знакомой коробочки у Нелл гулко забилось сердце. — Я всюду таскаю его с собой. На работу и с работы. По-моему, настала пора вручить его тебе.

Нелл встала и протянула руку.

— Да, настала.

Когда Нелл возвращалась в книжный магазин, у нее все пело внутри. И все же она не могла избавиться от дурного предчувствия. Стоило ей опустить глаза и посмотреть на кольцо с ярким синим камнем, как это предчувствие становилось еще сильнее.

Войдя в магазин, она помахала Лулу и птицей взлетела по лестнице.

— Нам нужно поговорить!

Майя оторвалась от клавиатуры.

— Я могла бы испортить тебе удовольствие, поздравить и пожелать счастья, но не буду.

— Ты видела мое кольцо.

— Сестренка, я вижу твое лицо. — Хотя сама Майя считала себя несчастливой в любви, вид чужого счастья грел ей душу. — Но кольцо все-таки покажи. — Она встала и взяла левую руку Нелл. — Сапфир! — Майя не смогла удержать вздох. — Дар любви. Вправленный в кольцо, он оказывает целебное действие и отгоняет зло. Кроме того, дарит крепкий сон. — Она поцеловала Нелл в обе щеки. — Рада за тебя. От всей души.

— Мы разговаривали со знакомым Зака, адвокатом из Бостона. Теперь он мой адвокат. Он займется моими делами, в том числе и разводом. Он собирается получить ордер на ограничение передвижений Ивена. Конечно, это всего лишь бумажка...

— Нет, это символ. В нем тоже есть сила.

— Да. Через пару дней он закончит оформлять документы, свяжется с Ивеном и тот все узнает. Майя, ордер не поможет. Он приедет все равно. Я знаю.

— Возможно, ты и права. — Разве она сама не испытывала все нараставшего волнения и страха?

Облетели последние листья, но первый снег еще не выпал.

— Ты готова к этому, и ты не одна. Как только с ним свяжутся, Зак и Рипли будут встречать каждый паром с материка. Если ты не захочешь сейчас же переехать к Заку, то поживешь у меня. Завтра шабаш. Рипли согласилась в нем участвовать. Когда мы создадим круг, он не сможет его преодолеть. Это я тебе обещаю.

Следующей новость должна была узнать Рипли, но Нелл не смогла ее найти. Выйдя из магазина, она почувствовала сильнейший приступ тошноты. Нелл зашаталась, на лбу проступила испарина. Она прислонилась к стене и стала ждать окончания приступа.

Когда худшее осталось позади, она перевела дух. Нервы, нервы. Скоро поднимется шум. Но пути назад нет. Будут вопросы, статьи в газетах, косые взгляды и шепот за спиной. Причем шептаться будут даже те, кто хорошо ее знает.

Вполне естественно, что ее затошнило.

Она снова посмотрела на кольцо, на сверкающий камень, и тошнота прошла.

«Найду Рипли позже, — подумала она. — А сейчас нужно купить бутылку шампанского и продукты, необходимые для хорошего жаркого по-новоанглийски».

Ивен съехал с палубы парома на берег Трех Сестер как раз в тот момент, когда Нелл прислонилась к стене книжного магазина. Он равнодушно осмотрел пристань.

Равнодушно осмотрел берег. Следуя полученным указаниям, выехал на Хай-стрит и остановился перед гостиницей «Мэджик-Инн».

«Жалкая дыра для представителей среднего класса», — подумал Ивен. Он вышел из машины, осмотрел улицу. Именно в этот миг Нелл повернула за угол и вошла в супермаркет.

Ивен вошел в гостиницу и прошествовал к стойке.

Заранее заказанный люкс не произвел на него ни малейшего впечатления. Кессонные потолки, старинная мебель... Он терпеть не мог этот стиль, предпочитая модерн. Картины (если они заслуживали такого названия) представляли собой выцветшие акварели и морские пейзажи. В мини-баре не оказалось минеральной воды его любимой марки.

А вид? Он не видел ничего, кроме песка, воды, крикливых чаек и лодок местных рыбаков.

Недовольный Ивен прошел в гостиную. Отсюда был виден мыс и отвесные скалы, на которых стоял маяк. Он заметил каменный дом и удивился, какому идиоту захотелось поселиться в столь пустынном месте.

А потом Ивену показалось, что сквозь деревья пробивается какой-то свет. «Обман зрения», — скучая, подумал он.

Слава богу, он приехал сюда не любоваться пейзажами. Он приехал искать Элен. Он ее найдет или убедится, что она мирно спит на дне Тихого океана. На таком маленьком острове эту задачу можно решить за один день.

Он распаковал вещи и повесил одежду в шкаф, позаботившись, чтобы вешалки находились на расстоянии ровно в два с половиной сантиметра друг от друга. Выложил туалетные принадлежности, включая троекратно очищенное мыло. Он никогда не пользовался гостиничным мылом. От одной мысли об этом Ремингтона начинало тошнить.

Потом он поставил на секретер застекленную фото-

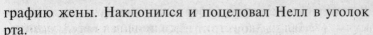

графию жены. Наклонился и поцеловал Нелл в уголок рта.

— Милая Элен, если ты здесь, я найду тебя.

От обеда он отказался. По мнению Ивена, в гостиницах можно было есть только завтрак.

Он вышел на улицу и свернул налево. В эту минуту Нелл, несшая два пакета с продуктами и находившаяся в квартале от гостиницы, повернула направо и пошла к дому.

Настало утро — по мнению Нелл, самое счастливое в ее жизни. Небо было серебряным, с розовыми, золотыми и темно-красными полосками. Газон засыпали листья, весело хрустевшие под ногами. Деревья тянули ввысь голые ветви. Идеальный Хэллоуин на зачарованном острове.

В ее постели спал мужчина, по достоинству оценивший жаркое и высказавший свою благодарность самым приятным на свете способом.

Булочки пеклись, дул пронизывающий ветер, и Нелл была готова встретить своих демонов лицом к лицу.

Скоро она покинет свой маленький желтый коттедж, по которому наверняка будет скучать. Но возможность жить с Заком стоила того.

«Мы вместе проведем Рождество, — думала она. — Может быть, даже поженимся, если к тому времени удастся преодолеть юридические сложности».

Она хотела устроить свадьбу под открытым небом. Конечно, это непрактично, но ей так хотелось. Она наденет длинное бархатное платье, из синего бархата. В руках у нее будет букет белых цветов. Она позовет на праздник всех знакомых. Пусть будут свидетелями их с Заком счастья.

Ее заставило очнуться жалобное мяуканье.

— Диего! — Нелл наклонилась и погладила его. Из

котенка Диего превратился в поджарого молодого кота. — Я забыла накормить тебя. Сегодня я очень рассеянна, — объяснила она. — Я влюблена и скоро выхожу замуж. Ты будешь жить с нами в доме у моря и подружишься с Люси.

Пока Диего яростно терся о ее ноги, Нелл наполнила едой его миску.

— У женщины, которая разговаривает со своим котом, явно не все дома.

К радости их обоих, Нелл не вздрогнула. Она улыбнулась и подошла к Заку.

— Диего мог бы быть посаженым отцом на моей свадьбе. Но мне сказали, что для этого требуется его письменное согласие. Доброе утро, шериф Тодд.

— Доброе утро, мисс Ченнинг. Могу я купить у вас чашку кофе и булочку?

— Плата вперед.

Зак подошел к ней и крепко поцеловал.

— Этого хватит?

— О да... Но сначала возьми сдачу. — Она притянула к себе его голову и вновь прильнула к губам. — Я так счастлива...

Ровно в восемь тридцать Ивен сел завтракать. На столе стоял сладкий кофе, только что выжатый апельсиновый сок, омлет из белка и два тоста из цельной пшеничной муки.

Он уже воспользовался местным тренажерным залом — весьма средненьким, — но на бассейн только поглядел. Ивену не нравились общественные бассейны, однако он раздумывал, пока не увидел, что в воде уже кто-то есть. Высокая, стройная брюнетка рассекала воду так стремительно, словно участвовала в соревнованиях.

Ивен видел ее лицо лишь урывками, когда она поворачивала голову между гребками, чтобы сделать вдох.

Потеряв к ней интерес, он повернулся, ушел и не заметил, как брюнетка сбилась с ритма, выпрыгнула из воды, словно собиралась броситься в атаку. Она сорвала с себя очки и обвела взглядом бассейн, почувствовав близость врага.

Ивен принял душ у себя в номере, надел светло-серый свитер и темные слаксы. Посмотрел на часы, готовясь сделать выговор официанту, если завтрак подадут на минуту позже обещанного.

Но завтрак прибыл вовремя. Он не стал болтать с официантом. Ивен никогда не позволял себе таких глупостей. Человеку платят за то, чтобы он доставлял еду, а не развлекал постояльцев.

Ивен отдал должное еде, удивился, что придраться не к чему, прочитал утреннюю газету и посмотрел новости по телевизору, стоявшему в гостиной.

Как лучше приступить к делу, ради которого он приехал? Обойти поселок пешком, как он сделал вчера, или объехать остров на машине? Этого может оказаться недостаточно. Конечно, не следует спрашивать людей, видели ли они женщину, похожую на Элен. В таких местах люди любопытны, обожают задавать ненужные вопросы и бдительно следить за каждым незнакомым человеком.

Если Элен все же жива и находится здесь, то чем меньше будут обращать на него внимание, тем лучше.

Если она жива, то что здесь делает? У нее не было никаких талантов. Чем она может заработать себе на жизнь, оставшись без его денег? Только телом. Наверняка подцепила себе нового мужчину. Все женщины в глубине души шлюхи.

Пришлось сесть и дождаться окончания вспышки гнева. Гнев мешает мыслить логично, даже праведный.

«Я найду ее, — подбодрил себя Ивен. — Непременно найду». Но за этой мыслью неизбежно последовала другая. Что он сделает, если найдет ее?

Конечно, она будет наказана. Тут и думать нечего. За то, что расстроила его, обманула, попыталась изменить данной ею клятве, за то, что причинила ему множество неприятностей.

Конечно, он вернет ее в Калифорнию, но не сразу. Сначала им нужно будет отправиться в какое-нибудь тихое, уединенное местечко, где он сможет напомнить Элен о ее клятвах и о том, кто из них главный.

Потом они скажут, что Элен выпала из машины, ударилась головой или что-нибудь в этом роде. Мол, потеряла память, ушла с места происшествия и сама не знает, как сумела забраться в такую даль.

«Прессе это понравится, — решил Ивен. — Репортеры падки на такие истории».

Подробности можно будет обсудить, как только они обоснуются в этом тихом, уединенном местечке.

Но если это окажется невозможным, если она посмеет ему отказать, снова удариться в бегство или обратиться в полицию, как уже было, придется ее убить.

Ивен принял это решение так хладнокровно, словно выбирал, что ему съесть на завтрак.

По его мнению, выбор, предстоявший Элен, тоже был очень прост. Жизнь или смерть.

Когда раздался стук в дверь, Ивен тщательно сложил газету и открыл дверь.

— Доброе утро, сэр, — весело сказала горничная. — Вы сказали, что убраться в номере можно от девяти до десяти.

— Совершенно верно. — Ремингтон посмотрел на часы, показывавшие половину десятого. Раздумья отняли у него больше времени, чем он рассчитывал.

— Надеюсь, вам у нас понравилось. Можно начать со спальни?

— Да.

Ивен налил себе еще одну чашку кофе и посмотрел репортаж из очередной горячей точки в Восточной Европе, не представлявший для него никакого интереса. Звонить на Западное побережье и узнавать, не случилось ли там чего-нибудь важного, было еще рано. Но зато он мог позвонить в Нью-Йорк. Там затевалось одно дело, к которому пора было приложить руку.

Ивен пошел в спальню за записной книжкой и увидел остолбеневшую горничную. Та стояла, держа чистые простыни, и во все глаза смотрела на фотографию Элен.

— Что-нибудь не так?

— Что? — Девушка вспыхнула. — Нет, сэр. Прошу прощения.

Она стала быстро застилать постель.

— Вы очень внимательно смотрели на эту фотографию. Почему?

— Красивая женщина. — От его голоса по спине девушки побежали мурашки. Ей захотелось поскорее убрать номер и уйти.

— Да, красивая. Это моя жена Элен. Вы так смотрели на портрет, словно были с ней знакомы.

— Нет, сэр. Едва ли. Просто она кое-кого мне напомнила.

Ивен едва не заскрипел зубами.

— Что?

— Она очень похожа на Нелл. Только у Нелл не такие красивые волосы и не такая... не знаю, как лучше сказать... ухоженная внешность.

— Серьезно? — В венах Ивена забурлила кровь, но голос остался спокойным, почти дружелюбным. — Интересно. Моя жена была бы в восторге, если бы узнала, что у нее есть двойник.

Нелл. Мать Элен звала ее Нелл. Простое, неэлегантное имя. Оно никогда ему не нравилось.

— Эта Нелл живет на острове?

— Да, конечно. Она приехала сюда в начале лета и поселилась в желтом коттедже. Работает в кафе при книжном магазине. А еще устраивает банкеты на дому. Готовит так, что пальчики оближешь. Вы можете сходить в кафе на ленч. Там каждый день особые супы и сандвичи. Если не попробуете, много потеряете.

— Что ж, может быть, и схожу, — очень спокойно ответил он.

Нелл вошла в магазин с черного хода, небрежно поздоровалась с Лулу и поднялась по лестнице.

Очутившись в кафе, она стала двигаться с быстротой молнии.

Ровно через две минуты Нелл вышла на лестничную площадку и сказала, изо всех сил стараясь, чтобы в голосе звучали досада и огорчение:

— Майя, извини, можно тебя на минутку?

— Могла бы научиться справляться сама, — проворчала Лулу, заслужив косой взгляд босса.

— А ты могла бы научиться не цепляться к ней, — парировала Майя и пошла наверх.

Нелл стояла у одного из столиков, на котором красовался торт с зажженными свечами. Кроме того, на столе стояли три высоких бокала с охлажденным шампанским и лежала аккуратно завернутая коробочка.

— С днем рождения!

Этот красивый жест застал Майю врасплох, что случалось редко. Она широко улыбнулась.

— Спасибо. Торт? — Майя подняла бровь и взяла бокал. — Шампанское. Подарки. Честное слово, ради этого стоило дожить до тридцати лет.

— До тридцати! — фыркнула поднявшаяся следом Лулу. — Девчонка. Интересно, что ты скажешь, когда тебе исполнится пятьдесят! — Она достала еще одну завернутую коробку, побольше. — С днем рождения.

— Спасибо. С чего начинать?

— Сначала загадай желание, — велела ей Нелл, — а потом задуй свечи.

Хотя Майя много лет не делала ничего подобного, она послушно загадала желание и дохнула на свечи.

— Теперь отрежь первый кусок. — Нелл протянула ей нож.

— Ладно. А потом я посмотрю подарки. — Майя быстро разрезала торт, схватила большую коробку и сорвала обертку.

Шаль была мягкой, как вода, цвета полночного неба. По ней были разбросаны знаки зодиака.

— Ох, Лу, это замечательно!

— Носи на здоровье.

— Потрясающе. — Нелл погладила шаль. — Я пыталась представить ее со слов Лулу, но она оказалась намного красивее.

— Спасибо! — Майя потерлась щекой о щеку Лулу, а потом поцеловала подругу.

Довольная Лулу отмахнулась от нее.

— Поскорее открывай подарок Нелл, а то она лопнет от нетерпения.

— Когда я увидела их, то сразу подумала о тебе, — начала Нелл. Тем временем Майя отложила шаль в сторону и открыла маленькую коробочку. Внутри лежали серьги в виде мерцающих серебряных звезд с шариками лунного камня.

— Чудесный подарок. — Майя поднесла их к свету, а потом поцеловала Нелл. — И идеально подходит к моему платью, — добавила она, раскинув руки.

Она снова была в черном, но гладкий шелк украшали серебряные звездочки и луны.

— Я не могла сопротивляться искушению надеть его на Хэллоуин, а теперь еще и это... — Майя быстро сняла серьги, выбранные утром, и заменила их подарком Нелл. — Просто не знаю, что и сказать.

— И не надо. — Лулу подняла бокал с шампанским. — Ну, за твое тридцатилетие.

— Ох, Лулу, лучше не напоминай! — Майя рассмеялась и чокнулась с подругами. — Хочу торт. — Она поднесла к глазам серебряные часики, висевшие на одной из цепочек. — Сегодня мы откроемся на несколько минут позже.

Найти желтый коттедж оказалось легче легкого. Проезжая мимо, Ивен замедлил ход, рассматривая домик, стоявший среди деревьев.

«Жалкая лачуга», — подумал он, задыхаясь от негодования.

Элен предпочла эту хибару тем великолепным домам, которые он купил для нее.

Ему захотелось пойти в кафе, схватить Элен за волосы и вытащить на улицу. Пришлось напомнить себе, что публичная сцена — не лучшее наказание для неверной жены.

Такие вещи следует делать наедине.

Он вернулся в поселок, припарковал машину и дальше пошел пешком. Ярость не помешала ему тщательно изучить местность и убедиться, что коттедж стоит на отшибе. Значит, соседей можно не бояться. Он прошел в рощу, спрятался в тени деревьев и стал следить за домом.

Убедившись, что в жилище Элен пусто, он подошел к черному ходу.

Тут Ивена охватило неприятное чувство. Что-то силой отталкивало его от двери. На мгновение он ощутил страх, отпрянул и чуть не свалился с крыльца.

Но ярость победила страх. Колокольчики в виде звезд, свисавшие с конька, бешено зазвенели, подхваченные порывом ветра, однако Ивен пробился сквозь плотную воздушную стену и взялся за ручку двери.

«Она даже не запирает дом, — презрительно подумал Ивен, оказавшись внутри. — Неужели она так глупа и так беспечна?»

При виде кошки Ремингтон чуть не зарычал. Он ненавидел животных. Грязные твари! Они долго смотрели друг на друга, а потом Диего мелькнул как молния и исчез.

Ивен осмотрел кухню и прошел в дом. Хотелось узнать, как мнимая покойница прожила этот год.

Он не мог дождаться, когда увидит ее вновь.

ГЛАВА 20

В тот день она никак не могла попасть домой. В поселке было слишком весело. Большинство продавцов в честь праздника надело карнавальные костюмы. Демоны торговали скобяными изделиями, а феи — подарками.

У Нелл был назначен поздний ленч с Рипли и импровизированное совещание с Доркас о том, чем угощать гостей на Рождество.

И каждый второй встречный останавливался, чтобы поздравить ее с обручением.

Она была здесь своей. Принадлежала этому поселку, Заку. И наконец-то, наконец-то принадлежала самой себе.

Нелл свернула к полицейскому участку. Нужно было показать Заку мешочки с подарками, уже приготовленные для привидений и гоблинов, которые должны были явиться сразу после наступления сумерек.

— Я могу немного задержаться. Придется приглядеть за буйными подростками, — сказал ей Зак. — Я уже имел беседу с парой парнишек, которые пытались убедить меня, что купили двенадцать рулонов туалетной бумаги по просьбе матерей.

— А где ты сам в детстве брал туалетную бумагу, чтобы обернуть ею дом?

— Как дурак, крал из туалета в собственном доме.

Ямочки на щеках Нелл стали еще глубже.

— А тыквы больше не взрывались?

— Нет. Думаю, слух о страшном наказании уже распространился. — Он наклонил голову набок. — По-моему, сегодня у тебя хорошее настроение.

— Так и есть. — Нелл обвила руками его шею.

Зак обнял ее за талию, и в это время зазвонил телефон.

— Напомни, на чем мы остановились, — сказал Тодд и снял трубку. — Шериф слушает... Да, миссис Стьюбенс. Что? — Он хотел сесть на край стола, но передумал и выпрямился. — Кто-нибудь ранен? Хорошо. Нет, оставайтесь на месте. Я выезжаю... Нэнси Стьюбенс, — сказал он Нелл и потянулся к вешалке за курткой. — Учила сынишку водить машину. А он взял и врезался в припаркованную «Хонду-Сивик» Байглоу.

— Мальчик не пострадал?

— Нет. Пойду разбираться, что к чему. На это понадобится время. «Хонда» была новенькая.

— Ты знаешь, где меня искать.

Нелл вышла с участка вместе с Заком и широко улыбнулась, когда он поцеловал ее на прощание. Потом они разошлись в разные стороны.

Не успела она пройти половину квартала, как услышала голос Глэдис Мейси:

— Нелл! Подождите! — Тяжело дышавшая Глэдис догнала ее и прижала руку к сердцу. — Дайте посмотреть на кольцо, о котором я столько слышала.

Не успела Нелл протянуть руку, как Глэдис сама схватила ее, поднесла к глазам и начала разглядывать сапфир.

— Ну что ж, малыш Тодд не ударил лицом в грязь. — Она одобрительно кивнула и посмотрела на Нелл. — Знаете, вам достался крупный выигрыш. Разумеется, я не о кольце.

— Я понимаю.

— Он вырос у меня на глазах. Как только он стал мужчиной, если вы понимаете, о чем речь, я ломала себе голову, какую женщину он сможет полюбить. Я рада, что этой женщиной оказались вы. Вы мне очень нравитесь.

Тронутая Нелл обняла ее.

— Спасибо, миссис Мейси.

— Вы ему подходите. — Глэдис похлопала ее по спине. — А он — вам. Я знаю, что жизнь у вас была нелегкая. — Нелл попятилась, но миссис Мейси успокоила ее, сказав: — Когда вы приехали сюда, это было написано у вас на лбу. Но теперь надпись исчезла.

— Прошлое осталось позади. Я счастлива, — призналась Нелл.

— Оно и видно. Вы уже назначили день венчания?

— Пока нет. — Нелл подумала об адвокатах, о бракоразводном процессе, об Ивене.

«Я справлюсь, — сказала она себе. — Со всем».

— Постараемся обвенчаться как можно скорее. — Она тихонько вздохнула.

— Я хочу сидеть в первом ряду.

— Непременно. А на тридцатилетии нашей свадьбы вы выпьете столько шампанского, сколько захотите.

— Ловлю на слове... Ну что ж, мне пора. Скоро в дверь начнут стучаться чудовища, и я не хочу, чтобы они натерли мне окна мылом. Передайте своему жениху, что он молодец.

— Обязательно.

«Мой жених, — подумала Нелл. — Какие чудесные слова».

Она ускорила шаг. До сумерек нужно было многое успеть.

Нелл подошла к коттеджу и с легкой опаской осмотрелась по сторонам. Убедившись, что никого нет, она протянула руки к фонарям из тыквы, сделала глубокий вдох и сосредоточилась.

Это потребовало больших усилий; конечно, со спичками было бы проще. Но тогда Нелл не испытала бы радостной дрожи, которая охватила ее, когда свечи вспыхнули сами собой и у злобных круглых харь засветились глаза.

«Ай да я! — Она довольно рассмеялась. — Знай наших...»

Дело не в магии. А в том, что теперь она знала себя, обрела силу, цель и душу. Она вернула уверенность в себе и теперь могла поделиться ею с человеком, который в нее верил.

«Что бы ни случилось завтра и через год, отныне я всегда буду Нелл», — подумала она.

Нелл быстро поднялась по ступенькам и вошла в дверь.

— Диего! Я пришла. Ты не поверишь, какой у меня сегодня был день. Лучший в моей жизни!

Она прошла на кухню и включила свет. Поставила чайник, решив сначала выпить чаю, а потом положить в большую бельевую корзину мешочки с подарками, которые должны были задобрить «нечистую силу».

— Надеюсь, у нас будет куча ребятишек. Как давно я не делала подарков детям... Не могу дождаться. — Она открыла буфет и вынула чашку. — О господи! Я же оставила машину у книжного магазина. О чем я думала?

— Ты всегда была рассеянной.

Чашка упала, ударилась о кухонный стол и разбилась вдребезги. Нелл обернулась, и у нее зазвенело в ушах.

— Здравствуй, Элен. — Ивен неторопливо шагнул к ней. — Рад видеть тебя.

Она не могла произнести ни звука и молилась про себя, чтобы это оказалось галлюцинацией. Но он протянул руку, и длинные пальцы коснулись ее щеки.

Нелл окаменела.

— Я скучал по тебе. Ты думала, что я не приеду? — Пальцы переместились на ее шею, и Нелл почувствовала непреодолимый приступ тошноты. — Не найду тебя? Элен, я много раз говорил тебе: нас не разлучит ничто на свете.

Когда он наклонился и коснулся губами ее рта, Нелл только закрыла глаза.

— Что ты сделала со своими волосами? — Его рука сжалась в кулак, и Нелл ощутила злобный рывок. — Ты знаешь, как я люблю твои волосы. Ты обрезала их назло мне?

Нелл покачала головой, и по ее щеке поползла слеза.

Хватило одного звука его голоса, одного прикосновения, чтобы она стала прежней Элен.

Образ Нелл Ченнинг тускнел на глазах.

— Ты расстроила меня, Элен. Ты доставила мне множество неприятностей. Множество. Ты украла у нас целый год жизни.

Пальцы Ивена напряглись, впились в ее щеки и заставили Нелл поднять голову.

— Смотри на меня, сучка! Смотри в глаза, когда с тобой разговаривают!

Нелл послушно подняла веки и увидела его прозрачные, пустые глаза.

— Ты сама знаешь, что дорого заплатишь за это. Целый год, подумать только! И все это время ты жила в какой-то жалкой хибаре, смеялась надо мной, работала официанткой в кафе, накрывала столы. Пыталась организовать свой жалкий кухонный бизнес. Унижала меня...

Пальцы сползли на горло Нелл и слегка сжали его.

— Когда-нибудь я прощу тебя, Элен, со временем. Потому что ты глуповата и туго соображаешь. Неужели ты ничего не хочешь мне сказать? После такой долгой разлуки?

Ее ледяные губы с трудом раздвинулись.

— Как ты нашел меня?

Тут он улыбнулся, и Нелл затрясло.

— Я говорил, что всегда найду тебя, куда бы ты ни убежала и что бы ни сделала. — Он сильно толкнул ее, и Нелл ударилась спиной о стойку. Но боль, которую она ощутила, была далекой, как воспоминание.

— Элен, ты знаешь, что я нашел здесь, в твоем маленьком гнездышке? Мужскую одежду. Шлюха, со сколькими мужчинами ты спала?

Чайник засвистел, но никто его не выключил.

— Ты нашла себе здоровенного местного рыбака и позволила, чтобы он лапал тебя грубыми рабочими руками? Лапал все, что принадлежит мне?

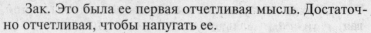

Зак. Это была ее первая отчетливая мысль. Достаточно отчетливая, чтобы напугать ее.

— Нет никакого рыбака, — сказала Нелл и чуть не заплакала, когда Ивен дал ей пощечину.

— Лгунья. Ты знаешь, как я не люблю, когда мне лгут.

— Нет никакого... — От следующей пощечины у нее все-таки хлынули слезы, но это заставило ее вспомнить, кто она такая. Теперь она Нелл Ченнинг, и она будет бороться. — Отойди от меня. Отойди. — Нелл потянулась к подставке для ножей, но Ивен оказался быстрее. Как всегда.

— Ты хочешь этого? — Он вынул длинный зазубренный нож, и лезвие сверкнуло в сантиметре от ее носа.

Нелл отрешенно подумала: «Значит, он все-таки убьет меня».

Однако он сделал шаг назад и сильно ударил ее по щеке тыльной стороной ладони. Нелл отлетела в сторону, врезалась в стол и ударилась головой о твердый угол. Мир сначала вспыхнул, а потом провалился в темноту.

Удара о пол она уже не почувствовала.

Майя возилась с юным космонавтом. На Хэллоуин книжный магазин становился одним из самых посещаемых мест. У нее были танцующие скелеты, улыбающиеся тыквы, летающие привидения и, конечно, целый шабаш ведьм. Обычную музыку заменили стоны, вопли и скрежет ржавых цепей.

Это было лучшее время в ее жизни.

Она налила ковбою-вампиру чашу пунша из котелка, под которым лежал сухой лед, извергавший клубы дыма.

Мальчик уставился на нее во все глаза.

— Вы сегодня ночью будете летать на метле?

— Конечно. — Она нагнулась. — Иначе я не была бы ведьмой.

— Та ведьма, которая гналась за Дороти, была злая.

— Очень злая, — согласилась Майя. — А я очень добрая.

— Она была страшная, с зеленым лицом. А вы красивая, — хихикнул мальчишка и занялся пуншем.

— Спасибо тебе большое. А вот ты, наоборот, очень страшный. — Майя протянула ему кулек с конфетами. — Не пугай меня, ладно?

— Угу. Спасибо, леди. — Он сунул кулек в мешок и побежал искать мать.

Майя улыбнулась, но тут ее пронзила острая боль. Казалось, в висок ударило копье света. Она увидела мужчину с бледными глазами и яркими волосами, увидела блеск ножа...

Майя бросилась к двери и крикнула испуганной Лулу:

— Звони Заку! Опасность! Нелл в опасности! Звони Заку!

Она выбежала на улицу, протиснулась сквозь толпу детей в карнавальных костюмах и чуть не врезалась в Рипли.

— Нелл!

— Знаю. — У Рипли еще звенело в ушах. — Нужно торопиться.

Нелл медленно пришла в себя. В глазах двоилось, голова раскалывалась. Было очень тихо. Она перевернулась, застонала и сумела встать на четвереньки. Ее тут же скрутил приступ тошноты.

Теперь на кухне было темно; горела только свеча, стоявшая в середине стола.

Он сидел на одном из кухонных стульев. Нелл увидела начищенные туфли, слаксы с безукоризненной складкой, и ей захотелось заплакать.

— Элен, зачем ты заставляешь меня наказывать тебя? Должно быть, это тебе просто нравится. — Ивен небрежно ткнул ее носком ботинка. — Я прав?

Нелл попыталась отползти в сторону.

«Только на минутку, — взмолилась она. — Этой передышки будет достаточно, чтобы я вернула себе силу».

Но Ивен просто поставил ногу ей на спину.

— Мы отправимся туда, где можно побыть наедине. Обсудим все сделанные тобой глупости и поговорим о неприятностях, которые ты мне доставила.

Ивен слегка нахмурился. Как же ее увезти? Он не хотел бить ее. Она сама напросилась. А теперь синяки Элен видны невооруженным глазом.

— Мы пойдем к машине, — решил он. — Ты подождешь там, пока я соберу вещи и оплачу номер.

Нелл покачала головой. Она знала, что это бесполезно, но все же покачала головой и негромко заплакала, когда Диего начал тереться о ее ноги.

— Ты сделаешь то, что я скажу. — Он потрогал пальцем кончик лежавшего на столе ножа. — Если откажешься, у меня не останется выбора. Элен, люди знают, что ты мертва. Ну так ты действительно станешь мертвой. В конце концов ты сама все это затеяла.

Услышав какой-то звук за дверью, Ивен вскинул голову.

— Похоже, идет твой рыбак, — прошептал он, встал и схватил со стола нож.

Зак открыл дверь, но выругался и остановился, когда зазвонил висевший на поясе сотовый телефон. Эта секундная задержка спасла ему жизнь.

Краем глаза Тодд заметил какое-то движение и блеск опускающегося клинка. Он повернулся, пытаясь достать оружие, и нож попал ему в плечо, а не в сердце.

Нелл вскрикнула, вскочила, но, почувствовав приступ головокружения, зашаталась. В темной кухне боролись две фигуры. «Оружие. Нужно какое-нибудь оружие», — подумала она и до боли закусила губу, пытаясь не упасть в обморок.

Этот ублюдок не получит то, что принадлежит ей! Не посмеет причинить вред ее любимому!

Она стала искать подставку для ножей, но та исчезла.

Нелл обернулась, готовая пустить в ход зубы и ногти. И увидела, что Ивен стоит над телом Зака с окровавленным ножом в руке.

— О боже, нет, нет!

— Элен, это твой рыцарь в сверкающих доспехах? Тот самый человек, с которым ты трахалась у меня за спиной? Он еще не умер. Но я имею право убить его за то, что он украл мою жену.

— Нет. — Она судорожно вздохнула. — Я пойду с тобой. Сделаю все, что ты захочешь.

— Ты сделаешь это в любом случае, — насмешливо ответил Ремингтон.

— Оставь его в покое. — Нелл подходила все ближе и ближе к двери. Увидев, что Диего выгнул спину и оскалил зубы, готовясь наброситься на Ивена сзади, она почувствовала себя чуточку сильнее. — Он не имеет никакого значения. Ни для тебя, ни для меня. Тебе ведь нужна я, не так ли? Ты проделал весь этот путь ради меня.

Он погонится за ней. Если она сумеет выбраться за дверь, он погонится за ней и оставит Зака. Нелл хотелось броситься к Заку и прикрыть его своим телом. Понадобилось собрать все силы, чтобы не делать этого. Если она позволит себе хотя бы посмотреть на него, они умрут. Оба.

— Я знала, что ты приедешь, — продолжила она и затрепетала, увидев, что Ивен опускает нож. — Всегда знала.

Ивен шагнул к ней, и тут Диего прыгнул ему на спину, как тигр. Услышав яростный мужской крик, Нелл бросилась к двери.

Она хотела бежать в сторону поселка, но обернулась и увидела, что Ивен уже стоял на крыльце. Нет, до улицы ей не добраться.

Ну что ж, значит, им снова придется сражаться один на один. Она доверилась судьбе и устремилась в рощу.

Когда Ивен выскочил за дверь, Зак сумел подняться на колени. Казалось, в его плечо впились чьи-то раскаленные зубы. Когда Тодд встал, с его пальцев капала кровь.

Но он подумал о Нелл и забыл про боль.

Зак выскочил на крыльцо в тот момент, когда Нелл и преследовавший ее мужчина скрылись в роще.

— Зак!

Он на мгновение задержался и с ужасом посмотрел на сестру и Майю.

— Он гонится за ней по пятам. У него нож.

Рипли пришла в ярость, увидев, что рубашка Зака запачкана кровью, но сказалась полицейская выучка, она только кивнула и по примеру брата вынула пистолет.

— Используй все, что у тебя есть! — крикнула она Майе и вслед за Заком побежала в рощу.

Луна не светила, и в роще было темно. Нелл мчалась как сумасшедшая, продираясь сквозь кусты и перепрыгивая через валявшиеся на земле сухие сучья. Если она сумеет заманить Ивена подальше и потом оторваться от него, то сможет вернуться к Заку.

Лишь бы он был жив!

Она чувствовала, что Ивен рядом, совсем рядом. Ее дыхание было хриплым и прерывалось от страха, а его дыхание оставалось спокойным и ровным.

У Нелл закружилась голова. Силы оставляли ее. Она остановилась, боясь потерять сознание.

Ивен врезался в нее с разбега, и оба рухнули на землю.

Она била его руками и ногами, пытаясь вырваться, и перестала сопротивляться только тогда, когда Ивен схватил ее за волосы, оттянул голову назад и приставил нож к горлу.

Ее тело обмякло, как у куклы.

— Ну, давай, — еле слышно промолвила она. — Кончай свое дело.

— Ты убегала от меня. — В его голосе изумления было не меньше, чем гнева. — Ты убегала.

— Я буду убегать всегда. Буду убегать, пока ты не убьешь меня. Я скорее умру, чем снова стану жить с тобой.

Я уже умирала, так что мне это не впервые. Я перестала бояться тебя.

Нелл почувствовала укол ножа. Услышав топот, Ивен рывком поднял ее на ноги.

Даже приставленный к горлу нож не помешал ей обрадоваться при виде Зака.

Он жив! Звезды освещали темное пятно на его рубашке, но он был жив. Все остальное не имело значения.

— Отпусти ее. — Зак поддерживал правую руку с пистолетом раненой левой. — Брось нож и отойди в сторону.

— Я перережу ей глотку. Она моя. — Ивен обвел взглядом стоявших полукругом Зака, Рипли и Майю.

— Только тронь ее, и ты покойник. Тебе не уйти отсюда.

— Вы не имеете права вставать между мужем и женой, — рассудительно сказал Ивен. Казалось, безумие на мгновение оставило его. — Элен — моя жена по всем законам, людским и божеским. — Он слегка ткнул Нелл ножом, заставив ее откинуть голову еще сильнее. — Бросьте свое оружие и уйдите. Это мое дело.

— Не могу прицелиться, — пробормотала себе под нос Рипли. — Слишком темно.

— Это не выход. Рипли, опусти пистолет. — Майя властно вытянула руку.

— Черта с два! — У нее чесался палец, лежавший на спусковом крючке.

«От этого ублюдка пахнет кровью моего брата», — думала Рипли, видя обнаженную шею Нелл.

— Рипли, — мягко, но настойчиво повторила Майя. Тем временем Зак вновь приказал Ивену бросить нож и сделать шаг в сторону.

— Проклятие... Ладно. Под твою ответственность! — рявкнула Рипли.

Зак их не слышал. Они для него не существовали. Существовала только Нелл.

— Ты так легко не отделаешься. — Пистолет в его руках не дрожал, голос был ровным и спокойным, как поверхность озера. — Если на ней останется хотя бы царапина, я разорву тебя на куски. Всажу по пуле в колени, в яйца, в кишки. А потом встану над тобой и буду смотреть, как ты истекаешь кровью.

Лицо Ивена, до того красное от гнева, побелело. Он увидел глаза Зака, в которых были боль и смерть. Он понял, что они не лгут, и испугался. Руки, державшие рукоятку ножа, задрожали, но Ремингтон не желал сдаваться.

— Она принадлежит мне.

Рипли схватила Майю за руку. Нелл ощутила толчок посланной ими силы, ощутила жаркие волны любви и ужаса, которые исходили от истекавшего кровью Зака.

И впервые почувствовала страх державшего ее человека.

Она — Нелл Ченнинг, отныне и навсегда. А человек, стоящий за ее спиной, ничто.

Она положила руку на кулон, взятый у Майи. Тот ощутимо подрагивал.

— Я принадлежу самой себе. — Сила вернулась к ней и прибывала с каждой секундой. — Себе.

Быстрее, быстрее!

— И тебе, — добавила Нелл, глядя на Зака. — Он причиняет мне боль.

Нелл подняла левую руку и слегка коснулась запястья Ивена.

— Ивен, отпусти меня и уходи. Тебя никто не тронет. Это твой шанс. Последний шанс.

— Молчи, сука! — прошипел он ей на ухо. — Думаешь, я когда-нибудь отпущу тебя?

— Твой шанс. — В ее голосе прозвучала жалость. — Последний.

В мозгу Нелл само собой возникло заклинание. Казалось, оно ждало только ее приказа, чтобы осуществиться.

Почему она так боялась этого человека?

— Зло, причиненное тобой мне и всем остальным, обернись против тебя трижды. Я желаю этого. Да будет так.

Ее лицо засияло как солнце, зрачки потемнели. Нож

дрогнул, скользнул по ее коже и упал. Она услышала, как Ивен ахнул, негромко застонал и рухнул наземь.

Нелл не удостоила его взглядом.

— Не стреляй в него, — негромко сказала она Заку. — Не убивай. Это уже ни к чему.

Поняв, что ее слова не помогли, она подошла к Тодду. Ивен очнулся и застонал.

— Не трогай его. Он — ничто. — Нелл положила ладонь на сердце Зака и почувствовала, что оно колотится как сумасшедшее. — Он сам уничтожил себя.

Ивен лежал на земле и извивался всем телом, словно пытался избавиться от прикосновения чего-то мерзкого и отвратительного. Его лицо было белее мела.

Зак опустил пистолет и обнял Нелл здоровой рукой. Нелл взяла за руку Майю, и на мгновение они стали единым целым.

— Останься здесь, — сказал ей Зак. — А я займусь им. Я не стану его убивать. Пусть помучается.

Рипли следила за тем, как брат идет к корчащемуся человеку, на ходу вынимая наручники. «Зак должен закончить это дело, а я не должна ему мешать», — думала она.

— У него есть две минуты, чтобы прочитать этому слизняку его права. А потом я отвезу Зака в больницу. Не знаю, насколько тяжело он ранен.

— Я сама отвезу его. — Нелл посмотрела на свою руку, испачканную кровью Зака. — И останусь с ним.

— Смелость разрушает чары. — Майя прикоснулась к кулону. — А любовь создает новые. — Она притянула к себе Нелл и крепко обняла. — Ты славно потрудилась, сестренка. — Она обернулась к Рипли. — А ты нашла свою судьбу.

Ранним утром Дня всех святых, когда магические костры давно погасли, а рассвет еще не наступил, Нелл сидела у себя на кухне. Зак держал в ладонях ее руку.

Ей было нужно вернуться сюда, побыть здесь, осмыслить то, что случилось, и то, что могло случиться. Она вымела накопившуюся здесь отрицательную энергию и зажгла свечи и курения.

— Тебе следовало остаться в больнице, — сказал Зак. Нелл освободила руку и слегка сжала его запястье.

— Я могу сказать тебе то же самое, — усмехнулась она.

— Мне наложили всего пару швов. А у тебя сотрясение мозга.

— Небольшое, — напомнила она. — А двадцать три шва — это не пара.

«Двадцать три, — подумал он. — Ничего себе...»

Но ни мышцы, ни связки не пострадали. Врач назвал это чудом.

Сам Зак называл это магией. Магией Нелл.

Она потрогала свежую белую повязку, а потом погладила золотой медальон.

— Ты не снял его.

— Выполнил твою просьбу. Медальон сильно нагрелся, — сказал Зак, заставив Нелл изумленно взглянуть на него. — За мгновение до того, как он ударил меня. Я мысленно увидел, как клинок устремился к моему сердцу, а потом отклонился в сторону. Как будто наткнулся на щит. Я думал, это мне показалось. Но теперь понимаю, что нет.

— Мы были сильнее его. — Нелл приложила к щеке их сомкнутые руки. — Едва я услышала его голос, как меня накрыла волна страха. Она уничтожила все, чем я стала, заставила забыть все, чему я научилась. Он парализовал меня, лишил воли и именно поэтому получил власть надо мной. Но сила начинала возвращаться ко мне, а когда он ранил тебя, вернулась окончательно. Только я плохо соображала, наверно, потому что ударилась головой.

— Ты убежала, чтобы спасти меня, — произнес Зак.

— А ты побежал за нами, чтобы спасти меня. Мы с тобой настоящие герои, — улыбнулась Нелл.

Зак бережно прикоснулся к ее лицу.

— Он больше никогда не причинит тебе вреда. На рассвете я сменю Рипли и свяжусь с прокурором. Два покушения на убийство. Этого хватит, чтобы сгноить ублюдка в тюрьме, несмотря на все происки его адвокатов.

— Я больше не боюсь его, — сказала Нелл.

В конце Ивен выглядел жалко, съеденный заживо собственной жестокостью, поглядевший в глаза своему безумию. Он больше не сможет скрывать свою болезнь.

Зак вспомнил широко открытые бесцветные глаза Ивена Ремингтона. Дикие глаза на лице, белом как простыня.

— Палата для буйных ничем не хуже тюремной камеры.

Нелл встала и вновь наполнила чашки. Когда она вернулась к столу, Зак обвил рукой ее талию и прижался лицом к груди.

— Так и вижу, как этот подонок держит нож у твоего горла. Понадобится время, чтобы забыть эту картину.

Нелл погладила его по голове.

— Время у нас будет. Шериф Тодд, я хочу выйти за вас замуж и как можно скорее начать совместную жизнь.

Она села к Заку на колени, вздохнула и положила голову на его здоровое плечо. Светлая полоска, появившаяся на горизонте, предвещала скорый рассвет.

Нелл прижалась к Заку, чувствуя, что их сердца бьются в унисон, и поняла, что самая главная, самая истинная магия скрывается там, в глубине их сердец.

Литературно-художественное издание

Нора Робертс
ОСТРОВ ВЕДЬМ

Ответственный редактор *Н. Косьянова*
Редактор *А. Юцевич*
Художественный редактор *С. Курбатов*
Технический редактор *Н. Носова*
Компьютерная верстка *А. Щербакова*
Корректоры *Е. Родишевская, М. Смирнова*

ООО «Издательство «Эксмо».
127299, Москва, ул. Клары Цеткин, д. 18, корп. 5. Тел.: 411-68-86, 956-39-21.
Интернет/Home page — www.eksmo.ru
Электронная почта (E-mail) — **info@eksmo.ru**

По вопросам размещения рекламы в книгах издательства «Эксмо»
обращаться в рекламное агентство «Эксмо». Тел. 234-38-00.

Оптовая торговля:
109472, Москва, ул. Академика Скрябина, д. 21, этаж 2.
Тел./факс: (095) 745-89-16.
Многоканальный тел. 411-50-74. E-mail: **reception@eksmo-sale.ru**

Мелкооптовая торговля:
117192, Москва, Мичуринский пр-т, д. 12/1. Тел./факс: (095) 411-50-76.

Книжные магазины издательства «Эксмо»:
Супермаркет «Книжная страна». Страстной бульвар, д. 8а. Тел. 783-47-96.
Москва, ул. Маршала Бирюзова, 17 (рядом с м. «Октябрьское Поле»). Тел. 194-97-86.
Москва, Пролетарский пр-т, 20 (м. «Кантемировская»). Тел. 325-47-29.
Москва, Комсомольский пр-т, 28 (в здании МДМ, м. «Фрунзенская»). Тел. 782-88-26.
Москва, ул. Сходненская, д. 52 (м. «Сходненская»). Тел. 492-97-85.
Москва, ул. Митинская, д. 48 (м. «Тушинская»). Тел. 751-70-54.
Москва, Волгоградский пр-т, 78 (м. «Кузьминки»). Тел. 177-22-11.

Северо-Западная Компания представляет весь ассортимент книг издательства «Эксмо».
Санкт-Петербург, пр-т Обуховской Обороны, д. 84Е.
Тел. отдела реализации (812) 265-44-80/81/82.

Сеть книжных магазинов «БУКВОЕД». Крупнейшие магазины сети:
Книжный супермаркет на Загородном, д. 35. Тел. (812) 312-67-34
и Магазин на Невском, д. 13. Тел. (812) 310-22-44.

Сеть магазинов «Книжный клуб «СНАРК» представляет самый широкий ассортимент книг
издательства «Эксмо». Информация о магазинах и книгах в Санкт-Петербурге по тел. 050.

Всегда в ассортименте новинки издательства «Эксмо»:
ТД «Библио-Глобус», ТД «Москва», ТД «Молодая гвардия»,
«Московский дом книги», «Дом книги в Медведково», «Дом книги на Соколе».

Весь ассортимент продукции издательства «Эксмо»
в Нижнем Новгороде и Челябинске:
ООО «Пароль НН», г. Н. Новгород, ул. Деревообделочная, д. 8. Тел. (8312) 77-87-95.
ООО «ИКЦ «ДИС», г. Челябинск, ул. Братская, д. 2а. Тел. (8512) 62-22-18.
ООО «ИнтерСервис ЛТД», г. Челябинск, Свердловский тракт, д. 14. Тел. (3512) 21-35-16.

Книги «Эксмо» в Европе — фирма «Атлант». Тел. + 49 (0) 721-1831212.

Подписано в печать с готовых монтажей 27.11.2003.
Формат 84×108 $^1/_{32}$. Гарнитура «Таймс».
Печать офсетная. Бум. тип. Усл. печ. л. 16,8. Уч.-изд. л. 14,3.
Доп. тираж 4100 экз. Заказ № 1415

Отпечатано в полном соответствии
с качеством предоставленных диапозитивов
в ОАО «Можайский полиграфический комбинат».
143200, г. Можайск, ул. Мира, 93.